結城真一郎
YUKI SHINICHIRO
王蘊潔／譯
無名之星
的悲歌

目次

記憶一　捕蟲少年

「今天也收穫滿滿吧？」

他在問話時停下了腳步，走在最前面的剛志舉起了手上的昆蟲箱給他看。今天的豐碩「成果」都在透明壓克力箱子內蠕動。

「你們覺得要怎麼處理這些蟲子？」

剛志露出不懷好意的笑容，搖了搖昆蟲箱。雖然他表面上徵求大家的意見，但想必他內心已經有了答案，而且絕對不是什麼好事。

「帶回家也很礙事，還是放生吧。」

「贊成！」

「啊？大家帶回去飼養嘛。」

其他人七嘴八舌討論起來，但少年只關心數小時後的未來。那是無聊的鄉下地方一年一度的變身瞬間，如夢似幻的夏日夜晚。雖然夏季廟會很容易受到颱風影響停辦，但今天的天氣應該可以順利舉行。帶著暮色的八月藍天中飄浮著迷路的棉絮雲。

「——沒創意，這些都太沒創意了。」

大家都發表完意見後，剛志用力搖著頭。

「那要怎麼處理？」

其中一個人問，剛志大聲宣布：

「要在廟會的會場丟在保科身上。」

所有人聽到這個提議都歡呼起來。

「好主意！」

「保科一定會哭！」

——如果這麼做，保科太可憐了。

雖然應該把這句話說出口，但少年只能把這句話吞下去。因為這裡的小學生有一條絕對不可以違反的規定。

『絕對不可以反抗剛志』

他身材高大，完全不像是小學五年級的學生，而且他的拳頭很硬，可以把國中生也一拳打倒在地，更何況他平時幹的無數壞事，難以想像是同為人類做出的事。和剛志作對，就等於接受所有的災難都降臨在自己身上。

多一事不如少一事。少年只有一個選擇。那就是心不在焉地看著周圍的風景，想像幾個小時後，保科瞳美即將遭遇的悲劇。

筆直的田間小路沒有鋪柏油，旁邊就是水渠。放眼望去，一大片農田中，有幾棟瓦屋頂的房子。回頭一看，剛才他們捕捉昆蟲的那座俗稱的「飯糰山」，在大地上傲然挺立。一片典型的鄉野風景，少年覺得這裡無聊透頂。

——真是好山好水好無聊的地方。

姑且不論好壞，剛志的確為這種平淡無奇的日常帶來了刺激。

「——保科鐵定會哭！」

剛志整天捉弄保科。上課時用橡皮擦的碎屑丟她，下課時又趁她離開座位，把她的東西藏起來。他的惡劣行徑罄竹難書，但少年知道剛志為什麼整天招惹保科。

不一會兒，他們來到了神社的鳥居前。這座神社並不大，後方有一片茂密的樹林。石板路的參道兩旁已經出現了攤位，把麻花頭巾綁在頭上的男人都忙著做準備工作。他們的頭頂上方是一長串掛在樹木之間，還沒有亮燈的燈籠，在風中東搖西擺的燈籠，似乎在催促廟會趕快開始。

「啊，『隊長』來了！」

有人叫了一聲，指向人群的中心。「你們看，就在那裡！」

順著那個人手指的方向望去，看到一個剽悍的男人扛著梯子，大步走了過來。

「隊長」是這裡的代表人物，雖然不知道大家為什麼叫他「隊長」，但反正這裡的每個人都這麼叫他。無論舉辦任何活動都可以看到「隊長」的身影，他對每年夏季廟會的熱忱更是無人能及。

「隊長」當然是大家都很喜歡的紅人，他的臉上總是帶著充滿活力的笑容，那張黝黑的臉不時露出潔白牙齒的笑容就只有一個「帥」字可以形容。每次看到「隊長」，就覺得假日整天都在家睡覺的爸爸無聊死了。

唯一討厭這一帶頭號名人「隊長」的人，就是他的兒子剛志。雖然他們父子不至於到「死對頭」這麼誇張的程度，但反正這裡的人都知道他們的關係並不好。

「喂，你們這些小鬼！」

「隊長」發現了他們這群人，用力向他們招手。

「再不趕快回家，天色要暗了！就沒時間換浴衣了！」

少年仰頭看向天空。第一顆星星已經在被染成淡紅色的天空中閃爍，難以想像昨晚才下了一場大雨。天氣預報說今天晚上也可能下雨，但一定不準。

不一會兒，町內的廣播就傳來「昨晚的那場雨導致水位暴漲，請大家不要靠近河邊」的提醒。

記憶二　浴衣少女

走在少女身旁的保科瞳美說話的聲音仍在發抖。

「是不是都已經清乾淨了？」

瞳美抓著她的浴衣袖子問道，於是少女立刻瞥了一眼瞳美的全身。剛才在那件淡桃色浴衣上爬來爬去的蟲子全都不見了，但少女仍然覺得瞳美的腰帶下方可能會突然出現無數隻腳，所以馬上移開視線，繼續看向前方。

她們正走向只有小孩子知道的「祕密地方」。那是位在「飯糰山」半山腰的一大片廣場，從那裡可以清楚看到夏季廟會的煙火。

雖然山麓的路鋪了柏油，但右側是一片樹林，左側的護欄外是水流湍急的河流。三個小時前，町內廣播提醒大家，昨晚的那場雨導致水位暴漲，不要靠近河邊。

「妳看那裡。」

瞳美突然用手指向左前方。河面寬約二十公尺，上面有一座石橋。那是所謂的「沉下橋」，橋上並沒有欄杆。少女曾經聽祖父說，水位上漲時，橋會沒入水中，避免河水沖垮橋梁，但她覺得這種前人的智慧這次似乎反而成為禍因。因為這種設計對橋梁本身來說或許是好事，但對於面對面站在橋上的人來說，顯然極其危險。尤其是今晚，接近橋面的河水奔流不息，所以更加危險。

「他們在幹嘛？」

瞳美加快了腳步，少女也追了上去。橋上的兩個人面對面，相隔三公尺的距離站在那裡。兩名少女看到的右側人影比較矮，左側的人影很高大。太陽下山後的夜晚，看不清那兩個人是誰，但看起來是和她們年紀相仿的小學生。

「那不是剛志嗎？」

瞳美說，少女瞪大眼睛細看，發現那個人的身材的確很像剛志，黑暗中隱約看到的浴衣圖案，也和剛才把蟲子丟在瞳美身上的那個男生相同。瞳美說的沒錯，左側的人影應該就是剛志。

另一個人是誰？

接著就聽到瞳美發出了尖叫聲。

那個矮小的人影朝向水面揮著手，看起來像是剛志的人影搖晃了一下，從橋上掉了下去，簡直就像傀儡一樣。那個人完全沒有碰剛志一根手指，就把剛志「推入」湍急的河中。

無數的星星在頭頂上眨眼，但是如果可以，少女很希望可以忘記那天晚上的事。

第一章　副業的副業

1

「現在請妳想像一下可惡的老公。」

婦人在健太的指示下，閉上了眼睛。

「他因為你們遲遲無法生孩子賭氣而整天外遇，最後還人間蒸發，請妳想像關於這個渣男的一切惡劣行為！」

婦人用力皺起眉頭。多年的辛酸苦惱和怨恨必定頓時湧上心頭。他每次都採用這種方式——因為客人的感情起伏越激烈，就更容易取出他們的記憶。

良平按照平時的步驟，接手繼續進行。

「——現在請妳繼續閉著眼睛，然後把手放在這顆水晶球上。」

房間內所有窗戶都拉起了遮光窗簾，只有從天花板垂下的一盞燈籠發出微弱的燈光。婦人、健太和良平坐在室內正中央的木桌旁，桌上放了一顆大水晶球，水晶球內飄著淡淡的白煙，有一種好像在研究什麼黑魔法的氣氛。

婦人緊抿的嘴角擠出一聲不知道是不是嘆息的輕微聲音。

「——對不起，我還是覺得有點可怕。」

「我能夠瞭解妳的不安，但是我們事先已經充分溝通，所以妳不必擔心。」

良平握住了仍然用力閉著眼睛的婦人雙手。

在今天之前，曾經多次進行「風險調查」。家裡是不是還有丈夫留下的東西？會不會接到瞭解以前情況的朋友打來的電話？以及對方會不會提出復合的要求？將某個人曾經存在的記憶徹底消除，往往有不計其數的危險。只要漏失其中一項，可能就會前功盡棄。正因為良平很有自信地認為，事先已經針對近乎於零的風險進行了充分研究，也經過充分的溝通，所以這句話很有說服力。

她的身體仍然緊繃，最後終於下定了決心，決定把自己交給良平。

「也對——」

「完全不必害怕。」

良平在輕聲說話的同時，把婦人的雙手拉向水晶球。水晶球內部的白煙似乎察覺到狀況，開始激烈地翻騰起來。健太見狀，很刻意地咳了一下說：

「好，一切準備就緒。太太，今天是值得紀念的日子，妳將重獲新生，成為全新的自己！」

每次都由健太負責說這句固定的臺詞。

婦人的雙手一碰到水晶球，翻騰的白煙頓時被吸了進去。那是開始「收取」的暗號。

「請妳深呼吸。」

良平在發出指示的同時，注視著水晶球內部的狀況。被吸入婦人手掌的白煙已經變成了紫色，不時發出像雷雲般的閃光。

「到底是多不愉快的記憶——」

健太對良平小聲咬耳朵說道，良平不置可否地點了點頭，繼續注意觀察婦人的樣子。

「啊啊啊啊啊。」

婦人發出了痛苦的嘆息——對當事人來說，那些記憶越痛苦，「收取」時產生的疼痛就越強烈。如果無法承受劇烈的疼痛，在結束之前就把手從水晶球上移開，之前的努力就泡湯了。

良平把手放在婦人的手上。這個舉動既是讓她平靜，同時也是為了避免在結束之前，她的手就放開水晶球。

「啊啊啊啊啊啊啊啊啊啊啊啊啊——」

婦人像是尖叫的聲音突然中斷。低頭一看，水晶球已經恢復了剛才的狀態，只有白煙在裡面緩緩飄動。

「太太，成功了。」

良平輕輕鬆開了手。

她眨著眼睛，似乎不太瞭解目前的狀況。

「咦？我——」

婦人不知所措地小聲嘀咕，但她的臉上已經看不到疲憊和憂鬱。

「太厲害了，我完全想不起來了，真的好像獲得了重生。」

良平見狀，立刻遞出寫著電話號碼的紙條。

「妳加入的是『新客方案』，當妳明天早上醒來時，就會把這家『店』的事也忘得一乾二淨。如果妳想『購回』的話，請在晚上睡覺之前和我們聯絡。」

婦人聽了他的說明，露出溫和的微笑，靜靜地搖了搖頭。

2

大學三年級那一年的春天成為一切的起點。

良平上完課，正在收拾東西時，一個男生走過來對他說了一些莫名其妙的話。

「——你剛才上課時，是不是在課桌下看漫畫？」

良平把筆盒和筆記本丟進背包，正打算站起來。他抬頭一看，發現一個瘦瘦高高的男生站在他面前。

「我坐在你後面看到了。我也很喜歡那部漫畫，而且那個封面是預約限量版吧？你顯然是資深漫畫迷。」

那個人有著尖下巴和一雙細長的眼睛，皮膚像病人一樣蒼白，頭髮凌亂，簡直就像起床後沒梳頭就直接來到學校，而且還穿著不合時宜的花俏夏威夷襯衫和長度及膝的短褲。雖說人不可貌相，但無論怎麼看，他的外表都不像是「正常人」，而且他說話的態度很熱絡，好像他們是多年老朋友。良平當然忍不住皺起了眉頭。

「《終極萊拉》——這是在人氣雜誌《和平少年週刊》連載第十五年，始終在人氣排行榜上獨占鰲頭的世紀末冒險故事。尤其是你這傢伙正在看的最新一集太精彩了。看到終於發現舊人類滅亡理由的那一幕時，我渾身起了雞皮疙瘩。」

他滔滔不絕地說完後，瞇眼笑了起來。雖然稍微露出虎牙的笑臉和藹可親，但是對著第一次見面的人叫「你這傢伙」，實在讓人無法恭維。

「我的目標是成為漫畫家。」

那個人說完，就在良平旁邊坐了下來。良平根本沒問，他就自顧自說了起來。良平這時才發現，教室內只剩下他們兩個人。

「我入學後立刻去參觀了漫畫同好會，老實說，實在太失望了。」

良平錯過了起身離開的機會，只能默默聽他繼續說話。

「大家對漫畫的喜愛只是興趣的延伸，不過是隨便畫一畫，在同好會內交流而已，大家相互吹捧一下，完全找不到任何以新人獎為目標、有雄心壯志的傢伙。」

他托著腮，嘆了一口氣。

——是喔，所以你是真心想成為漫畫家。那你平時都畫什麼漫畫？

會做人的人應該會在這時候發問，對方應該也在等良平提問，但良平只是保持沉默。

復學後，極力避免和來路不明的「同學」打交道——良平早就在內心決定了這件事。

不知道良平的沉默不語是否讓他感到不耐煩，他鬆開了托腮的手，把臉湊近到良平面前說：

「對了，你和我之前畫的漫畫傑作的主角長得一模一樣，因為有點不爽，所以我不想說你是帥哥……但是該怎麼說，你這種有些慵懶、厭世的表情——還有額頭上的傷都一模一樣。」

被他這麼一說，良平忍不住摸著自己的額頭。那是年幼時，在玩的時候受傷留下的傷痕——良平已經不記得當時的事，而且傷痕也沒有很明顯，只是不想露出來被人看到，所以都刻意把瀏海留長。

「所以，我決定主動找你聊天。如果沒有這種特別的理由，我才不會唐突地找別人說話。」

對方說話太沒禮貌，良平忍不住感到傻眼。這個人突然找自己說話，然後長篇大論地講述自己對漫畫的熱愛，還叫自己「你這傢伙」，最後竟然大刺刺地提及自己感到自卑的傷疤，而且說什麼包括傷痕在內，都很像他作品的主角。到此為止，在對方身上完全找不到任何「正常」的元素。

「——我可以走了嗎？」

良平決定不讓他繼續說下去，於是站了起來。他可不希望繼續忍耐聽對方說話，結果讓對方誤會「我們變成了朋友」。

「你真不近人情，我們再多聊一下嘛。」

對方嘟著嘴，也跟著良平站了起來。

良平背起背包，頭也不回地走出教室。

他察覺到那個男生也跟了上來，但他沒有理會，繼續往前走。

「你知道暢銷少年漫畫最重要的金科玉律是什麼嗎？」

走出教室後幾秒鐘——對方問了這個莫名其妙的問題，讓良平忍不住停下腳步，回頭看著他說：

「你很煩喔。」

男生雙手插在短褲口袋裡，靠在柱子上。仔細一看，才發現他完全沒有帶任何東西。他竟然空著手來上課，也未免太不當一回事了。

「這不重要，你認為最重要的金科玉律是什麼？」

「我怎麼知道。」

「**良平同學**，就是『第一集一定要有很多吸引人的謎團』。」

男生說完，得意地笑了起來。

「等一下，你怎麼知道我的名字。」

「沒錯，這就是『吸引人的謎團』，今天就是很適合稱為我和你的故事『第一集』的日子。」

「不要亂開玩笑了。」

良平覺得心裡有點發毛。剛才上課前並沒有點名，他也沒有在自己的隨身物品上寫名字，剛好坐在自己後面的這個男生沒有理由知道自己的名字。

「好，下一題，暢銷少年漫畫的第二條金科玉律是什麼？」

「你回答我的問題。」

良平加強了語氣，但那個男生完全不以為意。

「第二條金科玉律就是『謎底不要拖太久才揭曉』，因為少年都很沒有耐心。雖然聽起來可能和第一條有點自相矛盾，但如果整天一謎未解，一謎又起，反而會讓少年讀者失去興趣。」

男生離開了原本靠著的柱子，緩緩走了過來。他的舉手投足輕盈流暢，簡直就像周圍的時間速度變慢了——他渾身散發出獨特的感覺，良平頓時完全被他收服了。

「答案很簡單，今天早上，我看了你的門牌。岸良平同學，沒想到我們竟然住在同一棟公寓。」

他走到良平面前，露出親切的笑容。

——我逃不掉了。

良平意識到這一點，用力嘆了一口氣，瞪著那個男生說：

「對，你說的沒錯，我就是岸良平，你又是誰？」

那天之後，良平就經常和健太在一起。

走回租屋處的破公寓「快樂公寓」的路上，健太毫無隱瞞地說了自己的身世。他一頭好像睡起來後沒梳頭的頭髮是自然鬈，因為覺得花心思搭配衣服太浪費時間，所以整天都穿夏威夷襯衫和短褲。他的老家務農，家裡有三兄弟，他是老大。小時候常到田裡幫忙工作，但他非常討厭。為了打發下田工作時的無聊，他在作業期間一直都在想故事。久而久之，就有了想當漫畫家的念頭。他會把自己創作的漫畫帶到學校給同學看，雖然大家對他的漫畫評價不錯，但同學都覺得他「有點怪怪的」，對他敬而遠之。健太從來沒交過女朋友，上了大學之後才來到東京，所以在這裡幾乎沒有朋友。因為滿腦子只顧著追求夢想，連他父母都不想理他了——雖然良平對他的第一印象很差，但聽他聊了自己的身世之後，反而覺得這個傢伙很有意思。

「因為期末考試剛好和新人獎的投稿期限重疊，我兩次都以新人獎為優先，所以我是個不孝子。」

他也因為這個原因留級兩次，只不過良平也有留級兩次的經驗。良平這麼告訴他，他立刻眉開眼笑地說：

「什麼？你也留級兩次嗎？所以這是浦島太郎和浦島次郎不期而遇。」

良平在大學二年級結束後，就出發去環遊世界。這是他在進大學時就決定的事，所以上大學後沒有參加任何社團，也沒有結交朋友，兩年期間都拚命打工存錢。然後花了兩年的時間順利環遊世界，今年春天復學，回到學校上課。

「你爸媽竟然同意你去環遊世界。話說回來，我也沒有資格說別人。」

「不，其實他們並沒有同意。」

良平很自然地把所有事都告訴了健太。當初沒有告訴任何人就出門旅行，父母完全不知情，繼續寄生活費給他。他最討厭的父親腦溢血病倒了，母親通知他後，他也沒有理會，繼續環遊世界。父親離開了人世，母親和他斷絕了母子關係。不可思議的是，他竟然想和健太聊這些事。因為良平覺得在健太面前不需要偽裝，也不需要逞強。

「——沒想到你這麼瘋狂，我越來越中意你了。」

那是良平原本完全不打算告訴任何人的祕密。

良平覺得和健太分享這個祕密之後，縮短了彼此的距離。

健太的全名叫做田中健太。

「真的是普通到不行的菜市場名。話說回來，『岸良平』這個名字也不遑多讓。」

健太用「如月楓」這個筆名創作漫畫，他說因為太討厭自己的本名毫無個性，所以至少想取一個響亮的筆名。

「如果名字和內涵都太『平凡』，就會被這個世界埋沒，但我不想成為這種人，我發自內心希望自己可以畫出比別人更有趣的漫畫，讓世界驚豔，所以要先取一個響亮的筆名。俗話不是說就算要輸，名字也不能輸人嗎？」

健太經常眉飛色舞地談論自己未來的夢想，但良平每次都會感受到和他之間壓倒性的距離。

——他為什麼能夠這麼相信自己？

在國中之前，良平也和別人一樣，是一個充滿夢想的少年。忘了當時的夢想是成為棒球選手，還是太空人。事到如今，完全想不起小時候的夢想，但至少的確隱約認為「相信自己，夢想就會成真」。但是，之後就不再相信夢想。

——沒有夢想的人生更幸福。

已經辭世的父親最常說的一句話就是「你和別人不一樣」。即使現在想起這句話，仍然會覺得很火大，完全搞不懂父親說這句話有什麼根據。正因為原本以為「自己和別人不一樣」，當真正瞭解自己的能耐時，就會感到絕望。既然這樣，一開始就不要追尋無法實現的夢想。

「——我爸爸生前的口頭禪就是『你和別人不一樣』。」

某天下午，他們躺在校園的草皮上，良平淡淡地提到這件事。眼前這片陰鬱的天空，簡直就像是自己內心的寫照。

「現在回想起來，我爸爸說這種話真的很不負責。雖然以班級或是學校為單位來看，我的確和別人不一樣，但是久而久之，我就隱隱約約發現，在這片茫茫人海中，我只是角落裡微不足道的存在。」

從小學到高中，他都很受矚目。即使並沒有用功讀書，考試成績也永遠都是第一名。無論游泳還是賽跑，幾乎都是全年級的冠軍。社交能力很強，給人的印象很不錯，外表也不差，在班上永遠都是意見領袖，當時以為這種情況會持續一輩子，但是不久之後，就產生了某種預感。

「在環遊世界後，原本的預感變成了確信。世界比我想像中更大，也更殘酷。我充分體會到，自己只是小世界中的土霸王。」

背部感受著草皮的柔軟和泥土淡淡的香氣，腦海中回想起在世界各地看到的各種「現實」。大約國中生年紀的少女為了養家餬口而賣春；孤獨的少年在農田務農時，全家人都被當地的游擊隊殺害；光著腳的小孩子拿著手槍，在貧民窟內奔跑。每次看到他們，更覺得無憂無慮地談論夢想很無聊。

「最好不要認為自己可以成為『一號人物』，沒有必要勉強自己追求夢想，然後被廣闊的世界打敗。不要認為『自己或許和別人不一樣』，反而更能夠得到幸福。因為和他們相比，我們已經夠幸福了。」

健太聽了他的說詞，忍不住冷笑一聲說：

「哼，這種『藉口』根本是狗屎。」

「為什麼？」

「這就是你環遊世界後得到的答案嗎？」

「對啊，你有意見嗎？」

「那我問你，你憑什麼認為他們比你更不幸？」

良平立刻就發現，自己的邏輯脆弱得一吹就破。正因為如此，他完全無法反駁健太的追問。

「這只是你為了說服自己的詭辯。你只是為了說服自己『我現在已經夠幸運了，不該再有任何非分之想』，但是我認為，自以為高人一等，然後用一些莫名其妙的歪理持續欺騙自己，才是更大的不幸。」

良平只能默默仰頭看著彷彿隨時都會墜落的天空，比起無言以對的懊惱，他更對自己產生了強烈的懷疑。為什麼之前認為這種幼稚的理由能夠說服自己？為什麼之前覺得自己被說服了？

短暫的沉默後，健太幽幽地問：

「你為什麼想要去環遊世界？」

——對啊，當初為什麼想去環遊世界？

良平努力回想當時的情況，但是越想越搞不懂自己，也想不起當時到底哪來這麼大的動力。

「為什麼呢？」

「可能是井底之蛙為了讓自己繼續留在井裡的行為正當化，所以想去大海看看。」

「真有意思。」

「但應該就是這樣吧。」

自己就是那個井底之蛙。膽小的青蛙親眼看到波濤洶湧的廣闊大海後，說服自己還是留在水井裡比較安全。但是，那隻青蛙是因為先有了「果然還是應該留在井裡」的結論，所以才去大海嗎？是不是懷抱了「某種希望」出發前往大海呢？那個「希望」又是什麼？

「——這只是我的推測，在你的深層心理中，你也希望自己成為『一號人物』。我想要表達的是，其實我們兩個人很像。」

雖然完全不知道健太為什麼會得出這樣的結論，但既然他這麼說，便覺得似乎就是這麼一回事，實在太不可思議了。

健太是真心想成為漫畫家。

良平心血來潮去他家玩的時候，他十之八九都坐在桌前畫漫畫，或是攤開構思筆記苦思惡想。

「你問我為什麼想成為漫畫家？答案很簡單，因為此時此刻，地球上只有我知道這個故事的後續發展，你不認為這件事很了不起嗎？」

這是良平曾經不經意地問他「你為什麼想成為漫畫家？」時，他做出的回答。

「全世界都在等待只有我知道的故事後續發展，如果我死了，故事的後續就永遠沒有人知道。你不覺得光是這麼想就讓人很興奮嗎？」

即使聽到健太這麼說，良平也完全沒有感覺。

「會嗎？」

「如果你無法體會，就意味著你的人生終究只是一名普通讀者。」

健太經常要求良平對他的作品提出意見。

「你看一下，我對這次的作品很有自信。」

「雖然我只是一名普通讀者，但別怪我的感想太嚴厲。」

雖然開玩笑這麼說，但良平每次都努力表達真心的感想。因為他知道無論意見多麼嚴厲，坦誠說出自己的真心話是對「認真追夢的人」表達敬意。

「這根本是幾部知名漫畫的拼貼，雖然很難具體說出哪裡有問題，但作品完全沒有新意。而且人物的行為有點不合邏輯，編故事的感覺很強烈。比方說——」

至少在良平眼中，並不覺得他的漫畫生動有趣。故事的設定乏善可陳，角色也落入俗套。說得好聽點，這可能是成功的捷徑，問題是時下光靠這種方法已經無法獲得成功。健太這個人很有趣，卻無法把他的有趣運用在作品上，實在太可惜了。而且即使良平是外行人也覺得他畫得很好，所以更為他感到惋惜。

「說起來很不可思議，你自己本身就像是漫畫中的角色，為什麼畫出來的作品這麼平凡？正因為你的分鏡和構圖超棒，所以我真心為你感到惋惜。」

「你的意見太中肯，我無法反駁。」

良平把漫畫稿子還給他，他動作粗暴地丟在桌子上，然後拿起一支圓筆，突然嘆了一口氣。

「我之前不是告訴過你，你很像我畫的一部漫畫的主角嗎？至今為止，只有那部作品得到新人獎。」

良平至今為止，曾經再三提出想要看一下那部漫畫。一方面想要看看據說很像自己的角色，另一方面是認為看了他過去唯一得過獎的作品，或許可以找到某些啟示。既然至今為止他投稿了那麼多部作品，只有那部作品獲得評審的賞識，一定有它出色的地方。

「很遺憾，我手邊沒有那部作品。當初刊登在《和平少年週刊》上，但那一期不知道放到哪裡去了，而且只是佳作而已。一直執著於過去的成績不是很不長進嗎？」

他在嘀咕這句話時，眼中少了平時的熱忱。

只有朝向夢想努力掙扎的「普通」大學生的身影。

「——有人在跟蹤我們。」

相識半年之後的某一天，健太突然這麼說。

離他們租屋處走路五分鐘的地方，有一家私人經營的時髦咖啡店，他們一有空就會去那裡打發時間。因為只要點一杯咖啡就可以一直坐在那裡，無疑是窮學生的好去處。他們兩個人都被父母斷絕了金援，所以那家咖啡店成為他們不用花錢就可以打發時間的好去處。

他們像往常一樣在那家咖啡店摸魚時，健太突然對良平這麼說。

「坐在門口附近單人桌旁的男人盯上我們了。」

當時，良平坐在背對著門口的座位。

——怎麼可能有這麼荒唐的事？

雖然良平這麼覺得，但健太看向自己後方的眼神很嚴肅。他忍不住想回頭確認，健太立刻在桌子底下踹他的小腿說：「白痴喔，不要回頭。」良平問健太，為什麼會發現那個男人在跟蹤他們，健太回答說：「他每次都在我們來這裡五分鐘後走進來。」他們每天來這裡的時間並不相同，有時候剛好第二節課停課，所以就過來坐一會兒，有時候打算一整天都蹺課，於是一大早就來這裡喝咖啡，但據說那個男人每次都在他們進來五分鐘之後出現。果真如此的話，的確很不自然。

「啊，他要走了。」

才過不到十分鐘，健太就向他使眼色說道。良平終於忍不住回頭看了一眼。

那個男人剛好結完帳走出咖啡店。身高大約一百八十公分左右，肌肉結實的身體看起來像運動選手，穿著很有品味的淺灰色西裝和擦得很亮的皮鞋，感覺是能幹的業務員。

「他可能察覺到我們發現了他，果真如此的話，就太失策了。」

老實說，良平並沒有當一回事。因為良平覺得健太想太多了，或者是在胡說八道。因為他完全想不到他們被盯上的理由，也想不透跟蹤他們有什麼好處。

但是幾天之後，他們又遇到了那個男人，這也成為他們開始在買賣記憶的奇妙「店」裡工作的契機。

如果要說「契機」的話，就應該繼續追溯到大學三年級的春天，在教室遇到了健太這件事——那才是一切的起點。

3

他們陪同婦人下樓來到地下停車場，黑色轎車已經等在那裡。

「啊呀啊呀，看來你們這對年輕搭檔又出色完成任務了。」

這家「店」的專屬司機從駕駛座上走下來，大家都叫他「熊哥」。他身材肥胖，有一雙親切的小眼睛，嘴上留著濃密的鬍子。年紀大約四十多歲，但不知道他的實際年齡。至於他像不像熊，可能見仁見智，但熊哥似乎從很久之前就是熊哥。

「我對兩位真是感激不盡，太謝謝你們了。」

婦人頻頻鞠躬對他們說道。

「我一定會邁向新的人生。」

熊哥打開後車門，請婦人上車。

「不好意思，請妳和來的時候一樣，搭車期間戴上這個。」

熊哥確認她在車後座坐好之後，急忙拿出眼罩。婦人笑了笑，立刻用熟練的動作戴上了眼罩。

客人來這家「店」唯一的方法——就是必須由這家「店」的員工開車接送。來的時候，車子會依照客人指定的時間去指定的車站，上車之後必須戴上眼罩。在抵達這家「店」的地下停車場之前，都不可以拿下眼罩。離開時則相反，在某個車站下車之前，客人都不可以拿下眼罩。不用說，這當然是避免客人知道這家「店」所在的地點。普通客人由各個專案的負責人親自接送，但如果是交易超過一定金額的「貴賓」，就由熊哥開車接送。

「這位太太要展開新生活了，出發囉！」

熊哥上車後，轎車緩緩駛了出去，地下停車場只剩下良平和健太兩個人。

「——我覺得銀行員很有意思。」

走出大樓後，健太靜靜地說。

「為什麼突然這麼說？」

從澀谷車站穿越中心街，再繼續走向深處，就有一棟老舊的住商大樓。既沒有招牌，也沒有公司行號的牌子。這裡很少有人經過，但即使有人經過，也完全無法想像那棟大樓內竟然在做不正當的生意。被人遺棄、遺忘的地方——正是最適合這家「店」的理想地點。

時鐘指向十點多，但七月的夜晚仍然悶熱不已，也就是所謂的「熱帶夜」。尤其是週六晚上，不知道是不是因為中心街的人潮帶來熱氣的關係，體感溫度比平時更高。但是，良平並不討厭這個地方，五光十色的霓虹燈和來往行人的喧鬧，這是從事「不正當副業」的人最佳的藏身之處。

良平大學畢業後，進入一家大型都市銀行工作，但他選擇這份工作並不是為了追求穩定，也不是有什麼想要靠金融改變世界之類的雄心壯志，而是確信銀行是最有助於蒐集這家「店」可用資訊的地方。他既沒有想要實現的夢想，也沒有想要成就的野心，更沒有值得投入的興趣愛好。他沒有女朋友，除了健太以外，也沒有其他可以稱為朋友的人。這家「店」是唯一能夠讓自己這個「平凡無奇」的人熱衷的地方。對他而言，重要的是「副業」的那家「店」，在銀行工作只是成就副業的手段。在踏入社會第二年的七月，現在他的想法完全沒有改變，正因為這樣，聽到健太表達「銀行員很有意思」這個意見時，感到很新鮮。

「——因為可以不費吹灰之力，就窺探別人的人生。」

「別說得這麼難聽。」

「但這不是事實嗎？託你的福，我們的副業才能做得這麼順風順水。」

銀行內匯集了各種不同的人生。誰在什麼時候出生，從事什麼工作，賺多少錢，和誰結婚，或是一輩子沒結婚就死了——可以把這些事調查得一清二楚。正因為能夠輕而易舉窺探別人的人生，所以他們的「副業」才做得這麼有聲有色。

「但是這次的案件真的很猛，好久沒有這種發抖的感覺了。」

健太對著夜空，輕快地吹著口哨。

一個星期前，鬱鬱寡歡的婦人走進了銀行的分行。

——可以請你幫我補登這本存摺嗎？

良平把婦人遞給他的存摺放進補摺機，看著電腦螢幕。螢幕上很快就出現了「帳戶已解約」的警示。

——這個帳戶兩年前就解約了。

當他說完這句話，打算把存摺還給婦人時，發現她有點不對勁。

——你剛才說兩年前？

婦人雙眼通紅，太陽穴青筋爆出。

良平忍不住自問，自己是不是說了什麼不得體的話，這時，婦人從手提包裡拿出手帕哭了起來。

一問之下，才知道她手上的這本存摺是將近十年前失蹤的丈夫留下的，她在整理房間時，偶然發現了這本存摺，於是就拿來銀行補登。

——我就當成他死了，努力讓自己放下。

她的丈夫失蹤後，她用各種方式找人，但最後仍然沒有找到。

——但是在十年後，看到這本存摺，我到底想怎麼樣呢？

如果那個帳戶是在十年前解約，她應該能夠順利放下。如果這個帳戶十年來都沒有任何動靜，或許也不是問題，問題就在於**兩年前**解約這件事。

——至少他兩年前還活著。不僅如此，他還記得我，所以才會去解約。

那是他們夫妻專門用來儲蓄的帳戶，但很快就有名無實了。她的丈夫不再把錢匯入這個帳戶，不久之後，甚至不再回家。也許是因為他們遲遲無法生孩子，但事到如今，她無法瞭解真相，也沒必要知道，只是沒想到十年前凍結的時間，竟然又意外動了起來。

——他現在一定在新的家庭偷笑！

姑且不論她的丈夫有沒有偷笑，但良平的確在內心偷笑。因為這名婦人是絕佳的「貴賓」，這當然不是對銀行而言，而是對「店」而言。

他立刻把帳號輸入電腦，電腦螢幕上顯示了「杉本修平」的名字。他立刻點了「家屬資料」的欄目，只出現了「杉本由美子」這個名字。因為婦人說他們沒有孩子，所以「由美子」顯然就是眼前這名婦人。他又點入「杉本由美子」的頁面，在便條紙上抄下了她家的電話號碼。

——期待您下次惠顧。

他說了一些言不由衷的安慰話，就送婦人離開了。

連他自己都知道，他的嘴角不自覺地上揚。

兩天後的晚上，他們才打電話給婦人。良平和健太約定見面，然後把抄了電話號碼的便條紙交給了健太，同時告訴健太婦人是什麼屬性的客人，可能會有哪方面的「需求」。健太點了點頭，拿出手機撥打了那個號碼，向婦人「推銷」。

——請問是杉本由美子女士嗎？

——恕我坦率請教，妳想忘記妳先生的事嗎？

——有一家祕密的店。那是一家不可思議的店，只推薦給特別的客人。

他們每次都用相同的手法。當或多或少背負著某些東西的人出現在銀行櫃檯——可能是兒子英年早逝的年邁夫婦，也可能是意外懷孕的年輕情侶，或是來日不多的罹癌老人，良平每次發現這種客人就會抄下他們的電話，然後由健太突然打電話給他們。如果客人去銀行當天就打電話，客人很可能會發現良平的真實身分，所以通常都會隔兩、三天再打電話。事情順利的話，差不多一個星期就可以「簽約」，簡直易如反掌。

「——相較之下，漫畫家的工作就太無聊了。」

健太發著牢騷。他在大學畢業後沒有找穩定的工作，整天遊手好閒。雖然他自稱是漫畫家，但無論怎麼看，都只是一個追夢的自由工作者。和其他自由工作者唯一的不同，就是他從事特殊的「副業」。

「我覺得因為你不是漫畫家，所以才會這麼無聊。」

「良平，你每次說話都這麼傷人。」

「那我問你，你的名片上敢印漫畫家這三個字嗎？」

「印不印這三個字，取決於臉皮夠不夠厚。」

言談之間，他們已經穿越了中心街。行人專用的號誌燈變成綠燈，他們穿越了全向交叉路口。ＪＲ澀谷車站就在眼前。

這時，車站前的人群傳來歡呼聲。

「怎麼回事？」

健太停下了腳步，良平也跟著停下腳步。

「——接下來請各位聽我唱今晚的最後一首歌。」

人群中心傳來女性透過麥克風發出的清澈聲音。

因為人太多了，看不到到底是什麼狀況，但似乎有人在街頭唱歌。

「圍觀的人真多啊。」

良平在小聲嘀咕的同時，粗略計算了一下人數。差不多有六十人左右。可能是小有名氣且頗受歡迎的歌手。

「不好意思，借過一下，不好意思。」

健太大剌剌地撥開人群——良平不敢正視被他推開的人投過來的責備眼神，低頭跟在健太身後。

「最後當然要唱各位期待已久的這首歌！」

「星名！」一名觀眾叫了起來。

站在人群中心的是一個身穿洋裝的嬌小女生，明明是大熱天，她卻戴了一頂白色針織帽。因為被帽子遮住，所以看不到她的髮型，但是露出後頸的短髮，鼻子上的那副黑色圓框眼鏡更襯托出她的可愛。那應該是平光眼鏡，也就是俗稱的「次文化系女孩」打扮。她的年紀應該和良平他們差不多，或是小個幾歲。她整體感覺看起來年紀很小，但一雙大眼睛和豐滿的雙唇很性感，這種衝突感令人印象深刻。

「接下來請聽《星塵夜騎士》。」

「星名」說完之後，彈起了木吉他。節奏輕快、以小調為基調的旋律帶著悲傷，卻又有一種懷念的感覺。

前奏結束後，她的歌聲在夜空中飄揚。麥克風中傳來的柔和換氣聲，為旋律和歌詞增添了溫度。吉他的琶音和悠揚的歌聲編織出的氣氛，讓聽眾屏息靜聽。

那是一首關於正在仰望星空的「我」和「你」的歌。在群星閃爍的夜空下，「你」靜靜地說了一句話。「滿天星斗的夜空一定會記得我們」——於是「我」發現，此時此刻的我們，也許變成了一顆星星，永遠留在夜空中。

百億年後，在那顆星星編織愛的人們，
將會聽到這首歌，看到這道光——。

良平回過神時，發現淚水順著臉頰滑落。他完全不知道原因，只覺得無論旋律、歌詞和歌聲，所有的一切都讓他心生憐愛。「星名」的歌深深打動了自己。正因為如此，他理所當然地完全沒有發現站在他身邊的人愣在原地，完全說不出話。

那只是某個夏日，澀谷車站前的一幕，夜空中完全沒有星星。

4

大學三年級的秋天，良平和健太第一次踏進「店」裡。

當時，良平同時打三份工。除了兩份家教工作，還在大學附近的居酒屋打工。因為他事先完全沒有和父母商量就擅自去環遊世界，而且還「不當領取」生活費。光是這兩件事就已經死定了，加上他還「不願回國見父親最後一面」，當然更成為「壓垮駱駝的最後一根稻草」。

「即使你橫屍街頭，也和我無關。我沒有你這個兒子，但是你要把大學讀完，否則你爸爸即使死了，也無法瞑目。」

母親流著淚說完這番話，掛上了電話，很快就不再寄生活費給他。那天之後，良平也沒有再和母親說過話。

為了繳學費和房租，他拚了命打工。雖然對大學並沒有特別的感情，但他牢記了母親最後對他說的話。而且，雖然他超討厭父親，但還是對沒有為父親送終感到愧疚，所以那天他也一下課就直奔居酒屋，揮汗如雨地工作到半夜十二點。

「——王八蛋。」

良平快下班時，一個身穿夏威夷襯衫和短褲的熟悉身影走進居酒屋。他經常在良平打工時來店裡找他玩，但那天已經喝了不少酒。

「你今天不是十二點下班嗎？」

他當然完全掌握了良平的打工時間，「你下班後陪我一下。」

良平順了他的意，在十二點下班後就走向他的座位。幸好老闆很寬容，每次都允許他在下班後，到凌晨五點打烊之前，能夠以客人的身分繼續留在店裡。

「我今天超不爽。」

健太只要一喝酒就會臉紅，但這天已經不是臉紅而已，而是紅得發紫了。

「我構思了十年的超級大作竟然沒有入選。」

在健太提起這件事之前，良平完全忘了這件事，那天的確是某個新人獎公布結果的日子。健太這次投稿的作品是他從中學時代就開始構思，自稱是「近代科幻超級大作」，只要看他的樣子就不難猜到結果。

「我看了金獎作品的故事梗概，無聊得像狗屎！真搞不懂那些評審的眼光。」

健太抱怨的樣子很可憐，也很滑稽。所以早就說了嘛，當個「普通人」就好。自己搞不清楚狀況，偏要樹立什麼「偉大的夢想」，才會遇到這種事——雖然良平很想要支持健太，但也同時有這種想法。只是他很清楚，自己在這種時候該扮演的角色，就是不能說出內心的想法，只要默默點頭就好。

「可以打擾一下嗎？」

就在這時，一個身穿西裝的男人要求和他們併桌。

那個男人剪了一個兩側理得很短，頂部用髮膠固定的二區分式髮型，戴著無框眼鏡，眼鏡後方的眼神很銳利。良平直覺地認為，之前曾經在哪裡見過這個男人。

「據我的觀察，你目前深受負面情緒所困。」

男人動作俐落流暢地在健太身旁坐下時說道。

健太舉起啤酒杯正準備喝酒，聽到這句話，把杯子重重地放在桌上。

「你一直在跟蹤我們吧？」

聽到健太氣勢洶洶的說話聲，店裡好幾個人都轉頭看了過來。

果然不是心理作用。健太之前在咖啡店時看過男人的臉，所以不可能認錯。跟蹤自己的男人突然出現在眼前——良平忍不住握緊了手上的水杯，不自覺繃緊了身體。

「對，沒錯，我一直在跟蹤你們。」

男人很乾脆地承認，這代表健太之前並不是胡說八道，而且那個男人偏偏在這個時間點主動接觸。良平完全不瞭解男人的意圖和理由。

「不瞞兩位，我在一家『買賣記憶的店』工作。」

「你在說什麼莫名其妙的話。」

健太立刻激烈反駁。

「大家一開始都這麼說，那先來試試這個。」

男人從西裝內側的口袋拿出一個噴霧式小瓶子，取下蓋子。小瓶子內裝滿了淺藍色液體，乍看之下像是香水。

「我要噴囉。」

男人朝著健太噴了幾下。

噴霧噴到健太身上時，他頓時臉色大變。

「這、這是怎麼回事？」

原本因為喝醉酒而渙散的眼神突然聚焦，在半空中飄忽，好像看到了什麼良平沒看到的東西。

男人輕輕笑了笑，轉身看向良平的方向。

「你要不要也來一點？」

良平戰戰兢兢地點了點頭，男人和剛才一樣，也對他噴了幾次噴霧。

腦海中立刻浮現了喚醒的記憶。那是在咖啡店內的景象，而且不是普通的咖啡店，是他和健太經常去的那家咖啡店。

抬起原本低著看報紙的頭，觀察店內的兩名大學生。坐在靠裡面的那個人在桌子底下踹向背對著這裡的人，兩個人把腦袋湊在一起竊竊私語。他們可能發現自己被跟蹤了。既然這樣，就代表他們已經知道有一個男人在跟蹤他們——沒錯，重點是讓他們**記住**今天發生的事。

既然目的已經達到了，於是便起身去結帳。雖然可以感受到背後的視線，但是沒有回頭。反正很快就會和他們見面談買賣。到時候，要讓他們「親眼看到」這個記憶。想到那一天，心情不由得興奮起來。

走出咖啡店，微涼的秋風輕拂臉頰。

「——怎麼樣？這下子願意稍微相信我說的話了嗎？」

男人一臉得意地輪流看著良平和健太。如果要問自己相不相信，只能回答說「雖然難以置信，但是只能相信」。因為前一刻喚醒的記憶，正是那天健太說「有人跟蹤我們」時的記憶。

只不過剛才看到的並不是自己的記憶，而是跟蹤自己的眼前**這個男人的記憶**，而且不僅看到了影像，甚至感受到達到目的時的興奮，和秋風吹來時舒適的感覺——簡直就像曾經發生在自己身上。

「記憶並不是只有影像而已。」

男人蓋上瓶蓋後，收回了西裝內側的口袋。

「聲音、氣味和觸感，還有當時的感情，全都是記憶。」

男人順手拿出了筆，把餐巾紙攤在桌上，寫下了幾個數字。

「如果你們有興趣，可以打電話來這裡。」

——無論怎麼想，都覺得這個男人太可疑了。

良平這麼想，沒想到健太當機立斷地說：

「我有興趣，請你馬上帶我去你說的那家店。」

健太說完就把餐巾紙揉成一團，丟在桌子上。不知道是不是被噴了記憶噴霧後稍微清醒了，他的醉意似乎消失了不少。

良平對意外的發展感到目瞪口呆，男人可能猜到健太會說這句話，咧嘴一笑說：

「那就更簡單了，我的車子停在樓下，你跟我來。」

男人俐落地站了起來，走出居酒屋。

良平對眼前發生的一切已經不是半信半疑而已，甚至懷疑這一切都是夢，懷疑自己也在不知不覺中和健太一樣喝醉了。

「——但還是搞不懂。」

離開居酒屋，走進電梯時，健太嘟噥說：

「原本的疑問還是沒有解開，他為什麼要跟蹤我們？」

5

週六、週日是「店」裡生意最好的時候。

良平已經忘記昨天晚上，自己聽到有人在街頭唱歌時流淚的事，只關心這天預約的客人。今天最初的客人十二點才會來店裡，只不過他在銀行的單身宿舍內也無事可做，於是提早一個小時來到「店」裡。

「——話說令人生厭的事件還真多啊。」

熊哥抽著菸，自言自語地說著。「店」內白天也都拉起窗簾，休息室內只有燈籠的燈光。一樓邊間的房間是「店」內員工聚集在一起的空間。

「你看這起事件——已經是四年前的事了。」

熊哥把正在看的週刊雜誌遞了過來，「醫生全家燒死事件至今已經四年——事件黑幕和慘劇真相」。當時這起事件鬧得沸沸揚揚，所以良平也記得。

「四年前是你們這對年輕搭檔開始在這裡工作的時候？」

「我們是從大三那年秋天開始的，所以快滿三年了。」

「喔，這樣啊。」熊哥沒有太大興趣地嘀咕了一聲，良平瞥了熊哥一眼，迅速瀏覽了報導的內容。四年前，高知縣某個小鎮發生了一起可疑的火災——經營一家大醫院的醫生住家起火燃燒，從火災現場發現了一家五口的屍體，在勘驗現場後發現，起火點在玄關附近，研判很有可能遭到縱火。到底是遭人怨恨，還是基於其他原因？光是失去五條生命就已經話題性十足，但這起事件之所以成為社會關注的焦點，還有另一個原因。

「對活著的那個兒子來說，也是一場災難。他和你年紀差不多吧？」

熊哥說的沒錯，醫生家有一名倖存者。醫生的長子那時剛好在東京，所以逃過一劫，沒有和全家人一起葬身火窟。只不過因為長子獨自繼承了龐大的遺產，立刻成為輿論好奇的焦點。報導中提到，那名長子今年二十六歲，的確和良平年紀相仿。

「如果那個縱火犯來出售縱火瞬間的記憶，一定會有很多買家。」

雖然熊哥的話很不得體，但是這種離經叛道的記憶的確經常在本「店」進行交易。比方說，有女高中生來出售「上游泳課前，在更衣室和同學一起換衣服時的記憶」賺零用錢，那些有異常性癖的有錢人立刻花錢買回家，這還算是無傷大雅的情況，還有很多獵奇的「貴賓」有低級趣味，專門蒐集別人跳軌，或是被車撞死瞬間的記憶。也許這種人願意花大錢買下那名縱火犯犯案時的記憶。

「話說回來，你們還太資淺，不可能接觸這種危險的客人。」

熊哥把只抽了一半的香菸在菸灰缸內捻熄後，站了起來。

「純哥的客人差不多快結束了，我要準備送客人回去了。」

熊哥口中的「純哥」，正是當年把良平和健太帶來這家「店」的人，他也是本「店」的頭號業務員。「純」應該是他的名字，不知道是只有一個純字，還是叫純一，或是純平，這種事沒有人知道。因為在這家「店」，無論員工還是客人，**名字都不重要**。

不一會兒，手機就接到了健太的聯絡，「已經在池袋車站接到了預約的客人」。

他和健太之間在某種程度上進行了分工。基本上由良平負責找客人，健太負責之後到當天為止的一連串接觸和用車子接送。

——你只要在非假日專心找客人就好。

在銀行的櫃檯前找客人最簡單。因為眼前的電腦內有各種資訊，同時藉由辦理手續時和客人聊天，進一步摸清客人的底細並不是太困難的事，反而是之後的推銷更辛苦。打電話給對方，向對方說明令人難以置信的本「店」情況，然後說服對方簽約。以工作壓力來說，絕對是負責推銷的健太更有壓力。

——但是你承擔了遭到懲戒解僱的風險，和我的情況不一樣。

健太經常把這句話掛在嘴上。這件事一旦曝光，自己可能立刻會被銀行開除。因為自己濫用客戶資料，這也是理所當然的事。

——而且我臉皮比較厚，更適合推銷。

健太的這句話也很實在，他就像第一次在教室主動和良平搭話那樣很懂得把握時機，總是輕而易舉地說服客戶簽約，但是良平知道健太的這句話中隱藏了他的內疚。雖然他自稱是漫畫家，但平時整天無所事事。兩人開始斜槓這個副業時決定「報酬五五分」，他覺得既然自己有更多閒暇時間，就必須盡最大的努力做力所能及的事。只不過良平即使察覺了他內心的這種想法，也從來不會說出口，也沒必要說出來。

傳來敲門聲後，純哥立刻走了進來。

「喔，你這麼早就來了。」

純哥在熊哥剛才坐的椅子上坐了下來，緩緩點了一支菸。

「今天是什麼樣的客人？」

良平聽了他的問題，努力用無趣的語氣回答說：

「今天的客人只是來『出售』，金額也很低。因為她想要從父母的帳戶中提領二十萬圓，我問她原因，她說想去墮胎。」

「太離譜了，她的父母一定在流淚。」

「但是她說自己沒錢，無奈之下，我向她介紹了這家『店』，她說『我很想去』。」

「嗯，能夠幫助別人是好事。」

即使純哥這麼說，良平仍然感到美中不足。昨天那名婦人的交易，一次的成交金額就是數百萬圓，所以他領到的成功報酬也很可觀，但今天是「出售」的案件，金額很低，能夠賺到的錢也很少。

「客人來『出售』的案件，關鍵在於轉賣，所以你不必露出這麼沮喪的表情。」

遇到這種「出售」的案件，業務員可以領到記憶的核定金額——也就是購買價格兩成的報酬。

比方說，如果核定一百萬的記憶順利出售，業務員可以抽取兩成報酬，也就是有二十萬的收入，剩下的八成支付給客人。在今天的案件中，如果客人出售的記憶被核定為二十五萬，客人就可以領到墮胎需要的二十萬現金。良平和健太要平分報酬，所以每個人只能領到兩萬五千圓。自己只是在銀行櫃檯竊取客人的資料，以時薪來換算，這樣的報酬並不差，但是看到純哥經手的那些大案子，就覺得這種程度的交易太微不足道了。

但是純哥說的沒錯，「出售」的案件，關鍵在於轉賣。也就是說，把客人出售的記憶高價推銷給其他客人，在客人「購買」記憶時，業務員可以抽取購買金額的三成作為報酬，而且價格也可以由業務員自行決定。只要供需能夠平衡，就可以把「低價」購入的記憶，用「高價」轉賣出去，獲得龐大的報酬。

「——雖然是這樣。」

「聽熊哥說，你們昨天的『收取』案件很驚人。畢竟要**刪除一個人**，必須做好充分的心理準備，這麼大的案件，無愧於『風險管理的阿良』的名號。」

不知道純哥是否看到良平仍然一臉不滿的表情感到於心不忍，於是笑著這麼鼓勵他。所謂「收取」和廢品回收一樣。客人付錢，請他們收走折磨自己的負面記憶。這種情況和「購買」一樣，業務員的報酬都是三成，也可以由業務員自行設定價格。昨天那名婦人支付了三百萬圓，消除關於痛恨的丈夫的記憶——正因為良平事先知道婦人銀行存款的總金額，才能夠提出這個對方勉強願意接受的金額。他和健太兩個人都分別拿到了四十五萬圓的報酬，一個晚上就賺到相當於本業月薪兩倍的錢，純哥說的沒錯，這的確是令人興奮的大案子。

但是，如此高的金額也意味著重大的責任。因為客人在「出售」或是「收取」後，會失去原本的記憶。以昨天的婦人為例，在她的人生中，從此就**不再存在她丈夫這個人**，只不過即使時間不長，他們也曾經有過一段婚姻生活。換句話說，在未來的日子中，隨時會發生「已經埋葬的婚姻關係」不經意地探出頭的可能性。

正因為如此，事先必須徹底調查可能發生的風險，良平的確比健太更適合處理這個問題。健太說服客人「動心」，然後由良平「評估風險」。在共同處理多起案件後，漸漸瞭解了彼此的強項，很自然地形成這樣的分工。忘了從什麼時候開始，純哥便稱他們為「風險管理的阿良」和「推銷話術的阿健」。

「老闆應該也為你們兩個人感到驕傲，雖然他從來不會說出口，也不會表現出這種態度。」

老闆就是這家「店」的總管。他一頭白髮，戴了一副好像牛奶瓶底般厚鏡片的眼鏡，外形看起來就像是瘋狂的科學家，全身散發出不同尋常的氣氛。他很少會出現在員工面前，總是在裡面的房間內進行記憶相關的研究，但一手包辦了「出售」案件的價格核定。良平初次踏進這家「店」時曾經見過他一次，自此之後就沒見過他。

「不必感到急躁，你們短短三年就能夠搞定這種案子，已經很厲害了，我也不能太大意。」

純哥半開玩笑地說完後，用力吐了一口煙。

6

「我叫純，大家都叫我純哥。」

三年前，第一次來這家「店」的時候。

良平和健太坐在車後座，純哥向他們自我介紹。聽了他的自我介紹，也只知道別人怎麼叫他，但至少已經不再是來歷不明的跟蹤者了。

戴上眼罩坐上別人的車，感覺是極其危險的事。

——一旦錯過這個機會，就會後悔一輩子。

健太喘著粗氣，口沫橫飛地說，良平無法抗拒他的堅持，只能不甘不願地一起搭車去「店」裡。

「——你為什麼有這麼大的不滿？」

純哥的話還沒有說完，健太就激動地說：

「因為我的漫畫沒有獲得認可，全都怪那些狗屎評審死腦筋！」

「你想成為漫畫家嗎？」

「嗯，對啊，你有意見嗎？」

雖然戴著眼罩看不見，但良平覺得純哥當時似乎輕輕笑了笑。

純哥接著又問了幾個問題，喝醉酒的健太都氣勢洶洶地回嗆，最後，車子靜靜地停了下來。

拿下眼罩後一下車，良平忍不住和健太互看了一眼。因為他們身處一個極其普通的地下停車場。停車場的空間不大，最多停五輛車就會塞滿整個停車場。水泥天花板很高，白色日光燈閃爍，有一種陰森的感覺。

「到了，跟我來。」

他們跟著純哥走進電梯，最先映入眼簾的就是前方內壁上有一面老舊的大鏡子。

「面對鏡子的方向並排站好。」

他們聽從純哥的指示，面對鏡子，並排站在純哥的兩側。電梯門在身後關上，然後開始上升。不可思議的是，白色煙霧開始在鏡子中繚繞。煙霧繚繞在他們三個人出現在鏡子中的身體周圍，不時發出像雷雲般的閃光。因為電梯內並沒有充滿煙霧，顯然是只有在鏡子中發生的現象。

叮。隨著一聲聽起來很廉價的聲音響起，電梯停了下來。

抬頭一看，剛才在鏡子中繚繞的白煙改變了形狀，他們在鏡子中的頭頂上隱約出現了一排九位數的數字。

「這就是你們的號碼，藉此確認你們是本人。」

純哥在手上的便條紙上抄下了數字，然後分別交給他們兩個人。

「在這家『店』，名字沒有意義。」

一邊聽著純哥的說明，走出電梯時，良平立刻看了一下。顯示樓層的數字是「3」，所以目前應該在大樓的三樓，電梯按鈕的數字只有到「4」而已，顯然是一棟四層樓的房子。令人匪夷所思的是，雖然看到了「B1」、「1」、「3」、「4」的按鈕，但在「1」和「3」之間沒有按鈕，而是有一個鑰匙孔。

「為什麼沒有二樓的按鈕？」

健太問率先走出電梯的純哥，他看起來像喝醉了，沒想到眼睛很利。

「這件事目前和你們沒有關係。」

雖然純哥說話的語氣很平靜，卻帶有一絲緊張的感覺。他冷漠的語氣讓人確信，即使繼續追問，也無法聽到滿意的答覆。

三樓鋪了油氈板的走廊兩側各有兩道門，和地下停車場一樣簡陋，所有的門都關著，完全無法瞭解門內的情況。

「我們去後方那個房間。」

他們跟著純哥走進了右側後方的房間。和地下停車場或走廊相比，房間內的裝潢稍微講究了些。窗前拉起厚實的窗簾，掛在天花板正中央的燈籠是房間內唯一的照明，燈籠下方有一張木桌，周圍放了幾張木椅。仔細一看，發現桌上放了一顆水晶球。

「先坐下吧。」

良平和健太在他的示意下，並排坐了下來。

「首先向你們說明一下這家『店』。」

純哥從上衣內側的口袋拿出了剛才的小瓶子，放在桌子上。

「相信你們應該已經知道，這裡是做記憶買賣的『店』。可以擺脫痛苦的記憶，也可以購買喜歡的記憶，在這裡可以自由交易。」

良平聽純哥說話時，忍不住看向桌上的水晶球。

純哥可能發現了，把水晶球推到他面前說：

「交易是透過水晶球進行，你把手放在水晶球上，想像一下自己喜愛的食物。」

他按照純哥的指示，把手放在水晶球上，想像了涼拌豆腐。

眼前立刻閃現了幾個畫面。自己和陌生女人面對面坐在一起吃涼拌豆腐；自己正在安慰打翻了盤子裡的豆腐、不停哭泣的女童；自己拿著菜刀準備切豆腐的時候，不小心切到了手——。

各種不同的景象宛如洶湧的波濤般湧來，就像連續拍攝的照片般在瞬間切換，但和連續拍攝的照片不同之處在於，各個場景之間毫無關聯。他無法承受壓倒性龐大的資訊量，忍不住把放在水晶球上的手縮了回來。有關涼拌豆腐的影像立刻從腦海中消失，昏暗中只見健太和純哥的臉。

「你剛才看到的是客人在這家『店』捨棄的記憶。」

良平感到心跳加速，額頭冒著冷汗。八成是大腦無法處理剛才的資訊，陷入了恐慌。

「如果你出售你的記憶，這些記憶就會封存在這顆水晶球內。」

純哥又把水晶球推到健太面前。健太的手一碰到水晶球，裡面的白煙便迅速旋轉，被吸入了他手掌碰觸的部分。健太慌忙把手縮了回來。

「只要在水晶球內，記憶就不會褪色，但是無法知道記憶原本主人的感情，是不是很有趣？」

聽了純哥的說明後，有一種恍然大悟的感覺。這一次的感受的確無法像在居酒屋時那樣，體會到「記憶原本主人」的感情，只是看到影像，聽到聲音而已。

「如果想要連同感情一起體會的話，就必須將記憶從水晶球萃取到小瓶子中，然後買回家。」

純哥指了指放在桌上的小瓶子。

「但是價格不便宜，所以你們可能買不起。」

他露出調皮的笑容後，輕咳了一下。

「好了，言歸正傳。你剛才說，你有不愉快的記憶。」

健太聽了他的問題後靜靜點頭。他的氣色比剛才在居酒屋自暴自棄時稍微好了一些，至少雙眼恢復了平常的炯炯有神。

「你可以再次把手放在水晶球上，然後回想那些記憶。」

健太遵從了純哥的指示，再次把手放在水晶球上，純哥也把手放在水晶球上。

「好，你回想一下當時的情況。」純哥發出了指示，水晶球中的白煙再次開始旋轉，但這次在健太手掌前方旋轉的白煙發出紫色的閃光，被吸入了純哥的手碰到水晶球的地方。即使是旁觀者也知道發生了什麼事。純哥和健太共享了相同的記憶。

「原來如此——」

純哥的手靜靜地從水晶球上移開，「原來你真的很不甘心。」

良平不知道純哥「目擊」到的健太記憶是什麼內容，但顯然是從影像中看到了某些東西，才能夠感受到健太的懊惱。

「好，你還是學生，這次就用優惠價一萬圓收取你的記憶。」

一萬圓。良平一時無法判斷是貴還是便宜。對窮學生來說，一萬圓不是小錢，但如果有助於心理健康，似乎又算便宜。無論如何，都必須由健太做出判斷。

良平屏息等待，沒想到聽到了出人意料的話。

「——純哥，那你可以抽取多少酬勞？」

健太的臉上已經完全沒有醉意。

「你的著眼點很有意思。」

純哥開心地笑了起來，他豎起三根手指說：

「因為這次是『收取』記憶，所以是三成，也就是三千圓。」

健太聽了純哥的回答後，用手指撐著額頭。這是他在思考時的習慣動作。

意外的發展讓良平不由得激動起來。除了健太以外，還有其他人會在這種狀況下，思考這家「店」的報酬制度嗎？

「所以價格可以由你決定嗎？」

健太再次發問，純哥驚訝地瞪大眼睛，微微偏著頭回答說：

「你很敏銳，的確是這樣，但你為什麼問這個問題？」

健太心滿意足地點了點頭，露出無敵的笑容說：

「——既然這樣，請僱用我和他。」

良平愣了一下，才意識到健太說的「他」是指自己。因為他完全聽不懂健太這句話的意思。

「因為我和他都很窮，我們會拚命賺錢。」

的確，如果按照純哥剛才所說，只要能夠自己找到高額的案件，轉眼之間就可以賺到數萬圓，比起教腦筋不靈光的小學生數學兩個小時，或是連續六個小時在廚房和客人之間跑來跑去都更吸引人。

「我們是不是會拚命工作？」

健太問良平，良平回過神，立刻用力點頭。

純哥看著他們，瞇起了眼睛，似乎覺得很有趣，然後站了起來。

「好啊，我去問老闆，你們跟我來。」

於是，他們跟著純哥走出那個房間，再次走進電梯。這次純哥並沒有要求他們面對鏡子，所以良平注視著純哥會按哪一個按鈕。轉頭一看，發現健太也看著純哥的指尖。

「很可惜，老闆是在四樓。」

純哥的話還沒說完，電梯門就關上，電梯又開始上升。

7

十二點過後，門突然打開，健太走了進來。

「咦？客人呢？」

良平問，健太似乎感到無地自容，低頭回答說：

「原本正要載她來這裡，她突然說『還是覺得很可怕』。可能是因為上車之後戴上眼罩，不知道會發生什麼事。」

良平聽了健太的回答，忍不住咂著嘴，然後整個人靠在椅背上。

客人在最後關頭心生恐懼的情況經常發生，仔細思考一下就不會感到意外，因為任何正常人都不可能戴著眼罩坐在陌生人開的可疑車子上。而如何說服客人，取決於業務員如何展現本領。

「不好意思，是你安排的客人——」

健太向他道歉。

「沒關係，反正並不是太大的金額。」

「但是，不能錯過任何一個客人，才能進入『下個階段』。」

聽到健太這麼說，良平忍不住咬著嘴唇。

在這家「店」決定錄用他們時，老闆在最後提出了一個條件。

——首先，你們兩個人要賺到一千萬圓的報酬。

——達到這個目標後，就提供你們進入「下個階段」的機會。

——但是，必須在三年內達到這個目標，如果無法達成目標，就代表你們的能力只有這種程度而已。

本「店」的業務員所賺取的酬勞大致是交易金額的三成左右，反向推算，如果無法完成總計三千三百萬圓的交易，就無法達成這個數字。雖然老闆並沒有說，如果無法達成會有什麼結果，但反正不會要自己的命，所以他們兩個人認為，與其在意這種事，不如努力工作達成這個目標。

在這裡工作已將近三年，從每個案件單價幾萬圓開始慢慢累積，到完成昨天那名婦人的案件，累計交易金額終於突破三千萬圓大關。考慮到剩下的時間，如同健太所說，即使是小案件也要好好把握。

「你為什麼在看這個？」

健太指著攤在桌上的週刊雜誌問。

「剛才熊哥在看，說現在有很多慘不忍睹的社會事件。」

良平把週刊雜誌推到健太面前，健太拿了起來，隨手翻閱著。

「有嗎？我反倒覺得有很多顯示天下太平的報導，像是藝人的獵豔故事，或是預測這一期連續劇的收視率——你看，這篇報導也太好笑了。」

他翻開的那一頁寫著「永田町被帥哥議員『香水王子』迷得神魂顛倒？」的標題。

「這傢伙太好笑了，聽說他每次在答辯和演說前都會噴香水。即使他再怎麼用香水武裝自己，如果做人臭不可聞的話，不是讓人很頭痛嗎？」

良平從他的手上搶過週刊雜誌說：

「我說的是這篇報導。」

良平翻到「醫生全家燒死事件至今已經四年——事件黑幕和慘劇真相」的那一頁，遞到健太眼前。他立刻皺起眉頭。

「喔，之前的確發生了這起事件。沒錯沒錯，死去的那家人姓氏很罕見，好像是御菩薩池之類的？總之比起讀音，那幾個字更震撼。」

健太指著「御菩薩池泌尿科診所在當地也很受好評——」這行字說道。

在火災中喪生的院長御菩薩池公德在當地的風評極佳，據說很多人希望他日後踏入政壇。同時葬身火窟的妻子恭子是個溫柔善良的美女太太，他們是人人稱羨的幸福家庭——所以當地居民的看法一致，不可能是縱火殺人事件，因為不可能有人恨他們一家人。

「——聽起來他們是好人，但到底是誰殺了他們呢？」

良平闔起週刊雜誌，丟到桌角。雖然並不確定是殺人事件，但從報導的論調來看，顯然認為殺人事件更「有趣」。到底是出於對「完美家庭」的嫉妒，還是他們其實有不為人知的「另一面」，或是——。

「這不是很明顯嗎？當然就是倖存的那個兒子啊。」

健太若無其事地說，報導也很明顯暗示了這種可能性。報導中毫不避諱地提到，那名長子是完美家庭中唯一的「癌細胞」，那個浪蕩子離家出走，離開了父母身邊。刊登這種報導很可能會因為「毀損他人名譽」而被當事人告上法庭，在這起事件中，那名長子的確是唯一可以獲得金錢而有所「得」的人。

「但是，會為了錢做這種事嗎？」

「良平，你太天真了。如果是為了錢，我反而會覺得太理所當然而感到失望。」

「難道你認為還有其他原因嗎？」

「只是一種可能性。但是一口氣少了五個姓『御菩薩池』的人，不是進入罕見姓氏排行榜的大好機會嗎？」

我就知道。良平忍不住苦笑起來。果然很像是這個愛嘲諷的人會想到的可能性。

「做這種事有什麼意義嗎？」

「為了提升自己姓氏的稀有價值，消滅同族——是不是很有趣？」

「太扯了。」

「是沒錯啦，但我認為這種新穎奇特的想法，才是精彩故事的精華。」

「那你下一部作品就畫《殺害同族的心理驚悚》。」

「漫畫中幾乎所有角色都姓『大豆生田』。」

良平忍不住笑了起來，但立刻提醒健太說：「不可以這麼沒有同理心。」

「良平，你說的對，輕浮的話題就到此為止。但說句認真的，如果生下來就是這種罕見的姓氏，人生就贏在起跑點了。」

良平突然想起健太以前曾經說過的話。

——如果名字和內涵都太「平凡」，就會被這個世界埋沒。

仔細思考之後，就覺得這根本是歪理，但是由健太說出來，就覺得好像真的有那麼一回事，真是太不可思議了。

「要不要乾脆放棄『如月楓』，改成『御菩薩池彥摩呂』呢？」

「結果因為名字太引人注目，沒有人看漫畫的內容。」

兩個人相視而笑。

雖然今天出師不利，但另外兩個案件比預料中更順利。

今天的第二個客人是某上市公司的董事，他購買了「小時候和姊姊一起泡澡的弟弟的記憶」。這個男人和那對姊弟之間當然沒有任何關係，說穿了，其實就是「偷窺洗澡」。交易價格是五十萬圓，每個人各領到了七萬五千圓的報酬。「那傢伙太變態了，早知道應該向那個死蘿莉控要更多錢。」健太咬牙切齒地說。良平也覺得很有道理。

最後的客人是一名想要成為女演員的劇團成員，她花了十萬圓購買「被男友劈腿的女人的記憶」。雖然金額比第二個案件少了很多，但良平覺得她積極追求夢想的身影和健太很像，所以在接待那名客人時也很熱心。

「下一齣舞台劇的主題是『被劈腿的女人們』，我並沒有太多戀愛經驗，更從來沒有被劈腿過……，但是我很希望這次可以爭取演主角。」

「很棒啊，我們支持妳的夢想。」

「如果妳順利當上了主角，務必要通知我們，我們一定會去看妳的演出——」

今天的總交易金額是六十萬圓，兩人各自領到了九萬圓的報酬。沒想到竟然是這麼充實的一天。

下班後離開「店」裡，良平和健太走進澀谷車站附近的一家連鎖居酒屋。週六、週日兩天，兩個人都分別賺了五十四萬圓，照理說可以奢侈一下，但不知道是不是因為大學時代窮慣了，兩個人都不太喜歡亂花錢。隔天又要去「檯面上工作」的良平點了烏龍茶，隔天沒什麼事的健太點了生啤酒。

「我算了一下。」

健太喝了一大口啤酒後，放下啤酒杯，緩緩對良平說：

「只要繼續保持目前的進度，下下個月應該就可以達成目標。」

目前兩個人累計報酬的正確金額是八百三十七萬圓，距離目標還有一百六十三萬圓。雖然看起來金額並不小，但最近一下子就可以賺到五十萬圓的大案子也漸漸增加，而且這個週末兩天，兩個人總共就賺了一百零八萬。這個數字的確很難得，但他們認為一個月應該能夠簽到兩、三個大案件，所以如同健太所說，兩個月後應該就可以達成目標。老闆給他們的期限是三個月後的十月底，應該不會像被業績追著跑的銀行員一樣，到期限之前還在為業績奔波。

「——所以，我有一個想法。」

健太露出調皮的眼神。

「我們真的要繼續以這家『店』的員工身分當業務員嗎？真的要為了老闆提出的目標盲目地工作，然後就甘於這樣嗎？雖然工作的內容很特殊，但終究只是這家『店』的齒輪，和普通的上班族並沒有太大的差別。」

「你想表達什麼？」

「我想說的是，你目前在銀行工作，然後濫用銀行內部的客戶資料，積極地從事『副業』。」

「什麼叫濫用？說得太難聽了，雖然就是這麼一回事。」

「你想不想在『店』裡也做同樣的事？」

「對不起，我完全聽不懂你的意思。」

健太一口氣喝完啤酒，用力打了一個嗝。

「『店』裡不是有很多客人的資料嗎？我們要不要利用這些資料來當偵探？靠客人的記憶來解開謎團。」

他的想法太驚人。而且和銀行的客戶資料相比，「店」裡的那些資料根本就是具有稀有價值的「個資」。

「——聽起來很好玩。」

「是不是可以成為漫畫的題材？」

健太語帶自嘲地說，然後按了桌上的按鈕叫店員過來。打工的店員大聲叫著：「我馬上過去。」

「我當然很感謝能夠在這家『店』工作。不久之前，我還是一個因為家裡不再寄生活費而差點餓死的窮學生，現在在同年紀的人中，也可以算是高薪族。」

「嗯，是啊。」

「我想不用提醒你也知道，這件事不能告訴老闆，也不能告訴純哥。」

健太壓低聲音叮嚀道。

「就像你背著銀行做目前的副業一樣，這件事也要背著這家『店』進行。」

「這沒問題，但你打算怎麼做？難道要四處發寫著『靠記憶為你解決不解之謎』的宣傳單嗎？」

「你問到重點了。我認為首先要驗證一下，這個想法是否有辦法成功，所以要不要決定一件事來試一下？」

良平發現每次都是眼前這個男人，讓自己的人生走向意想不到的方向。如果他當初沒有說要去那家「店」，如果沒有向純哥提出要在那家「店」工作，自己不可能擁有目前這種色彩繽紛、充滿刺激的生活。這麼一想，就覺得沒有理由不答應這次的提議。

「聽起來超有趣，既然你這麼說，想必你已經想好了要試哪一件事。」

「對啊，那當然。」

健太緩緩拿出手機，把螢幕出示在良平面前。螢幕上是一個戴著白色針織帽和圓框眼鏡的女人。

「這不是——？」

「沒錯，就是昨天在車站前唱歌的那個女生。」

健太在手機螢幕上滑了幾下，再次把螢幕出示在良平面前。

「昨天回家之後，我查了一下她的相關資料。」

手機螢幕上顯示的是某個部落格的頁面，上方用手寫字體寫的「流浪歌姬～星名～非官方粉絲專頁」發著光，下方是「粉絲交流論壇」、「最新出沒消息在此」等各種不同項目的標題。

「她的名字叫『星名』，也就是『星星』的『名字』，年紀和我們一樣，都是二十六歲。昨天在現場看到她，覺得看起來比實際年齡更小。」

良平聽著健太的說明，雙眼緊盯著「星名之謎一覽表」的標題。

健太笑了笑，似乎在說「你猜對了」。

「你果然對這個部分產生了好奇，我再多介紹一些星名的基本資料。她並沒有加入經紀公司，完全是素人，也幾乎沒有上任何媒體，聽說是她主動拒絕採訪，但她在全國各地都有狂熱的粉絲，在線下已經掀起一股熱潮。粉絲把她表演的影片上傳到影片網站，觀看次數最多的影片竟然超過七十萬次，這個數字超驚人。」

「七十萬次？為什麼有這麼多人看她的影片？」

「這就是重點。她有她獨特的有趣特徵。」

健太點選了「最新出沒消息在此」的文字之後，畫面立刻切換，出現了日期和地點一覽表。

「星名雖然以街頭表演為中心，但是她**神出鬼沒**。」

良平看了一覽表，發現星名的活動的確可說是「神出鬼沒」。有時候出現在博多車站前，但隔天就出現在仙台，接著又有人在高松看到她。聽健太說，她的這種「機動力」引起廣泛討論，全國各地的粉絲持續增加。

「還有另一個特徵，就是她所有的歌都是建立在**同一個世界觀**上。」

「世界觀？」

「最典型的例子，就是我們昨天聽到的那首《星塵夜騎士》——我剛才提到觀看次數達到七十萬次的影片，就是她在唱這首歌時的影片，絕對可以稱為她的代表曲。」

良平想起了昨天晚上的街頭表演。那首歌的確是名曲。木吉他的音質飽滿，每一個琶音都令人聯想到在夜空閃爍的星光，讓人感受到每一顆星光穿越百億光年的黑暗來到地球時的孤獨和奇蹟。

「你說的世界觀是什麼？」

「以無盡的宇宙為舞台，尋找某個人的故事——這就是星名的歌曲主題。」

「尋找……某個人？」

「你的直覺很敏銳。」

健太又切換了畫面，當然是滑到了「星名之謎一覽表」。

「星名在全國各地進行街頭表演是有原因的。我相信你應該已經發現了，那就是她在找人。」

也就是說，她在全國各地旅行的理由，是「為了尋找一定在世界上某個角落的『那個人』」。這是她自己正式公開的理由，正因為不知道「那個人」在哪裡，所以她成為在日本各地巡迴表演的流浪歌姬。那一頁的內容最後用「雖然本部落格管理員擅自猜想，那個人有可能是她的舊情人，但又覺得事情似乎沒這麼簡單……汗」這番話作為總結。

「你應該已經瞭解了吧？」

健太問道，良平很有自信地點頭回答說：

「是不是要找出『那個人』？」

「答對了。關於『那個人』的資訊幾乎等於零，正因為這樣，所以才更值得挑戰。」

「不好意思，讓您久等了。」店員打著招呼，又送來一杯生啤酒。健太把空啤酒杯交還給店員時繼續說道。

「但是，這並不是她唯一的謎團。另一個謎團和之前這個『聽起來很像是編出來的美麗故事』完全不一樣。」

店員正準備離開時，良平叫住了他，加點了生啤酒和涼拌豆腐。

「你不是不喝酒嗎？」

健太揚起嘴角。

「廢話少說，你繼續說下去。」

良平也發現自己臉上露出了不懷好意的笑容。

8

至今為止，兩人只去過老闆的辦公室一次。那就是大學三年級的秋天，第一次被帶去「店」裡，健太對純哥說，希望可以僱用他和良平的時候。

「老闆，您現在有空嗎？」

純哥敲了敲厚重的鐵門問道，裡面隱約傳來一個聲音。

「有。」

「好像沒問題，趕快進去吧。」

良平和健太一起走了進去，看到室內異樣的景象，簡直懷疑自己的眼睛。

書架上排放著一整排的舊書，矮櫃上放著積了灰塵的水晶球和不知道是什麼用途的古董，除此以外，還有巨大的鏡子和不知道什麼名字的觀葉植物等等，擠滿了整個房間。後方有一張木桌和一張扶手椅，昏暗中可以勉強看到一個白髮老人背對著門口坐在那裡。桌上的蠟燭是室內唯一的亮光，整個房間散發出令人發毛的感覺，比剛才純哥帶他們去的三樓那個房間有過之而無不及。

「老闆，我發現兩個有趣的年輕人。」

純哥的話還沒說完，椅子就轉了過來，老闆轉過身。他戴的厚鏡片眼鏡後方，一雙瞪大的眼睛十分銳利，眉間很深的皺紋顯示他是一個難搞的人。

「他們說，想在這家『店』工作。」

兩個人分別站在純哥的兩側，不知所措地鞠了一躬。老闆仍然沒有開口，抱著雙臂瞪著兩人，似乎在評估他們。

健太可能失去了耐心，忍不住開了口。

「我叫田中健太——」

「我不想知道你的名字。」

一直沉默不語的老闆緩緩開了口。他的聲音沙啞，但聽起來很沉重，也很冷漠。健太立刻閉上嘴，挺直了身體，似乎被老闆的氣勢嚇到了。

「你認為一個人最重要的個資是什麼？」

老闆用試探的語氣問道，但似乎並沒有期待他們的回答，一口氣繼續說道。

「是姓名嗎？還是生日？或是血型？駕照號碼？我認為都不是。」

老闆不知道從哪裡拿出一支雪茄，叼在嘴上後點了火。

「最重要的個資就是每個人的『記憶』。」

老闆吐著煙，將剛才盯著健太的視線移向良平。

「你擁有的記憶，是你之所以是你的唯一證明。即使整形，即使偽造身分證，只要你擁有你的記憶，你就是你。這件事很重要，必須牢記在心。」

良平雖然絞盡腦汁，努力想要理解這番話的意思，但卻似懂非懂，難以理解的不舒服感覺在內心翻騰。

「電梯內不是有一面鏡子嗎？」

純哥接續老闆的話題，繼續對他們說：

「鏡子中照出的是每個人記憶的結構——也可以說是連續性。總之，可以一次性瞭解所有的記憶。因為任何一個人都不可能擁有和別人完全相同的記憶，所以就能藉此確認是本人，然後根據每個人的記憶結構，分到一個號碼。我剛才不是給了你們一張紙嗎？從來店紀錄到交易資料，都用這個號碼進行管理。即使有人偽裝成我，偷偷溜進『店』裡，只要鏡子上顯示的號碼不一樣，一下子就發現了。就是這樣的構造。」

良平想起這件事，從口袋裡拿出那張紙。原來上面寫的九個數字，是自己就是自己的證明。

「我剛才不是說了嗎？在這家『店』，名字根本沒有意義。」

這意味著只要良平願意，可以自稱為「田中健太」，也可以整形後偽造假護照，但是唯一無法改變的東西——只有記憶是自己就是自己的證據，也是證明。聽了純哥的說明，似乎覺得頗有道理。

「——不好意思，我打斷一下。」

雖然能夠理解，但良平還是決定坦率地提出內心的疑問。

「你剛才提到**構造**，請問水晶球和鏡子是基於什麼樣的原理？我很難相信記憶買賣這種事——」

老闆沒有聽良平說完，就慢吞吞地在桌子抽屜裡翻了起來。

「這個世界上有很多東西的構造讓人無法相信，你沒必要瞭解所有的原理。你們不是要在本『店』工作嗎？那就把這個吃下去。」

老闆遞來一顆看起來很普通的白色錠劑。即使放在手掌上打量，也完全無法分辨和普通的感冒藥有什麼不同。

「這是監視你們記憶的『守門人』。」

「守門人？」

良平忍不住重複了一次，健太似乎也有點不知所措，拿起錠劑打量著。

「你們應該知道，記憶可以根據內容，分成短期記憶和長期記憶吧？」

老闆拿下眼鏡，對著鏡片吹氣。

「在分類的時候，『守門人』會確認其中是否混入了『有問題的記憶』。」

這一次是健太重複了老闆說的話。

「有問題的記憶？」

老闆點了點頭，拿出手帕用力擦拭鏡片。

「根據什麼來判斷記憶是否有問題呢？方法非常簡單，如果不是基於營利目的，而把這家『店』的事告訴別人，那就是『有問題的記憶』。所謂營利目的，指的就是『出售』、『購買』和『收取』——與這些交易相關的內容，總之，就是不可以輕易向別人提起這家『店』。」

老闆又重新戴上了眼鏡，露出試探的眼神輪流打量他們兩個人，似乎表示剛才擦拭眼鏡，是為了看清楚他們有沒有圖謀不軌。

「基本上沒有例外，但如果是員工之間，就不受這個規範的限制。也就是說，你們即使不是基於營利目的，彼此也可以談論這家『店』的事，對我和阿純也一樣，這一點很有彈性，你們可以放心。」

良平偷瞄了健太一眼，發現他訝異地挑著眉，看著手掌上的白色「守門人」。雖然老闆說他們可以放心，但終究不是能夠輕易相信的事。正常人不可能糊里糊塗地吃下來路不明的錠劑，健太應該也有同感。這是理所當然的事，因為有太多令人費解的地方。如果「守門人」發現了「有問題的記憶」，會做出什麼樣的「制裁」嗎？

「──我可以請教一個問題嗎？」

健太慢條斯理地開了口，良平以為他要問「制裁」的內容，但他的發言一如往常地出人意料。

「所以，這家『店』的目的是營利活動嗎？」

老闆聽了他的問題，第一次露出了笑容。

「你很有意思。」

呵呵呵。老闆笑到肩膀都在抖動，接著乾咳了一下說：

「對，沒錯，我們並不是在做公益。」

老闆眼鏡後方的那雙眼睛前一刻還帶著笑意，此刻又恢復了好像刀刃般的銳利。

「老實說，想要放棄自己的記憶，或是窺探別人記憶的傢伙全都是垃圾。尤其是那些『希望收取我痛苦記憶』的人，根本都是狗屎。」

雖然老闆說話的語氣很平淡，卻有一種難以形容的威力。

「每個人都有一、兩個必須帶進墳墓的苦惱，這就是人生，是身為一個人的痛楚。想要花錢擺脫這些苦惱，從此輕鬆過日子，只能說這些人太天真了。所以——」

老闆說到這裡，突然閉口不語。室內頓時陷入了一陣寂靜。

「所以不必手下留情，可以儘管向他們獅子大開口，根本不需要同情那些人，要大撈一票。我想和有這種氣魄的人一起工作。」

隨後一陣沉默。而健太簡短的一句話打破了沉默。

「——那就決定了。」

話音剛落，他就把錠劑放進了嘴裡。

良平也不再有任何猶豫。這個老爺爺所言不假。他憑直覺知道這件事。這裡並不是可疑宗教團體的事務所，也不是詐騙集團的活動據點，的的確確是做記憶生意的「店」。良平也和健太一樣豁出去了，把錠劑吞了下去。

「由你負責指導他們。」

老闆交代完純哥後就轉動椅子，面對辦公桌的方向。

「首先，你們兩個人要賺到一千萬圓的報酬。達到這個目標後，就提供你們進入『下個階段』的機會。但是，必須在三年內達到這個目標，如果無法達成目標，就代表你們的能力只有這種程度而已。」

9

「首先，在聽了有關星名的這些情況之後，你必須產生一個疑問。」

健太雙眼發亮，就像得意地請人回答猜謎題目的小學生一樣。

「這個疑問現實得可怕，而且很無聊，這就是提示。」

每天在全國某個地方進行街頭表演的二十六歲女生，她的人設是飛往全國各地尋找一個人，歌曲的世界觀中也呈現了這種設定。全國各地的粉絲持續增加，但並沒有加入任何一家經紀公司——。

「是不是她這麼紅，卻沒有關於她陷入熱戀的獨家報導？」

「白痴喔。」

健太拿起毛豆殼丟了過來。

「要從各個不同的角度看事物。我問你，你認為從博多到仙台要花多少錢？」

良平立刻瞭解了有關星名的另一個謎團。

「原來如此，你是說錢嗎？」

「沒錯。雖然是以宇宙為舞台尋找某個人，但現實生活中，終究無法像『星際效應』一樣穿越。我相信你應該已經知道了，星名想要四處移動，就會遇到交通費這個極其現實而又無聊的問題。」

健太說的沒錯。而且星名並不是像上班族一樣，每個月出差一次去某個地方，而是幾乎每天從北到南，由東往西，持續移動好幾百公里，的確無法忽略交通費的問題。

「如果是經紀公司為她打造『神出鬼沒』的人設，當然就沒有這些問題了，但星名不一樣。也就是說，並沒有經紀公司為她支付交通費。難道她是利用空閒時間拚命打工嗎？八成並非如此。」

健太意味深長地再次把手機螢幕出示在良平面前，螢幕上面是好像修學旅行行程表的內容。

「這是空閒的粉絲整理的資料，從現實的角度驗證，星名是否有辦法那樣頻繁移動。這就是結果。移動費和住宿費最少每個月也要四十萬圓，而扣除移動時間和街頭表演的時間後，幾乎沒有時間打工。」

「父母援助的可能性呢？」

「在粉絲之間，有這種意見的人占壓倒性多數。」

加點的生啤酒和涼拌豆腐送了上來。

「也可能有金主。」

「沒錯，這在粉絲之間屬於悲觀的少數意見。」

良平甚至忘了吃他最愛的涼拌豆腐，絞盡腦汁思考著該如何解開這個謎。

「——好，現在再補充一條線索。」

健太說完，用筷子把豆腐分成兩半。

「四年前，星名曾經上過電視。想要成為歌手的素人以淘汰賽的方式進行比賽，冠軍可以成為歌手出道。前幾年不是很流行這種方式嗎？星名晉級到了決賽，在最後關頭鎩羽而歸。當時她以本名參加比賽。這並不是她自己公布的內容，而是粉絲找到的。我不由得佩服那些狂熱粉絲，真的是太厲害了。」

良平情不自禁高興起來。因為在「解開這個謎團的必要拼圖是什麼？」這個問題上，他們兩個人的想法完全一致。首先當然需要她的「名字」。

「她的本名叫做『保科瞳美』。雖然某個人說，在這家『店』裡，名字並不重要，但我們就從這裡開始。明天白天，我會去『店』裡調查這個名字，幸好我這個漫畫家有的是時間。」

在「店」裡上班的人可以使用儲存在水晶球內的記憶，調查是否有想要尋找的資料。只要把手放在水晶球上，在腦海中想像影像或是關鍵字，就可以輕鬆進行調查，只不過這種調查只能用於業務活動，所以健太的企圖顯然是背信行為。一旦被人發現他是基於交易以外的目的使用「店」裡的資訊，後果不堪設想。

但是，重點在於「並沒有禁止在業務活動以外的目的使用水晶球」，只是禁止談論有關「店」的情況──這就是健太想要鑽的漏洞。

「──說了這麼多，總之我們從明天開始，又多了『偵探』的身分。比不正當的『副業』更進一步了，所以必須增強體力……」

健太看著桌上，良平也跟著看向桌子，忍不住苦笑起來。

「良平，不好意思，全被我吃完了。」

記憶三　繭居年輕男子

『各位觀眾，大家久等了，我們終於要進入決賽！』

年輕男子在關了燈的房間內一邊吃著零食，一邊看著電視螢幕。地上堆滿了他穿過的衣服，不知道什麼時候買的各種空盒散在地上，漫畫和成人雜誌從衣物和空盒中探出頭。

他的父母已經不再說他。最後一次和父母說話是幾年前？他完全不記得了，甚至忘了最後一次見到父母是什麼時候。

他心裡很清楚，自己必須改變。同世代的人已經有人踏入社會開始工作。他很清楚，雖然很清楚，但自己——。

『首先由這位參賽者上台——』

正因為自己這樣，所以每次看到朝向夢想前進的人，就覺得無法忍受，很想逃走。因為他不想知道有人能夠相信自己，雙眼炯炯有神，所以當先上台表演的柊木琉花唱完之後，他打算轉台。

『迎戰的是目前還在讀大學的保科瞳美小姐！』

在主持人聳動的介紹下，一名少女蹦跳著來到舞台中央。

年輕男子倒吸了一口氣。眼前的她絕對是下凡的天使。她白皙的皮膚晶瑩剔透，臉上露出靦腆的笑容。當她低下頭時，臉上掃過一抹陰影——。

『請問妳有自信嗎？』

『老實說……我沒什麼自信。但是——』

『但是？』

『我相信能夠傳達給重要的人。』

接下來的幾分鐘，年輕男子目不轉睛地盯著電視。

她一頭飄舞的黑色長髮宛如夜空中的流星，清脆的歌聲就像是穿越黑暗的孤獨，和奔向前方光明的希望。她的歌聲擁有壓倒性的說服力，讓人覺得地球上看到的星星光芒——每一顆星星都很特別，在地球這顆行星角落生活的每一個人也都很特別。所以，在歌唱完之前，年輕人就已經確信，冠軍是保科瞳美。

『接下來請各位評審進行判定！』

不一會兒就公布了評審結果，冠軍戴上了金色的皇冠。年輕男子對難以置信的結果感到憤慨，關上了電視，把遙控器用力丟向牆壁。

記憶四　咖啡店的年輕女店員

這一天，這名年輕女店員下定了決心。雖然內心仍然感到不安，不知道面對店長時是否有辦法說出口，但疲憊的身心很希望她能夠趕快說出實話。

「別擋路。」

她正在廚房準備這家咖啡店的招牌冷萃咖啡，前輩女同事在經過她身旁時，丟下了這句話。

——我要辭職。

她搞不懂自己為什麼會成為標的，但恐怕並沒有什麼理由。看了很不順眼。看了就很火大。看了就令人心煩。八成只是這樣而已。但即使明知道只是這樣，也無法對那些冷言冷語左耳進，右耳出。女店員咬著嘴唇，把兩個杯子放在托盤上，走向店內。

桌子旁坐了一對年輕男女。女人個子嬌小，一頭漂亮的黑色長髮綁在腦後，一身簡單的裝扮，有一種好像在風中搖曳的小花般的美麗和孅弱。

女店員曾經在店裡看過這個女人好幾次，她應該是這裡的常客。雖然這是女店員第一次為她服務，但近距離觀察時，發現她眉清目秀，看起來很像藝人。至於那個男人，即使在咖啡店內，仍然戴著墨鏡。

「這是本店的招牌冷萃咖啡。」

女店員在說話的時候，偷偷看向女人。她微微低著頭，表情有點凝重，兩個人似乎在吵架。

「請問要加牛奶和糖漿嗎？」

接著，她又瞥了一眼男人。男人也抱著手臂，看著桌角。

「請慢用。」

她鞠了一躬後轉身離開，然後擦起旁邊的桌子。因為即使回到廚房，也只會被前輩女同事找麻煩，還不如在店內打掃一下，打發一下時間更有助於心理健康。

「——柊木琉花是靠她爸爸的財力得到冠軍，和實力無關。」

「——你這是在安慰我嗎？」

女店員忍不住停下手。他們似乎並不是在吵架或是談分手。

「妳千萬別去希爾維亞經紀公司，那家經紀公司超爛，專門騙年輕女生，安排她們去演A片。」

「你自己做的事不也差不多嗎？」

「正因為是同行，所以才知道。妳絕對別去那裡。」

「什麼意思？你現在倒是裝起了好人。我有言在先，我還沒有原諒你，你這個殺人凶手——」

他們的談話內容很精彩。女店員也曾經在街上被星探搭訕過好幾次，也聽說過希爾維亞經紀公司很危險。看來這個女人被那家經紀公司相中，但她的這個男性朋友剛好是同行，所以勸她不要上當。但女人最後說的那句話太聳動了。殺人凶手——!?

「你特地來到東京，做著那種好像垃圾的工作，真是個不孝子，你爸爸一定感到很傷心。」

「隨妳怎麼說。」

女店員突然發現背後有人看著自己，轉頭一看，果然不出所料，正在廚房的前輩女同事露出輕蔑的眼神看著她。無論怎麼看，都覺得她臉上的表情在說「我一眼就看出妳在偷懶打混，妳好大的膽子！」

女店員嘆了一口氣，快步走去廚房。

——反正我要辭職了，那最後就好好嗆她一句。

「剛志，我們都長大了，難道你又要扯我的後腿嗎？拜託你成熟一點。」

「喂，等一下！」

背後傳來那個女人起身離開的聲音。

第二章　蒐集記憶的碎片

1

每週三是他們兩個人的「案件會議日」，相互報告目前的工作狀況和進度。良平把來到銀行櫃檯的「潛力客人」告訴健太，健太也告訴他上週之前的「客人」是否真的有潛力。考慮到兩個人租屋處的距離，所以每次都約在五反田見面。

「──良平，你真的沒朋友欸。」

健太在昏暗的店內嘀咕著，拿起啤酒杯喝了起來。他們正在一家知名炭烤酒吧的包廂內，健太的發言和店內播放著古典音樂的成熟氣氛很不相襯，但不可思議的是，他說的話聽起來沒有任何惡意。

「上了大學之後，就和國中、高中的同學越來越疏遠了。」

「對了，良平，你以前參加什麼社團？」

「我沒告訴你嗎？我參加了棒球社。」

良平在說話時，感到胸口一陣刺痛，喉嚨深處也有疼痛的感覺。

「你打得很好嗎？」

「不，很差。我們學校是升學學校，所以運動方面很差。」

於是，良平就把當時發生的事一五一十告訴了健太。在即將迎接最後一次比賽時，先發陣容上沒有他的名字。教練說是因為他的練習態度不佳，所以做出了這樣的決定。良平無法接受教練把態度掛在嘴上，說一些什麼努力比實力更重要的論調，於是反脣相譏，和教練發生了衝突，因為這個原因退出了棒球社。之後和棒球社的同學相處得很尷尬，也就漸漸和他們保持距離。

「——不必討論我的往事。偵探先生，趕快告訴我近況。」

「華生，你別著急。」

「我為什麼變成了助手？」

雖然良平嘴上這麼說，但他知道這樣的分工很合理。因為自己非假日時，從早到晚都在銀行上班，根本不可能全力投入可說是興趣延伸的「偵探工作」。更何況當初是健太提出這個建議。那天晚上，受到健太的氣勢影響點了頭，但冷靜思考之後，就不由得覺得健太對「星名」這麼執著有點匪夷所思。只不過是剛好遇到「星名」在街頭表演，就特地上網找她的粉絲俱樂部，未免有點誇張。總之，以健太對她感興趣的程度，必然該由健太來當福爾摩斯，自己扮演華生的角色。

「先說結論，就是成果很不理想。我來說明一下理由。」

健太慢慢從包包裡拿出紙和鉛筆畫了起來。

「你想像一下浮在海面的冰山。」

轉眼之間，他就在紙上畫了代表海面的一直線，以及浮在海面上的冰山。不愧是自稱漫畫家的人，三兩下就畫出了很逼真的畫。露出海面的冰山占整體的一成左右，其他大部分都沉入海中。海面下的部分，顏色也有深淺之分，越深的地方，冰山的顏色也越深。不知道是否為了呈現立體感，他還為冰山畫了陰影，但應該和正題無關。

「在搜尋記憶之前，我先去請教了純哥。我當然沒有告訴他是為了偵探工作的需要，所以你不必緊張。我隨便找了一個理由，問他如何有效率地找到想找的記憶。我接下來的說明，就是他告訴我的內容。」

健太用鉛筆的筆尖，指著露出海面的冰山一角。

「假設某個記憶是一座冰山，這個部分就是人的五感，據說視覺和聽覺所占的比例相當大。以你被你媽斷絕關係的記憶為例，就是你媽罵你：『你這個笨兒子去死吧！』然後掛上電話，你仰頭看著天花板的部分。」

「我媽並沒有罵我『你這個笨兒子去死吧』，我也沒有仰頭看天花板，但我知道你想表達的意思。」

「很好。然後我們碰到水晶球時，只能感受到這個部分。」

換句話說，就好像必須把整座冰山從海裡打撈起來，才能看到冰山的全貌一樣，如果想知道記憶的全貌，就必須把記憶從水晶球中取出來，也因為這個原因，光是碰觸水晶球，無法喚醒和記憶相關的感情。假設記憶是「冰山」，水晶球就是「大海」。

「然後是海面下，靠近海面的部分。」

健太用鉛筆的筆尖指著海面下方，靠近海面的地方。

「這裡是『感情』，高興、快樂、悲傷、懊惱。雖然我不知道你被你媽斷絕關係後的感情為何，總之，和記憶相關的所有感情都在海面下方，靠近海面的地方。比方說，有時候聽一首歌時，不是會回想起當時的感情嗎？那是因為五感和感情非常接近，才會發生這種現象。」

這也很容易想像。雖然感情的優先順序不如五感，所以沉入了海中，但偶爾也會被拉出海面。即使現在聽到當年參加社團活動時，每天來回的路上所聽的歌曲，仍然會有一種心被揪緊的感覺，八成就是因為這個原因。

「但是，我的話還沒有說完。記憶還有更『下層』的部分，就是這裡。」

原來他剛才在畫海面下的冰山時，顏色有深有淺就是為了說明這種情況。良平頓時恍然大悟。冰山的最深處是最深層的感情，也是圖中面積最大的部分，健太畫上了陰影的黑暗領域。

「沉睡在這裡的是『無意識』。」

「『無意識』？」

「比方說，你媽和你斷絕關係是什麼季節？時間又是幾點？你當時讀大學幾年級？住在什麼地方？再問你一個問題，你媽叫什麼名字？」

良平聽了這些問題後愣了一下。因為這些問題只要想一下，就可以馬上回答，但是在思考該如何回答之前，他從來沒有想過這些問題。

「十二月。我剛回國，我媽就不再寄生活費給我。我記得當時是深夜，在我復學之前，所以是大二的時候，那時我住在讀大學時租的房子，所以在吉祥寺。我媽的名字……叫明美。」

「你剛才所回答的內容，全部都是沉澱在記憶深處的『無意識』部分。有些事只要想一下就知道，但有些事完全沒有意識，即使想了也不知道答案。一個記憶中隱藏了無限的資訊，但是純哥似乎也不太瞭解『無意識』的領域到底有多大，據說可以認為是在那個記憶刻在某個人的大腦之前，『人生所有的一切』。到這裡為止，你瞭解了嗎？」

「非常瞭解，我甚至覺得比起漫畫家，你更應該當老師。」

「謝謝你為我的將來指出了新的方向。那接著就來說明，剛才所說的內容在搜尋記憶時有多重要。」

良平像往常一樣開著玩笑，但內心很興奮。雖然在「店」裡工作了將近三年，但至今從來沒有人向他說明過有關記憶的理論。他對於「買賣記憶」這種聽起來很不正當的事情背後，竟然有明確的理論感到驚訝。

「先說結論，我只找到這個確定是『保科瞳美』相關的記憶。」

健太說完，拿出一個小瓶子放在桌上。

「你帶出來了嗎？」

良平驚訝地問，但健太一臉若無其事。

「店」裡的業務員為了推銷，可以帶一個記憶在身上。讓客人親身體驗別人的記憶，無疑是讓客人相信的確存在那家「店」最簡單的方法，他們第一次去「店」裡的那天，純哥在居酒屋也對他們做了同樣的事。但是，業務員只能把一個記憶帶出來，而且帶出來時，必須由老闆審查記憶的內容後決定是否核准。也就是說，健太謊稱是為了工作，把保科瞳美的相關記憶帶了出來。

「你先看了再說。」

健太把小瓶子裡的記憶噴霧噴向良平。

良平的腦海中立刻出現了影像。

狹窄髒亂的房間內，男人發出鬱悶的嘆息。在主持人聳動的介紹下，螢幕上出現了一名少女。少女輕盈純潔，態度毅然。細膩的歌聲宛如玻璃工藝品。比賽結果公布。電視遙控器被丟向牆壁——。

「——怎麼樣？」

健太一臉嚴肅的表情看著良平。

良平的意識回到了餐廳內的包廂，用小毛巾擦了擦臉。

「我認為保科唱得絕對比柊木琉花更出色。」

「是啊，我也這麼認為，但這並不是我想表達的重點。為什麼只找到這個記憶——這才是重點。」

健太說完，又在「冰山」的畫上畫了起來。

「人在進行記憶這項作業時，會區別資訊的優劣。在你被你媽斷絕關係的那一幕中，『母親的破口大罵』這項資訊的價值比較高，相反地，『當時的季節』就不是什麼重要的資訊。在記憶這個行為中，隨時都在進行這種取捨的選擇。我相信你應該已經瞭解了，價值高的資訊就相當於浮在海面上的冰山，資訊的價值越低，就越沉入海底深處。」

健太畫了兩個人。一個人站在冰山上，另一個人穿了全副武裝的潛水裝備潛入海中。

「要看到露出海面的部分很簡單，只要站在冰山上就好。只要有陽光，就可以輕而易舉看到冰山的形狀，但是——」

健太圈起了潛入海中的人。

「這個傢伙需要有潛水的重裝備才能潛入海中，而且如果想在陽光照不到的海中確認冰山的全貌，就需要燈光。直覺敏銳的華生，你應該已經知道我想要表達的意思了吧？」

「你的意思是，我們還沒有『氧氣瓶』和『潛水服』嗎？」

健太滿意地點了點頭，指著放在桌上的小瓶子。

「在這個記憶中，『保科瞳美』是占壓倒性優勢的資訊，所以雖然我只知道她的姓名和長相，也能夠輕易查到，但是，如果無法用和她相關的其他資訊加強裝備，就無法抵達她被埋沒在冰山最深處的部分，不過，我認為答案一定沉睡在那裡。」

回想一下就知道，良平和健太到目前為止，所接觸的都是極其簡單的記憶。「賽跑獲得第一名的記憶」、「和女朋友接吻的記憶」、「小時候和姊姊一起泡澡的弟弟的記憶」、

「被劈腿的女人的記憶」，雖然經手了很多案件，但全都是站在冰山上，只看到「在那個記憶中，資訊價值比較高的部分」。

但是，這次不一樣。想要真正瞭解「保科瞳美」這個人，必須照亮被擠到海面下的部分，否則就不可能解開關於她的謎團。

「怎麼樣？你不覺得用來測試的案件太費力氣了嗎？」

健太說話的語氣很愉快。

「嗯，是啊。明天還要上班，真的有點累。」

「那今天就到此為止？」

「不，我想再看一次記憶。」

「這就對了嘛。」

時鐘指向七點多鐘。兩個人又加點了高球雞尾酒。

2

「——不行，我還是搞不懂。」

健太自暴自棄地把小瓶子放在桌子上。原本裝得滿滿的淺藍色液體只剩下一半了。

「如果看太多次就會用完，要小心點。」

雖然良平這麼說，但又無法接受白忙一場，至少希望可以有一點成果。

「柊木琉花雖然獲得了冠軍，但並沒有什麼出色的表現。」

健太在滑手機的同時嘟噥著。良平也拿出手機，查了柊木琉花的情況。搜尋到的第一筆資料，就是她所屬經紀公司的官方簡介。柊木琉花比良平和健太大兩歲，不過簡介中列出的代表曲，都是連歌名也很陌生的歌曲，上電視節目的演出經驗，也都是一些地方電視台的節目，連聽都沒聽過。

「但還是覺得哪裡怪怪的。」

良平說完，又拿起小瓶子說：「最後再試一次。」

霧狀的液體包圍了全身。視野開始模糊、搖晃和融化，眼角掃到健太低頭看著手機，但也只有短暫的剎那，下一瞬間，良平坐在昏暗的房間內吃著零食。

在體會他人的記憶時，最大的特徵就是可以同時體驗「第一人稱」的視角和「第三人稱」的視角。在用和記憶原本的主人相同的視角體會當時情境的同時，還可以保持自己的意識，從「第三者」的視角看那段記憶。

在那段記憶中，良平最關心的當然就是歌唱比賽節目。舞台變暗，她開始唱歌。無論歌詞和旋律都很模糊，聽不清楚，只能看到她在電視中的樣子。她的黑色長髮飄逸，戴著閃亮的銀色耳環，晶瑩剔透的白皙肌膚就和之前在澀谷車站看到時一樣，但不知道為什麼，總覺得**不是同一人**。理由很明顯。首先是因為頭髮的長度不同，上次看到她時，她戴著一頂針織帽。最大的不同就是眼鏡，有沒有戴眼鏡，給人的整體印象完全不一樣。剪了頭髮又戴上眼鏡，感覺就大不相同了。

萃取液的效力消失，記憶之旅突然結束了。

「怎麼樣？有沒有新發現？」

健太仍然低頭看著手機問。聽他問話的語氣，顯然一開始就不期待能夠聽到什麼滿意的回答，良平也只能搖頭。

不一會兒，他們聊天的話題轉移到案件會議的正題——「店」內業務上。既然對保科瞳美的調查遇到了瓶頸，當然就需要改變話題，只不過在這方面雙方也都沒有什麼好消息。良平在週一到週三這段期間並沒有遇到理想的客人，健太手上的客人也沒有太大的進展。

「——好！那我們就去棒球練習場。」

當案件會議陷入一籌莫展的氣氛時，健太提議道。

「為什麼要去棒球練習場？」

良平向來認為，即使再怎麼煩惱，事態也不會好轉，這種時候，最好的方法就是趕快回家睡覺。只不過健太一旦想做某件事，就不會輕易放棄。

「做一些平時不會做的事，有時候會獲得意外的靈感。」

「真的假的？」

雖然良平這麼說，但也覺得繼續耗在這裡，並不會有什麼生產性。

良平急忙穿好西裝外套，拿起帳單站了起來。

他們從五反田車站搭了二十分鐘的電車，一起來到秋葉原的棒球練習場。來這裡的路上，醉意漸漸出現。可能是因為無法解開保科瞳美之謎的煩躁，和對「案件」不足的焦躁，讓他剛才喝酒的速度加快了。

良平步履蹣跚地走去買擊球用的代幣。雖然看到了「禁止酒後練習擊球」的警示，但他完全沒放在心上。

「退役棒球隊員，加油！」

健太走進旁邊的打擊區叫囂著。照理說，如果不練習打擊就不能走進打擊區，但練習場內沒什麼人，所以應該沒問題。

「球來了！」隨著這個聲音響起，第一顆球飛了過來。

良平揮棒落空。

「喂，太遜了！你這樣怎麼可能打進甲子園！」

健太可能也醉得不輕，舌頭都打結了。

「少囉嗦，你給我閉上嘴巴仔細看清楚！」

第二球又是揮棒落空。

太奇怪了。良平直覺有問題。照理說，不可能連續兩球都沒打到。

這時，他想起某場正式比賽的擊球。記得是夏季甲子園的地區預賽。投手投出的白球好像無視物理法則般停在良平眼前，歡呼聲變得遙遠，周圍陷入一片寂靜。他左腳用力，重心前移，全身好像鐘擺一樣擺動，球棒打向靜止的球。周圍的聲音立刻回來了。清脆的擊球聲被狂熱的歡呼聲淹沒，他的眼角掃到投手轉頭看向背後球飛出去的方向，他的釘鞋蹬著地面衝了出去——每次擊出滿意的球讓全場沸騰時，都會發生這種現象，而且不止一、兩次而已。當時的自己也超越了物理法則。最後一次握球棒是在十八歲時，也就是八年前——這段空白並不短，但身體早就牢記了擊球的動作，即使扣除喝醉酒的因素，照理說也不至於完全打不到球。

「你的準備姿勢一看就打不到球！有時間環遊世界的話，應該多練習揮棒！」

「早知道去美國時，應該去看大聯盟，好好取經一下。」

良平輸人不輸陣地回了嘴，但第三球又是揮棒落空。

「媽的！」

良平罵了一句，重新把球棒握得短一點。首先要打到球——即使沒有打到球的中央也沒關係，即使是界外球也沒關係，首先必須把感覺找回來。本業和斜槓的副業都乏善可陳，如果連打棒球都這麼遜，那就真的沒戲唱了。

「你打得這麼爛，美國人不會讓你入境的！」

健太的話音剛落，便響起了低沉的金屬聲。雖然良平的雙手感到打中白球瞬間的「重量」，但有一種拖泥帶水的感覺。是一記沒什麼威力、打到投手面前的滾地球。健太看著球的去向，發出了像是嘆息的聲音。

良平重新握好球棒，隔著隔開打擊區的網子問：

「怎麼樣？現在可以讓我入境了吧？」

「應該不行，人家會懷疑你是不是真的參加過棒球社，然後會把你遣返。入境檢查很嚴格的。」

就在這時。

良平腦海中閃現了往日的記憶。那是他在曼谷「廊曼機場」入境時的場景。由於旅途中一直沒有刮鬍子，鬍子因此留得很長，當他出示護照時，移民官便懷疑他「不是照片中的人」，遲遲不讓他入境。那次之後，他開始知道入境時，除了要拿下帽子和眼鏡，還必須事先刮鬍子。

「——我知道了。」

投球機投出了第五顆球，但良平完全沒有揮棒。

「喂喂喂，你至少也該揮一下球棒啊。」

良平聽不見健太向他喝倒彩。

「我知道了，我知道剛才哪裡不對勁了。」

他按下「中止擊球」的按鈕，把球棒放回原來的地方。雖然沒有擊出任何好球，但他完全不在乎。

「我們來繼續討論『偵探』的事。」

「為什麼突然討論？」

「你別問這麼多了。」

他們離開了棒球練習場，走去附近的小公園。冷清的公園內只有一盞路燈，完全沒有其他人，是討論祕密的理想地點。

「——那就請你說說讓你只打了五球就放棄練習的重大發現。」

健太在長椅上坐下後，立刻催促道。

「那是我環遊世界時，在曼谷機場發生的事。那一陣子我都在東南亞國家，覺得刮鬍子很麻煩，所以就一直沒刮，結果在入境時，移民官說我和護照上的照片不像。」

因為醉意尚未完全消退，他自己也意識到說話有點沒有重點，但還是繼續說了下去。

「那次之後，我在入境時，除了會拿下帽子和眼鏡，也會記得刮鬍子。」

「那真是太好了，但我不瞭解重點是什麼。」

「在看剛才的記憶時，我覺得有哪裡不對勁。」

「不對勁？」

「因為我們知道『現在看的是與保科瞳美相關的記憶』，所以看到在電視中唱歌的保科，也毫不懷疑就是她本人——」

她在歌唱比賽中晉級到決賽，最後鎩羽而歸。正因為知道這個結果，所以在記憶之海中找到了唯一的冰山。不可能同時有兩個境遇相同的「保科瞳美」，記憶中的女人一定就是他們正在找的保科瞳美。

「但是，如果我們沒有事先瞭解這些情況，直接看那個記憶的話，會有什麼結果？我們可能不會認為電視上的女生是『保科瞳美』，因為她和我們在澀谷看到時完全不一樣。如果沒有人告知，不可能發現是同一人。我告訴你其中的原因。因為頭髮長短不同，而且還戴了帽子和眼鏡。」
健太立刻拿出小瓶子，閉上眼睛，噴向自己的胸口。
「——沒錯，在你說之前，我都沒有發現。」
健太再次確認了繭居年輕男子的記憶，佩服地點了點頭。
「你並不是因為知道她的長相，而是因為符合『名字』和『在歌唱比賽中獲得亞軍』這兩個條件，才在記憶的大海中找到了那個記憶。因為『我們認識的保科』，和『電視中的保科』看起來根本是**不同的人**。」
「原來如此，所以我們看了那個男人的記憶，得到了『保科瞳美改變造型前的樣子』這個新的線索。」
「沒錯，你明天可以再去『店』裡調查一下，說不定可以找到沒有戴眼鏡和帽子的保科。」
健太聽完良平的說明後，輕聲笑了起來。
「有優秀的助手真不錯啊。」
「你現在才發現嗎？」
「雖然打棒球完全是大外行。」
「因為我喝醉了，你下次再敢這麼說，小心我揍你。」
「別這樣，別這樣，正因為做了平時不會做的事，才產生了新的靈感啊。」
兩個人一如往常地相視而笑。

3

隔天下午一點。吃完午飯後，睡意無情地襲來。

昨晚不小心喝太多酒，而且又在公園討論到深夜，所以良平坐在電腦前，必須比平時更用力忍著呵欠。電腦螢幕上是「高資產貴賓名單」的Excel檔案，上面有滿滿的客戶名字。這些客戶在分行的存款都超過一定金額，卻遲遲無法對這些客戶下手。他根據這份名單打電話，請客戶來分行。幸好良平七月的業績達成率很理想，就連愛找碴的分行經理也無話可說，所以他才有閒工夫揉著幾乎快閉起來的眼睛。這就是他平凡而無聊的日常。

「這是怎麼回事？別鬧了！」

他差一點打起瞌睡，聽到櫃檯前傳來怒吼聲，慌忙坐直了身體。

「這是我太太的錢！我是她的家人，為什麼不能領錢！」

發出怒吼聲的是一名白髮老人，面黃肌瘦，滿臉疲憊，很擔心他太用力大聲說話，眼珠子會掉下來。

「不好意思，請問有什麼問題嗎？」

課長無法袖手旁觀，走向櫃檯，老人仍然怒氣未消。

「你問我『有什麼問題』？那我就再告訴你一次，讓我把錢領出來！」

銀行規定，基本上只有存戶本人才能從帳戶提領現金。如果是活期存款，即使不是本人，也可以在自動提款機用提款卡領錢，但是在櫃檯提款就不行，必須向本人確認後，才能讓客戶領錢。不瞭解這種狀況的存戶家屬，經常會為了這件事在櫃檯前大發雷霆。

「我們必須向你太太確認，她是否想要解約——」

「開什麼玩笑！我太太連我是誰都不認識了，怎麼可能知道是否要解約定存！再這樣下去，錢就不夠用了！」

「即使你這麼說——」

「你知道我太太在這裡存了多少錢嗎？你們銀行只顧著收錢，卻不願意讓人領錢嗎？你查一下石塚由香里，看一下她有多少存款？」

良平立刻像被電到似地看著電腦螢幕。石塚由香里是名單上的第五個名字，存款總金額是四千二百萬，其中有四千萬是定期存款，的確是「高資產客戶」。

「我每天從早到晚都去探視她，即使知道她已經沒辦法好起來也一樣，我怎麼能夠放下她……」

說到最後，他幾乎哭了出來。他越說越無力的語氣令人鼻酸，覺得繼續從他們身上榨取錢財根本是畜牲，但是，他在便利貼上抄下了石塚由香里的基本資料——地址、電話號碼、年齡和家庭成員後，一臉若無其事地繼續看著電腦。

那天晚上，他回到宿舍後馬上打電話給健太。健太可能也在等他的電話，第一聲鈴聲還沒有響完就接起了電話。

「華生，你好。」

健太輕快的聲音很有活力。聽到他的說話聲，就知道有了某些進展。

「你心情這麼好，是不是掌握了什麼？」

「你說對了，首先就由我來報告『偵探遊戲』的事？」

「好，我洗耳恭聽。」

「那你就聽我說。我先說結論，今天有很大的收穫。」

良平內心的期待讓他激動起來，他倒在床上。

「首先，我找到了咖啡店的記憶。記憶的主人是在那家咖啡店打工的女生，她把咖啡送去給客人時，仔細打量了客人中那個女人的臉，覺得那個女人很漂亮。」

「那個人就是保科？」

「對，錯不了，和她之前上電視時的長相一樣。」

果然不出所料，與「保科瞳美」相關的記憶，未必是「知道那個人就是保科瞳美的記憶」，也就是說，如同健太這次找到的記憶，完全有可能發生記憶的當事人「並不知道對方就是保科瞳美」，但是「因為印象深刻，所以記下了長相並留在記憶中」的情況。

「——保科在那家咖啡店和男人發生了爭執，但很有趣的是，那個男人提到了柊木琉花。」

「柊木琉花就是那個柊木琉花嗎？」

「對，那個男人說，『柊木琉花是靠她爸爸的財力得到冠軍』，也就是靠人脈，所以我馬上調查了柊木琉花的情況。雖然上次對她沒有太大的興趣，但在調查之後，才發現她的家世很驚人，你聽了不要嚇到，她竟然是『帝都家族』現任當家的第三個女兒。」

「真的還假的！」

良平忍不住叫了起來。這也不能怪他，因為「帝都家族」是以經營飯店為中心，同時也經營健身俱樂部和餐廳的「帝都控股株式會社」的創辦人，絕對是日本首屈一指的富豪。既然柊木琉花是現任當家的女兒，她背後的財力顯然相當驚人。

「但是，那個男人為什麼會知道這些事？」

良平把內心想到的疑問說了出來。

「那個男人好像是經紀公司的星探，也就是所謂的同行，所以才會直接向保科提出忠告。」

「忠告？」

「他要保科千萬別去『希爾維亞經紀公司』，可能那家經紀公司的人希望保科加入。聽說那家經紀公司很惡劣，專門騙年輕女生去拍A片。」

原來如此，這種事並不讓人感到意外。雖然保科瞳美不幸敗給了柊木琉花，但保科的歌唱實力更好，外形也更好，那天上台演出當然引起了很多業界人士的注意。

「還有另一件事，保科對那個男人說了令人在意的話。」

「令人在意的話？」

「她說那個男人是『殺人凶手』。」

健太說的沒錯，這句話的確很耐人尋味。情侶之間吵架會說「我要殺了你」或是「那你殺了我啊」之類的話，不過罵對方是「殺人凶手」就沒那麼單純了。

「——那個男人是誰？」

「關於那個男人的情況就是這次收穫的核心。那個男人名叫剛志，不知道他姓什麼，反正就是叫剛志。」

「聽起來不像是什麼重大收穫。」

「你先別著急，這個剛志不是普通的剛志，他是和保科一起長大的兒時玩伴。」

「你怎麼知道？」

「因為保科對他說『剛志，我們都長大了，難道你又要扯我的後腿嗎？』所以保科和剛志從小就認識，絕對不會錯。」

良平覺得事態好像有了很大的進展，至少找到了有助於瞭解她過去的線索。

「但是，事情並沒有到此結束。我死馬當活馬醫，用『保科瞳美』和『剛志』這兩個關鍵字查了一下。」

「結果呢？」

「我找到了一個記憶。雖然保科瞳美本人並沒有出現在那個記憶中，但她的名字出現了。那是某個少年的記憶，應該是小時候的記憶。在那段記憶中，剛志打算在廟會的會場，把昆蟲箱裡的昆蟲都丟在保科身上。」

「顯然是很小的時候，差不多是讀小學的時候？」

「而且還進一步瞭解到一件事，那就是剛志應該喜歡保科，所以經常招惹她。」

健太認為，瞳美和剛志從小就認識，而且剛志喜歡她。正因為喜歡她，所以才會把昆蟲丟在她身上，還經常招惹她。經過十年的歲月，瞳美參加了選秀節目，結果敗給「帝都家族」的三女兒柊木琉花，放棄了進入演藝圈的夢想。但是因為那次上了節目，被「希爾維亞經紀公司」相中。剛志得知後試圖勸阻她，她在當時罵剛志是「殺人凶手」。

聽了健太的說明，顯然接下來的任務就是查明「剛志」的身分，並不光是因為他和瞳美從小就認識的關係，總覺得他和保科瞳美以「星名」這個名字成為流浪歌手有某種程度的關係。重點在於星名並沒有加入任何經紀公司——以結果來看，她聽從了剛志的建議，拒絕了「希爾維亞經紀公司」，選擇不加入任何一家經紀公司展開歌唱事業。

「既然這樣，接下來就要查明剛志的身分。」

「我就猜到華生一定會這麼說，所以我當然調查了『剛志』的情況。」

「但是？」

「資訊實在太少了。如果只查『剛志』，有太多相符的記憶，所以必須進一步縮小範圍。」

「反正這個星期六我們會去『店』裡，到時候你讓我看一下那個捕蟲少年的記憶。在親眼看到之前，很難表達意見。」

「保科的情況差不多就是這樣。在『本業』方面，目前星期六只有一名客戶預約，而且是純哥的客人，我們只是代打。」

「只有一個案件嗎？……這有點慘啊。」

他們兩個人經常為純哥代打，接手他的客人。當純哥有更理想的客人預約，在日程上調整不過來時，就會把「比較差的案件」轉給他們。比起完全沒有客人，有機會接待轉介的客人也不錯，一旦順利簽約，就可以更快完成目標，所以他們求之不得。只不過他們做這一行也有一段時間了，不可能對這種別人「吃剩的」案件感到滿足。

「我找到一個很有意思的客人，那位老先生想要籌措太太的療養費，沒想到他的太太還滿有錢的。」

良平提供了下一個「獵物」的資訊。

「既然是有錢人，為什麼要籌錢？」

「首先要瞭解一個大前提，就是想要去銀行提領存款時，必須由存戶本人親自提領。但是，那位老先生的太太目前住在安養院，而且恐怕罹患了失智症，連她丈夫也不認得了。如此一來，就無法向本人確認是否同意提領，即使銀行裡有再多錢也領不出來。」

「你的意思是說，那些錢也無法用來支付給『店』裡嗎？」

健太說的沒錯，即使石塚由香里的丈夫能順利成為客戶，既然除了由香里本人以外，他人無法動用她的存款，就無法領出四千萬圓的定期存款。這是本案最大的瓶頸。

「你說的沒錯。但是，他們一定急需要用錢，而且既然知道他們有這麼多存款躺在銀行，沒理由放過這條大魚。」

「好，那就同時考慮一下要怎麼處理這件事。如果能夠想出解決的方法，有可能成為我們史上最大的交易。」

「對，你想一下有沒有什麼對策。」

「好，如果有其他預約的案件，我會再通知你。」

「瞭解，那就週六見。」

無論剛志的事還是石塚由香里的事都很有趣，只是目前還缺乏決定性的解決方案，但良平內心仍然很興奮，也許是因為合作對象是健太的關係。每次都覺得只要和他攜手，任何難題都有辦法解決。

他看了一眼掛鐘，已經深夜十一點多了。

4

隔天傍晚，事態發生了極大的變化。

「今天要舉行臨時晚會，請大家集合一下。」

經理下令後，行員紛紛聚集。在人事異動的季節經常會有臨時晚會，但是七月的異動已經公布，無論怎麼想都覺得不太尋常，所以當大家聚集在經理周圍後，都露出了訝異的表情。良平當然也是其中一人。

「我先說結論，目前懷疑我們分行有人洩漏客戶的個資。」

分行經理緩緩看向所有人說道。他用整髮劑固定的頭髮反射了日光燈的燈光，油光滿面的臉露出比平時更加不懷好意的表情，似乎表示不會漏看行員任何心懷不軌的動向。

經理的話引起一陣譁然，良平覺得背脊發涼。周圍的聲音越來越遠，視野開始搖晃，好不容易才能夠站穩。

「雖然還沒有確定，但是總部接到了暗示這種可能性的電話，目前暫時省略說明詳細的情況，客戶認為其他人知道了客戶只有告訴銀行的事。」

握緊的拳頭滲著汗水。

良平之前並不是完全沒想過可能會發生這種事，但也的確認為可能性微乎其微——總之，他太大意了。

「雖然目前並沒有要追查是誰幹的，但還是要提醒各位注意。因為我相信不可能有人會做這種蠢事。」

良平的視線不敢從經理身上移開。因為他覺得如果最先移開視線，經理就會知道是他幹的。

「我說完了，散會！」

原本圍在經理座位旁邊的人都同時散開，但是良平嚇出一身冷汗，暫時愣在原地無法動彈。

「——岸，你現在有空嗎？」

良平大吃一驚，看向聲音傳來的方向。經理打開了會客室的門，正在向他招手。他腦袋一片空白，但當然不敢違抗。

「你先坐下。」

良平在經理的示意下，在會客室後方的沙發上坐了下來。經理確認良平坐下後，也一屁股在對面的沙發上坐了下來。

「突然把你找來，你可能會很緊張，但不必擔心，我只是想向你確認一件事。」

經理說話的聲音很親切，但他的眼睛沒有笑。

「我在週一接到總部的通知，是一位女性客戶打的電話。她說她女兒想要從她的戶頭領錢，當時告訴一名男性行員說是要拿錢去墮胎。」

就是那個傢伙。良平馬上就知道是誰。就是星期六在最後關頭拒絕去「店」裡的那個女人——良平做夢都沒有想到，竟然會以這種方式被捲入麻煩。

「幾天後，客戶的女兒接到了一通奇怪的電話，而且打電話的人知道她女兒沒有錢墮胎。」

良平什麼話都沒說。不，正確地說，是什麼話都說不出來。他只知道一件事，那就是一切都完蛋了。現在回頭想一想，就發現這的確是極其危險的手法，之前不知道哪根筋出了問題，竟然認為可以平安無事。難道以為在那家「店」工作的自己「很特別」，所以永遠都會順風順水嗎？他不由得對自己的膚淺感到生氣。

「最後，客戶的女兒因為籌不到錢，所以把所有的事都告訴了母親，那個母親對那通神祕的電話產生了懷疑。聽說她女兒也曾經和幾個關係很好的朋友討論過這件事，所以嚴格來說，這件事並不是『除了銀行以外，沒有告訴其他人的事』。」

良平一臉認真的表情點著頭，但內心露出鬆了一口氣的笑容。既然這樣，就不可能查出結果。看來老天還沒有放棄自己。他正在這麼想時，經理又繼續說了下去。

「——但是，為了以防萬一，我確認了行內所有監視器的影像，結果發現你在接待客戶時，經常會在便條紙或是便利貼上寫東西，你在寫什麼？」

他就像挨了一記反擊拳，眼冒金星，臉頰發燙，好像快噴火了。要不要告訴你，我在寫什麼？我在抄客戶的個資！良平有點自暴自棄，很想這麼大叫。經理一定已經看出來了，只不過現在承認，真的一切都完蛋了。正因為良平很清楚這一點，所以必須堅持到最後。

「我會把辦理手續時容易忘記的事寫下來作為備忘錄。」

雖然他故作鎮定，但沒有自信別人是否也認為如此。

「——既然這樣，就沒問題了。」

經理笑了笑，站了起來。

「只是提醒你注意。如果是我誤會，要跟你說聲對不起。因為向你確認這些事好像在懷疑你，你心裡一定不舒服。你可以回去了。」

良平目不轉睛，和經理的視線對峙。雖然經理說話的語氣很親切，但雙眼仍然緊盯著他不放。

他站起來，向經理鞠了一躬，然後走出會客室。短短幾分鐘就讓他的精神極度耗損，甚至很想吐。雖然幸好沒有被發現，但他清楚知道一件事，那就是恐怕無法再打臨櫃客人的主意了。

「——你沒有被開除就該感到高興啊。」

隔天是星期六。

良平和健太在「店」內的休息室見面後，馬上把這件事告訴了他。

「雖然是這樣，但以後不能再利用銀行的客人了。」

「那也沒辦法，我們再找新的方法。」

健太若無其事地說，良平只能咬著嘴唇。因為他想起在這家「店」工作初期的辛苦。

當時，他們兩個人每天晚上都上街找客人，用這種方式找喝醉酒的上班族，或是末班電車結束後坐在車站前的女人，但是，要把這些人成功帶到「店」裡並不是一件容易的事。即使把記憶小瓶子裡的記憶噴霧噴向醉鬼，對方也說是「因為我喝醉了，所以才會看到奇怪的影像」，根本不相信他們。那些女人則是問他們「如果我坐上你們的車，你們要給我多少錢？」即使奇蹟似地把人帶來「店」裡，他們身上也不可能帶很多錢，經常遇到交易金額少得可憐的情況。正因為曾經體會過這種辛酸，才終於慢慢累積了一些經驗——客人有什麼「需求」，如何才能有效地把客人帶來「店」裡。有了這些經驗之後，才能夠以在銀行蒐集到的資訊為武器，獲得相應的成果。正因為如此，之後無法動臨櫃客人的腦筋，無疑是致命的打擊。

「而且經理調動了我的座位，我的座位在經理的正前方，以後不再負責櫃檯，而是要跑外勤。」

「雖然座位太糟了，但跑外勤不是很好嗎？可以有更多獨處時間。」

「問題就在於並不好。」

昨天傍晚，經理告訴他，之後要以「業務負責人」的身分去跑外勤。一般來說，進入銀行第二年便以「業務負責人」的身分單獨跑外勤是代表升遷的意思，但是這次的安排未必如此。

「我被分配到的地區幾乎沒什麼大客戶，是前輩都不想負責的區域，而且有了負責的地區之後，年度業績目標也會增加，我只能拚命跑外勤，才能完成業績。」

「但是你們經理為什麼要你跑外勤？照理說，不是把你困在座位上，隨時監視你比較好嗎？」

「我們經理心機重出了名，每次出問題都會把責任推卸給下屬。如果有看不順眼的下屬就會整天找人麻煩，說什麼『姿勢不佳』、『眼神不把別人放在眼裡』，逼迫對方離職。我猜想他以後一定每天都會逼問我業績，否定我這個人，讓我整天在根本沒有客戶的地區做白工。」

以後不能再像以前那樣，忍著呵欠，只有客人臨櫃時，才介紹一些投資信託或是保險商品混日子了，經理一定會逼迫他完成更高的業績目標。如果業績不佳，就如了經理的意。而且和之前一樣，在「店」這裡也必須做出成績，如今卻無法繼續在銀行櫃檯「狩獵」，簡直就像一下子被逼到了懸崖邊。

「——我太大意了。」

嘆氣也於事無補。平時都會在這種時候調侃幾句的健太，今天也沒有再繼續說什麼。

大約十分鐘後，身穿西裝的純哥走了進來。

「怎麼了？為什麼愁眉苦臉？」

純哥察覺到凝重的氣氛，看著他們的臉，但他們兩個人都沉默以對。

「深受期待的年輕搭檔愁眉不展，就太傷腦筋了。該不會是因為我把客人推給你們，所以你們不高興？」

純哥在良平對面的椅子上坐了下來。

今天只有下午有一個預約的案件。因為純哥逮到了更理想的客人，所以把這個案件轉給他們。平時健太會嘟噥「賺不了什麼錢」，但目前的狀況下，無論交易金額再低，也不能錯過任何一起案件。因為這關係到他們是否能夠達到一千萬的目標。

「我們反而很感謝你，因為目前的狀況不太妙。」

良平把之前做生意的手法，和無法再用相同方式的現狀一五一十告訴了純哥。

「我只是假設，假設我們無法賺到一千萬會怎麼樣？」

——也許無法達成目標。

以前從來不曾有過這種念頭，自己向來毫無根據地認為，和健太兩人一定能夠達成目標。但是以後的情況不一樣了，原本被趕到腦海角落的危機感漸漸抬起了頭。

「我老實回答你們。」純哥收起了平時的笑容。

「無法達到目標金額的業務員會被刪除記憶後趕出去。因為這家『店』不需要沒有賺錢能力的人。之前不是告訴過你們嗎？營利活動是這家『店』唯一的存在意義。你們之前應該曾經看過多位只見過一次的業務員。」

良平這才發現自己除了純哥以外，幾乎不認識其他業務員。雖然有時候會和陌生人擦身而過，或是一起坐在休息室內，但從來沒有和任何人深入交往過。之前一直以為是別人對自己沒有興趣，但其實答案更簡單又殘酷——他們從這家「店」消失了。

「你們真的很厲害，這不是吹捧。這幾年內除了你們以外，幾乎沒有一個人能夠如此逼近目標。」

健太似乎無法理解地探出身體問：

「但是，你們不是經常到處去挖角一些很厲害的業務員嗎？為什麼那些人沒辦法賺到錢？」

健太的疑問很有道理。聽說經常有各行各業赫赫有名且「手腕高明」的業務員主動上門接洽，這些人意外得知了這家「店」，當然想要來這個「賺錢更快的地方」，既然這樣的話，純哥卻說「幾乎沒有一個人能夠賺到目標的金額」，實在讓人難以理解。

「阿健說的沒錯，的確有很多業務員來這家『店』。他們的業績目標當然比你們兩人更高，所以無法在相同的水準討論這個問題，但其實他們會從這家『店』消失，不光是因為目標金額的問題。」

純哥說話的語氣有一種難以形容的可怕。

「——什麼意思？」

健太催促純哥繼續說下去，純哥的嘴角露出了笑容。

「因為很多人都不小心在和營利目的無關的情況下提到了這家『店』。」

良平立刻想起「那一天」的事。老闆給他們的白色錠劑是監視記憶的「守門人」——是約束「店」內業務員的鐵律。

「這家『店』的確有魔力。我在剛開始時，也曾好幾次差一點向朋友提起『店』裡的事。」

良平抖了一下，看向健太，但健太不動聲色地注視著純哥。他臉上的表情似乎在說，如果我們現在互看，我們的「企圖」就會被純哥發現。

「如果告訴朋友，會有什麼後果？」

健太發問時的表情一派輕鬆。

純哥從外套胸前的口袋拿出菸盒，把一支菸叼在嘴上。

「——那個人、會死。」

「會死？」

他們兩個人異口同聲地重複了純哥的這句話。因為這句話太唐突，也沒有真實感。

「沒錯，會死。對了，今天剛好機會難得，就由我來向你們說明。其實這件事和你們等一下要接待的客人也有關係。」

純哥點了菸，用力吐出一大口煙。

「『守門人』一旦偵測到『有問題的記憶』，就會消除那個人最重要的記憶，於是，那個人就不知道『自己是誰』而走向死亡。即使沒有死，也會變成廢人。」

良平感到背脊凍結，說不出話。

「之前不是曾經告訴過你們嗎？只有記憶可以證明自己是自己，一旦失去了成為證明的記憶基礎，人就無法維持正常，最糟的情況會失去生命。你們兩個人都要小心。」

純哥笑著開玩笑，但良平完全笑不出來，覺得純哥似乎看透了他們的「偵探遊戲」。他平時都很小心謹慎，避免不小心提到「店」的事，在居酒屋和健太討論時也都會盡量壓低聲音，以免被別人聽到。但是，他們現在開始進行「偵探遊戲」，的確會因為實際需要，比之前更常提到有關「店」的事。如果稍有不慎的話，很可能會落入和那些消失的業務員相同的下場。

「『守門人』是根據是不是為了營利目的進行判斷嗎？」

良平在提問時，身體忍不住向前傾。因為他認為既然有可能被奪走記憶，如果不明確瞭解這個問題就會極其危險。

「好問題。」

純哥拍了一下手，夾在手指上的香菸菸灰掉在桌子上。

「重要的是『有沒有轉移記憶的意圖』。」

「轉移記憶？」

「在向他人提到『店』的事時，只要有轉移記憶的意圖就沒問題，如果沒有，就會有問題。不知道你們是否還記得老闆說過的話，他那天對你們說，除了『出售』、『購買』和『收取』以外，都不可以提到『店』的事。『轉移記憶』只是這三件事的共同要素，實際賺多少錢並不是問題。考量的重點是，只要有『轉移記憶』的預定，就會被認為沒有問題。」

純哥可能察覺到良平臉上的表情，立刻舉了具體的例子。

「那我問你一個問題。假設打算用蒐集到的記憶找人，然後向別人提起『店』的事，結果會怎麼樣？」

這個行為本身並沒有轉移「記憶」的意圖，所以答案很明確。

「我想應該不行。」

「那如果用找人作為幌子說服客人，然後打算把找到的記憶賣給客人呢？」

「——那就沒問題？」

純哥瞇眼笑了起來，用來代替回答「答對了」。

「關鍵就在於心態。不必要的約束會導致業務員失去機動力，所以只要有把客人帶來『店』裡進行交易的意圖就沒問題。放心吧，我知道你們不是有不良企圖的人。」

良平無法判斷純哥是真心這麼認為，還是用這句話牽制他們。

「言歸正傳。」

純哥在菸灰缸裡捻熄了香菸。

「我剛才說到，人一旦失去了記憶基礎就會造成異常。這件事和我今天請你們協助接待的客人有密切的關係。」

純哥拿出一張紙放在桌上。

「這就是她——啊，我還沒有告訴你們對吧？這位客人是女性，總之，她是迷上這家『店』的老主顧。」

紙上寫了九位數的號碼。顯然是那名客人的識別號碼。

「但是，有一個棘手的問題。至於哪裡棘手，那就是她會出售自己的記憶，然後用那些錢購買別人的記憶。」

良平一時不知道哪裡有問題，但健太似乎馬上知道了。

「會因為出售太多自己的記憶而走向死亡嗎？」

純哥輕輕點了點頭。

「即使得到了別人的記憶，那並不是在自己身上紮根的記憶。如果不斷出賣自己來得到記憶，一直這樣下去，總有一天會死。在電梯內，不是會確認是不是本人嗎？其實還有另一個意義，當客人繼續失去記憶會發生危險時，就會出現紅色的數字，這算是某種警告。」

當面對鏡子時，頭頂上會出現九位數的數字。每次代表良平的數字煙霧都是白色——這代表良平的記憶並沒有失去到「危險的程度」。因為良平從來沒有出售過記憶，這也是理所當然的事。

但是對有些人來說，就不是理所當然的事。如果太沉醉於這家「店」，一再捨棄自己的記憶，之後就會出現極其危險的結果。

「對本『店』來說，如果客人死了就會出現不好的傳聞，會導致負面影響。」

鏡子中的現象乍看之下沒有意義，完全沒想到竟然還有這種意義。良平得知這件事，嚇得起了一身雞皮疙瘩。

——一旦被奪走記憶，最糟的情況就是死路一條。

「所以，希望你們走進電梯後，注意一下數字是什麼顏色。除此以外，現在的你們都可以搞定。」

5

中午之前，純哥走出了休息室。

接手的客人預計在下午五點抵達，他們還有充裕的時間。

「——你感到害怕了嗎？」

剛才聊了那麼沉悶的事，健太卻一派輕鬆。

雖然良平不至於感到害怕，但不安的種子的確在內心深處萌芽，如果表現出來的話會遭到嘲笑，於是他逞強地說：

「——也沒有啦，只不過即使和之前一樣提高警覺，不要因為不小心而把『店』裡的事告訴別人，但如果在十月底之前沒有賺到剩下的兩百萬，記憶就會遭到刪除，被趕出這家『店』。」

「我也有同感，我無法忍受這麼有趣的『店』的相關記憶被刪除。」

良平忍不住咬著嘴唇，再次體會到事態的嚴重性。要在剩下的三個月賺到一百六十三萬，就必須完成大約六百萬的案件。目前手上只有「純哥轉介的老主顧」和「有一大筆錢卻領不出來的老夫妻」，而且原本靠在銀行櫃檯找客人的方法也行不通了。

良平用力搖著頭，甩開不愉快的想法。

「——你先給我看『剛志』的記憶。」

雖然心情鬱悶，只不過繼續煩惱也無濟於事。

「好，就這麼辦。」

看到健太滿不在乎的輕鬆樣子，良平就覺得自己沒必要把事情想得這麼嚴重。雖然內心的焦躁和不安並沒有消失，但健太散發出無憂無慮的氣氛，讓良平的心情也變得稍微舒坦了些。

他們立刻去了三樓，進入其中一個房間。面對面在水晶球前坐了下來，健太閉上眼睛後，把手放在水晶球上，水晶球內部的白煙立刻開始旋轉。

「好，可以了。」

聽到健太的指示，良平也把手放在水晶球上。

兩段影像立刻出現在他眼前。那是在咖啡店打工的年輕女生，和少年在暑假捕捉昆蟲的記憶。

「——怎麼樣？」

良平的手緩緩從水晶球上移開，看到了眼前正看著自己的健太。

他看到的內容和事前聽說的內容相同，正如健太所說，並沒有發現任何有助於進一步瞭解「剛志」的線索。咖啡店的記憶中，除了他可疑的打扮以外，並沒有什麼有用的資訊，捕蟲少年的記憶中，除了「剛志是孩子王」以外，也沒有任何有價值的內容。

「老實說，有點無計可施了……」

他有一種走投無路的感覺。

如果沒辦法賺到目標金額就會被趕出這家「店」——之前從來沒有主動考慮過這個問題，但「失去一部分記憶」的確很可怕，因為自己的所見所聞全都會消失。到時候，「消除記憶後的自己」和「現在的自己」還能夠說是同一個人嗎？

良平獨自思考這件事時，健太緩緩開了口。

「——你知道『沼澤人』嗎？」

良平從來沒聽過，忍不住歪著頭。

健太告訴他，那是一個思考實驗。一個男人走在沼澤中，不幸被雷擊中而喪了命，但剛好又有另一道雷擊中了沼澤，因此產生的化學反應讓泥土形成了一個和死去的男人無論在形體和質量上都完全相同的複製體。新產生的這個生物就稱為「沼澤人」。

「沼澤人在原子構成上和死去的男人完全相同，大腦的狀態當然也一樣，所以和死去的男人擁有相同的記憶和知識。從沼澤中誕生的沼澤人就這樣回到了家，隔天早上，去了死去的男人工作的職場上班，好像什麼事都沒有發生。你認為沼澤人和死去的男人是『同一個人』，還是『不同的人』？」

良平有點難以理解，但隱約知道健太想要表達的意思。

「——你是說會變成相反的情況嗎？」

「沒錯。如果我們無法在接下來的三個月達成目標，我們就會變成相反的情況。雖然『沼澤人』和原本的男人是不是同一人有討論的餘地，但是相反的情況很明確，所以為了讓我們還是我們，無論如何都要賺到那些錢。」

健太說完這番話笑了起來，對成功沒有一絲懷疑。良平在感到安心的同時，也更加焦慮了。

約定的五點到了，兩人一起下樓來到地下停車場。黑色轎車已經停在地下停車場，熊哥和一個女人在車子旁聊天。

「喔，你們來了。」

熊哥舉起手，開朗地笑著。

「啊喲，不是平時那位先生。」

女人仔細打量著他們——女人的年紀看起來四十歲左右，但她乾澀的頭髮都分了岔，臉上有很多細紋，也許實際年齡更大。

「他們是很受期待的年輕搭檔，妳可以放心，而且年輕男人不是更理想嗎？」

熊哥用手肘輕輕戳著她說，女人也開心地笑了起來。
「是啊，不錯不錯。」
良平對女人露出親切的笑容，然後對著健太咬耳朵說：「速戰速決。」
「那我們上樓吧。」
健太請女人走進電梯，良平也跟著走進去。和女人並排站在一起時，發現她的個子很矮，只到自己的胸口。額頭上有黑斑，脖子上可以清楚看到藍色血管，無論如何都稱不上是健康的人。
「我今天要來出售和奶奶的回憶。」
女人面對電梯內的鏡子，小聲嘟噥著。鏡子中的白色煙霧繚繞。
「然後我想買很多不幸的人的記憶，俗話不是說，別人的不幸甘如蜜嗎？記憶內容越殘酷越好。想到有人一心想著『我要捨棄這種記憶！』我就會樂不可支，然後就可以體會到自己的人生多麼幸福。」
叮。電梯響起熟悉的聲音停了下來。鏡子中的數字是一如往常的白色。良平沒有忘記核對鏡子中的數字，和純哥剛才寫在紙上的數字。

「——我可以說正經事嗎？」
下班後，兩個人一如往常地來到了澀谷那家連鎖居酒屋。
第一杯啤酒送上來後，健太立刻說了這句話。

「你認為『店』的存在意義，真的只是營利嗎？」

「你為什麼突然想到這個問題？」

「我看了那個女人購買的記憶——就是遭到虐待的女孩的記憶，想到了這個問題。」

健太說的是剛完成的交易。女人出售了「和奶奶之間的回憶」，用這些錢購買了受到殘忍虐待的少女記憶。少女每天都被後母挑剔咒罵，拳打腳踢。

令人傷腦筋的是，女人臨走時，把小瓶子中的記憶對著他們噴了幾下。

——你們看，她承受了這麼大的痛苦！你們能夠體會自己的生命多麼寶貴了吧？

內心被那些記憶激發的感情難以用筆墨言詞表達，因為那些記憶無法用「承受痛苦」這麼簡單的文字形容。他們兩個人各賺了十三萬，但內心只有不愉快和空虛。

健太注視著桌上的一點，靜靜地繼續說了起來。

「老闆之前說，放棄自己記憶的傢伙是垃圾。但是，放棄那些記憶的少女，真的是垃圾嗎？因為心靈創傷而無法向前看的人，心靈受到傷害的人——如果這些人花錢捨棄這些記憶後，能夠邁向新的人生，不也是一件有意義的事嗎？」

「我也有同感。」

老闆說，花錢擺脫這些苦惱的人太天真了，背負這些苦惱，仍然繼續活下去，是身為一個人的痛楚。

真的是這樣嗎？

健太的問題是正面質疑老闆說的話。

「良平，我認為老闆說的那些話只是理想論。如果人能夠克服那些苦惱，的確可能會變堅強，但是如果可以用錢解決，有人願意花錢解決，我認為也不是問題。你應該也感受到了吧？剛才那個女人購買的記憶——遭到那種虐待，要那個少女接受一切繼續活下去也未免太殘酷了。」

「沒錯，但你為什麼突然想到這件事？」

「我認為必須改變思考方式。」

良平忍不住被健太吸引。因為健太總是和他分享不同的見解，他對健太藉由這次交易到達的新境界產生了極大的興趣。

「怎麼改變？」

「不要把賺錢放在首位，而是要優先思考如何利用這家『店』幫助有困難的人。」

「銀行也經常說這句話。」

「雖然聽起來也像是理想論，但我覺得答案就在這裡。」

健太一臉嚴肅的表情，把毛豆放進了嘴裡。

「你之前不是提過有一對老夫妻很有錢，卻沒辦法把銀行的錢領出來嗎？那是銀行留給我們最後的『救命稻草』——雖然目前還沒有具體的解決方法，但我覺得只要妥善運用『店』的機能就一定能夠破解。」

說起來當然很簡單。雖然良平這麼想，但他並沒有說出口。

「對不起，好像變成說教了。」

健太自言自語地嘀咕著，然後就沒有再說話。

雖然良平有點失望，但也沒有再說什麼。

那天晚上，他做了一個夢。在一片白色空間中，健太越走越遠。

——我問你，你為什麼不認得我了？

無論他怎麼問，健太仍然歪著頭納悶。

——你忘了我嗎？

健太仍然一臉悲傷地看著他，緊閉雙唇。

——你怎麼了！我們不是好朋友嗎？

不一會兒，健太變成了光的顆粒，漸漸融化在空中。良平伸手拚命想抓住健太，但什麼都沒抓到。

——快努力回想！是我啊！我是——。

我是誰？

他突然不知道自己是誰，不僅如此，而且也想不起為什麼這樣拚命叫住眼前的男人。自己和這個男人到底有什麼關係？為什麼內心這麼痛苦？

——我是誰？

自己也變成了光的顆粒，即將消失了。

——不！我不想忘記！我不想消失！我是、我是——。

許許多多的場景像跑馬燈般一一閃現。沒朋友的自己在教室時，一個男生主動過來搭話；午後，兩個人一起躺在草皮上看著陰沉的天空；經常去打發時間的咖啡店；做記憶生意的「店」；在夜晚的街頭徘徊的日子。

——我想記住！我想記住所有的一切！

淚水不知不覺順著臉頰滑落。

過去的無數景象不斷湧上心頭。那些都是無可取代的日子。然後——最後出現的是保科瞳美。

風溫柔吹拂著她一頭黑色長髮，她向自己招手。她的笑容很脆弱，好像輕輕一碰就會破碎。

——妳怎麼會在這裡？

他正想問這個問題時，世界突然變黑。良平踢開被子坐了起來。他滿身大汗，心跳也有點快。房間內的掛鐘指向半夜三點。明天還要上班，這種時間醒來很令人生氣，但幸好他還記得自己是自己。

6

良平把銀行的公務車停在便利商店的停車場，自己坐在車上。他把駕駛座的椅子放倒躺了下來，手上的手機播放著音質有點差的音樂。前輩轉去負責「肥沃」的地區，把寸草不生的地區交給良平時告訴他：「業務員成功的祕訣，就在於學會適度偷懶。」他決定聽從前人的智慧，從週一開始跑外勤後，一有機會就把公務車停在停車場內偷懶。雖然他並不是不想工作，但也沒有鬥志。即使成果不佳，銀行也不會開除他。更何況眼前最大的問題，就是如何增加在「店」裡的業績。只不過他無法輕易想到解決方法，於是就只能在車上滑手機。

這一天，他在可以免費上傳影片的網站中發現了「星名」以前的演唱影片。這首名為《牛郎星安魂曲》的歌曲和《星塵夜騎士》一樣，都是很受歡迎的歌曲。觀看次數遠遠超過五十萬次，良平甚至覺得之前竟然不認識她的自己和健太才是異類。

這首歌的歌詞也很獨特，和《星塵夜騎士》一樣，她歌曲中的「你」所說的話都很精彩。這個「你」就是她在尋找的「那個人」嗎？他思考著這個問題，然後又點開了「非官方粉絲專頁」。根據出沒消息欄內所提供的內容，她昨天在橫濱街頭表演。前一天在名古屋車站前，仍然神出鬼沒。接著他又點開了「粉絲交流論壇」，一目十行地瀏覽論壇的內容後，有一段文字吸引了他的眼球。

『在《牛郎星安魂曲》中也有提到故鄉，星名的故鄉到底在哪裡？』

他又找了其他留言，但是完全沒有關於她故鄉的內容，於是他隨手在記事本上寫下了「保科的故鄉是哪裡？」這行字。

回到分行就要進行業務報告。他必須向經理報告一整在外面跑業務的情況，同時必須詳細說明這個月可望達成的業績和材料。這是良平每天最憂鬱的時間。通常都是向課長層級的主管報告，但他有了直接向經理報告的「特別待遇」。表面上是經理要指導年輕行員，但事實並非如此。

「你不要對我說你進銀行才兩年這種藉口。」

經理比他想像中更加陰險，因為經理的真正目的是不同於表面理由的「欺壓」。

「既然對方不接電話，你有沒有試過其他方法？有沒有去對方家找人？你以前在櫃檯前接待客人時，都會把注意事項寫在紙上，對工作充滿熱忱，現在怎麼了？」

「不，這是——」

「所以現在的年輕人都無法信任，只要主管沒看到就開始偷懶。如果只是偷懶也就罷了，還可能做一些影響銀行評價的壞事，真是完全不能大意。」

良平當然不可能反駁，只能在內心暗想「那我們走著瞧」。

「是。」

「如果你認為自己進銀行才第二年就可以降低標準，那可就大錯特錯。」

「不要只回答『是』，回答不重要，重要的是成果。」

「…………」

「你到底有沒有聽懂？如果你有意見也可以直接說出來。」

「……沒有。」

「既然這樣，就代表你聽懂了？」

「……是。」

最後還不是要自己回答……。但良平也只能在心裡頂嘴。

他無力地鞠了一躬，走出經理辦公室，反手用力關上了門，試圖擺脫在背後盯著他的黏膩視線。雖然知道這種行為很沒禮貌，但他只能用這種小小的抵抗動作發洩一下。

「——你越來越像上班族了。」

又到了每週三的討論會。他們這天在五反田的沖繩料理店見面。

良平乾杯後，就開始抱怨工作上的事——以前從來沒有發生過這種情況。每次聊天，從頭到尾都是聊「店」裡的事，至少這是良平第一次在和「店」裡的業務無關的情況下提及本業。

「——對不起，我不再提這件事了，來談『店』裡的事吧。」

「你這麼說，我就很傷腦筋了。」

健太皺起眉頭，吞吞吐吐地說道。自從上週六接待了純哥那個「脫離常軌的女人」之後，交易情況不如預期。健太可能覺得很過意不去，無力地垂下了頭。

「——對了，我做了這個。」

片刻的沉默後，健太拿出了自製的名片，似乎想要化解眼前的尷尬氣氛。名片的設計很簡單，上面只寫了「文字工作者　如月楓」。

「這是什麼？」

良平把健太遞給他的名片放在眼前，仔細打量著。

「就是你看到的，是名片。」

「你是文字工作者嗎？」

「我挑選了一個可以擴大解釋的頭銜。」

「既然這樣，你也符合漫畫家的頭銜啊。」

「不必追究細節。」

他是為了「偵探工作」，製作了這張名片。

「因為我認為當偵探時，會有很多機會和他人接觸，只不過沒必要告訴對方自己的真實身分。雖然沒必要告知，不過既然要追根究底問對方的事，手上就必須有免死金牌，當然也就需要有一個工作上的名字。我還比較無所謂，如果你用本名在江湖上走跳，恐怕就會有很多後患。」

健太的意見十分有道理。尤其是良平，如果在自我介紹時說出真實姓名，的確極其危險。原本就已經被經理盯上了，而且銀行禁止行員從事副業，更何況無法保證副業的事不會傳入經理的耳朵。之前就因為錯估形勢，才會導致目前的狀況。

「所以請你也想一個工作上要用的名字。」

「隨便取個普通的名字就好。」

「不行，普通的名字會被埋沒。盡可能取一個令人印象深刻、很酷炫的名字。」

良平抱起雙臂，仰頭看向天花板。

「二階堂——二階堂昴這個名字怎麼樣？」

取這個名字並沒有特別的理由，就只是剛好想到而已。

「很不錯啊，很酷，又令人印象深刻，只是會覺得害羞到全身發癢……」

「這是稱讚嗎？」

健太露出爽朗的笑容，連續點了好幾次頭。

「不，真的很棒。楓和昴，簡直堪比『該隱和亞伯』。」

「什麼意思？」

「那是《舊約聖經》中的兄弟，你會不會太缺乏文化素養了？」

「才不是這個意思，你是想說『看來你很缺乏常識』。」

良平發現自己笑了起來——雖然要承認這是拜健太所賜有點害羞，也有點不甘心，卻是無庸置疑的事實。

——楓和昴，搞不好真的不錯。

良平喝著啤酒，暫時陶醉在充實感之中。

這天吃飯時喝了很多酒，短短一個小時，兩個人都有了醉意。健太一如往常，臉紅得發紫，良平說話時，舌頭也打結了。

「——對了，之前我在跑外勤時，找到了星名的影片。」

良平緩緩拿出手機，從影片播放紀錄中找出了《牛郎星安魂曲》，放給健太聽。

「喔，我知道這首歌，是不是描寫等待牛郎星回來的少女心？」

「啊，對了，我想起一件事——」

良平臨時想到，從公事包裡拿出記事本，翻到寫了「保科的故鄉是哪裡？」那一頁，遞到健太面前說：

「歌詞中不是也曾經提到嗎？『等待每年一度，你回到故鄉的日子』。」

「對，的確有這一句。」

「不知道保科的故鄉在哪裡？」

健太立刻露出了不一樣的眼神。

「的確從來沒想過這個問題。」

「對不對？」

「而且，自己的故鄉是很重要的資訊，但平時很少會意識到這件事。」

「所以就屬於『無意識』的部分。」

良平在說話時，回想起那個捕蟲少年的記憶。那到底是在哪裡？至少不像是東京。雖然這是毫無根據的直覺，但總覺得是外地。

也許是因為情緒高漲的關係，良平比平時更健談。

「雖然很容易關心剛志的真實身分這個比較引人注目的部分，但我們應該回到原點，腳踏實地蒐集更基本的資訊。」

健太聽了良平的想法，點了好幾次頭表示同意。

「我明天再去『店』裡看一下捕蟲少年的記憶，重新確認一下記憶中的人說話有沒有口音，或是有沒有出現町名的標識。」

雖然事態終於有了進展，但以目前的進展速度，恐怕在期限之前都不會有結果。所謂的期限，當然就是必須在十月底賺到一千萬的日期。即使酒過三巡，他們仍然知道問題的本質並沒有解決。賺錢是繼續進行「偵探遊戲」的唯一方法，否則前幾天的「惡夢」就會變成現實。為了避免這種情況發生，自己能夠依靠的對象——答案很明確。

隔天，良平一大早就離開分行，開車前往某個住址。

「那個地方」剛好就在自己目前負責地區的角落。他在幹線道路上開了二十分鐘，進入岔路後又開了一段路就看到了目的地。在一片農地的正中央有一棟外牆已經變得灰暗，看起來像工廠的房子，旁邊是一棟兩層樓的住家。他把車子停在房子前，確認了門牌，在寫了「石塚」的牌子上方，還看到了「株式會社　石塚紙器工業」的招牌。

石塚由香里的丈夫石塚巖是石塚紙器工業株式會社的前老闆，由於那家公司也和分行有業務往來，在調查交易紀錄後，發現是在五十年前創業，石塚巖是第二代老闆。客戶是大型和菓子製造商，石塚紙器工業是專門製造包裝盒的下游廠商，年營業額只有十億左右的中小企業，十年前為止，公司的業績都很穩定，但之後就持續下滑，兩年前公司結束營業，所以他只是前老闆。

根據之前負責的窗口所記錄的交涉內容，五年前，老闆娘由香里就考慮過結束營業。

如今，由香里已經連丈夫都不認得了。想起這些目前掌握的情況，良平的內心就感到鬱悶。沒有繼承人的中小企業結局都很悲慘。

不一會兒，就看到石塚巖從家中走了出來。雖然公司已經結束營業，但他仍然穿著灰色工作服。他坐進白色輕型汽車後，駛向幹線道路的方向。良平立刻追了上去。良平猜想他應該是去看妻子，因為那天他在銀行櫃檯前吼叫「我每天都去探視她」。

石塚巖的車子在稍微偏離幹線道路的某家安養院的停車場停了下來。安養院是一棟三層樓的房子，白色外牆看起來很乾淨，屋頂附近寫了安養院的名字。

「山毛櫸之家安養院」。

良平立刻拿出手機查了一下，發現是專門照顧失智症病患的安養院。他在停車場觀察了安養院片刻，然後才走下車，以免引起懷疑。

外面是酷暑的炎熱天氣。停車場旁的行道樹上，蟬鳴聲此起彼落，柏油路面冒著陣陣熱氣。他觀察了周圍的環境後，再度回到車上，拿出手機繼續蒐集關於安養院的資訊。

7

日子一天天過去，八月已經邁入了第二週。良平仍然沒有任何成果，分行經理每天都對他嘮嘮叨叨，他只能在自己負責的地區跑業務，但他沒有忘記抽空去看「山毛櫸之家」。雖然稍微偏離了他負責的地區，但由不得別人說什麼。

有一天，他遇到了一個轉機。他在「山毛櫸之家」旁邊的公園，看到了石塚夫婦。這是和他們接觸的大好機會。推著輪椅的巖停下腳步，在噴水池周圍的一張長椅上坐了下來。良平見狀，慌忙下了車。他挽起襯衫的袖子，假裝是蹺班偷懶的上班族，緩緩走了過去。巖和上次一樣，穿著灰色工作服，他前面的輪椅上，坐了一個看起來像是他太太的年邁女人。

「天氣真熱。」

良平在巖的身旁坐了下來，若無其事地對他說。

「是啊，真的很熱。」

巖說話的語氣很平靜，難以想像他上次在櫃檯前大吼大叫。

「這位是你太太嗎？」

良平看著輪椅問。

「咦？徹也回來了嗎？」

巖還來不及回答，由香里聽到良平的聲音，立刻有了反應。

「老婆，不是，他不是徹也。」

「徹也，你不要老是為難爸爸……」

「老婆，他不是徹也——」

太太由香里看起來很虛弱，眼神空洞無力，瘦得好像快被風吹走了。而且還誤把良平當成是「徹也」——可能是他們的兒子。她說「你不要老是為難爸爸」，可能他們的兒子很叛逆。總之，她的症狀已經嚴重到認不出丈夫和兒子了。

良平從長椅上站起來，在輪椅前蹲了下來。

「對，我是徹也。」

良平說完，對由香里露出笑容。她鬆了一口氣般笑了起來，但立刻皺起了眉頭。

「你不要說什麼不願意繼承公司，趕快回來吧。」

「好，沒問題。」

良平配合著由香里說話，眼角掃到巖一臉為難地輕輕笑了笑。

「你很乖，不要再讓爸爸傷腦筋了。」

由香里莞爾一笑，突然失去了興趣，自顧自地哼著歌。

良平慢慢站起來，又在巖的身旁坐下來。

「——謝謝你，」巖拍了拍良平的肩膀說：「徹也是我們的兒子。」

良平還沒有開口問，巖就自己說了起來。

「他是獨生子，原本希望他能繼承公司，但他堅決不同意。於是就大吵了一架，之後就失去聯絡。但是現在想一想也不能怪他，因為我以前整天埋頭工作，完全不顧家，這是報應。」

「你說希望兒子能繼承公司——所以你是公司老闆嗎？」

雖然良平早就調查清楚了，但還是這麼問。

「對，只不過是一家小公司，我們公司的產品以前曾經很熱門。」

「好厲害。」

「有厲害嗎？」

巖注視著地面，無奈地說：

「我老婆一直對我說『你只要考慮工作的事就好，家裡的事就交給我』。而且為了以防萬一還拚命存錢，她對我說：『萬一你有什麼狀況，我可以保護這個家。』但是沒想到，反而是她先變成這樣——」

大滴的淚水奪眶而出，但巖並沒有擦眼淚。

「不好意思，和你聊這些傷感的事。」

「別這麼說。」

良平把手輕輕放在巖的肩上。他骨感的身體比看起來更瘦，一定扛起了很多壓力。

「你是上班族嗎？」

「嗯，是啊。」

「上班族很辛苦，上司和客戶都很不好對付。我上次也在銀行破口大罵，其實我明知道他們也無能為力，所以覺得很對不起他們。」

「你為什麼會發脾氣？」

良平當然知道當時的狀況，但還是明知故問。

「因為銀行說，如果沒辦法向我太太確認，就無法提領我太太名下的定期存款。你也看到了，我太太這樣，根本沒辦法確認。但是老實說，我真的有點吃不消了，因為安養院的費用也不便宜。」

良平想起之前調查這家安養院時，看到一年的費用時嚇了一跳。他們無法靠兒子，公司也已經結束營業，在經濟上必定捉襟見肘，也難怪他之前會在銀行櫃檯前大發雷霆。

良平逮到了機會，進一步打聽。

「那目前怎麼解決錢的問題？」

巖拿出面紙後擤著鼻涕回答說：

「我並不是沒有存款，而且工廠的機器也可以賣一些錢，但是——」

「但是？」

「那些錢都差不多見底了。雖然之前做好了可以賣掉所有值錢東西的心理準備，但還是不想放棄房子和土地。我知道現在說這些太天真，但還是希望能夠把土地和房子留下來。明知道可能性很低，但很希望可以和老婆再次在那個家一起生活。」

大部分情況都和良平之前預料的差不多，但他並沒有對巖說「其實你還有其他可賣的東西」。千萬不能操之過急——首先必須打好紮實的基礎。

於是，他改變了話題。

「這是你公司的工作服嗎？」

巖愣了一下，但立刻露出了笑容。

「嗯，是啊。」

巖得意地指著灰色工作服的胸口說：

「你看，這裡不是有公司的名字嗎？這是我們公司的工作服。因為我整天都穿這身衣服，所以現在穿著這個的時候，我老婆有時候會想起我。」

良平恍然大悟。那天他在銀行大發雷霆時，似乎也穿了這身衣服。

——就在這時，有什麼東西從由香里的手上滑落，掉在地上，發出很大的聲響。低頭一看，原來是一塊扁平的大石頭。

巖從長椅上站了起來，小心翼翼地撿起石頭。

「這是什麼？」

巖轉過頭，露出害羞的笑容，把手上的石頭出示在他面前。

「你可以看一下。」

良平接過石頭，舉到眼睛前方。原本以為只是一顆普通的石頭，沒想到表面畫了五彩繽紛的鳥。藍色羽毛和尖嘴看起來很剽悍。角落用很小的字寫著「八月十日　茶腹鳾　蛇紋岩」。

「我從小就很喜歡鳥，只要一有空就會看鳥類圖鑑。長大之後，只要有時間就會去賞鳥。」

「你畫得很好。」

良平在歸還石頭時，坦率表達了內心的想法。巖瞇起眼睛，似乎在凝望遠方。

「——我一直很希望成為畫家，雖然無可奈何地繼承了家業，但還是無法放棄畫畫，然後有朋友告訴我這個。據說這叫做『石畫』，於是我就把在旅途中看到的鳥，畫在旅途中撿到的石頭上，其實並不一定要畫鳥。」

「你也很瞭解石頭嗎？」

不知道是不是良平的問題偏離了重點，巖發出聲音笑了起來。

「怎麼可能！雖然我只要聽到鳥的聲音就知道是什麼鳥，但對石頭就一竅不通了。」

「但是，這上面不是也寫了石頭的名字嗎？」

「告訴我石畫的朋友原本就對石頭很熟，也就是所謂的『石頭迷』。無論任何石頭，他只要看一眼就知道石頭的名字。這個世界上有很多奇人，我也是在問了那位朋友後才知道這是蛇紋岩，有時候與其自己查半天，還不如問內行人更快。」

良平頓時感覺到衝擊貫穿了全身。

——問內行人更快。

這個新發現有可能可以擺脫陷入瓶頸的現狀。

「這個茶腹鳾是我最初完成的『作品』。當初拿給老婆看時，她顯得很高興，笑得臉都皺成一團說：『會畫畫的老闆太棒了。』所以我現在讓她抓在手上。」

但是，良平幾乎沒有聽到巖說的這些話。因為他的「新發現」隱藏了巨大的可能性。

「——不好意思，突然找你聊天。我跑外勤時經常來這裡偷懶，下次有機會遇到時再請多多指教。」

「好，也請你多指教，下次歡迎你再來這裡偷懶。」

良平鞠了一躬後從長椅上站起身，克制著激動的心情回到了銀行的公務車上。一坐上駕駛座，他立刻撥打了電話。不知道是不是非假日的白天無所事事，馬上聽到電話中傳來對方的聲音。

「──怎麼了？真難得啊。」

健太在電話中的聲音聽起來很驚訝。因為至今為止，良平從來不曾在上班時間打電話給他。

「有工作要委託漫畫家。」

「喔？今天吹的是什麼風啊？」

「我今天學到一件事，『這個世界上有很多奇人』。」

「良平，你也是奇人一個，竟然會把每天學到的收穫告訴我。」

良平不理會健太的玩笑話，進入了正題。

「這個世界上不是有所謂的『石頭迷』嗎？」

「雖然我沒見過，但應該有吧。」

「既然這樣，你不認為也會有『廟會迷』嗎？」

「──也許吧，你就是『說話沒有重點迷』。」

雖然很火大，但現在沒時間反駁他，於是良平決定無視他說的話，直接切入重點。

「你能不能把捕蟲少年看到的廟會風景畫下來？」

即使隔著電話，也可以感受到健太立刻察覺了一切，倒吸了一口氣。他一改剛才搞笑的態度，兩個人之間充滿了緊張。

「──原來如此，你太聰明了。」

「畫好之後，在網路上問大家『有沒有人知道這張畫所在的地點？』」

之前因為過度受到不可對外透露「店」的事這項規定的束縛，從來沒有想過可以向他人求助，更從來沒有想過可以和他人分享在「店」裡看到的記憶。

但其實只要能夠將在記憶中看到的風景**畫出來**，就完全有可能做到。因為記憶無法拍照，也無法錄音，但可以畫下來。最重要的是，健太很會畫畫——巖的那番話把原本看起來七零八落的點完全連在了一起。

「我再去『店』裡看一下。」

他們結束了通話。

良平心滿意足地點了點頭，靠在駕駛座的椅背上。

隔天，結束外勤工作回分行的路上，胸前口袋裡的手機震動起來。

「竟然在上班時間打電話給我，難道是有什麼重大發現嗎？」

良平把車子停在路旁，用一如往常的語氣接起了電話。

「——你說對了。」

健太說話的語氣讓良平不由得激動起來。如果是平時，健太一定會先說一句幽默的玩笑話。

「有什麼發現？」

「我按照你昨天說的，把廟會的情景畫了出來。」

「然後呢？」

「接著又按照你說的方法，找到了廟會迷出沒的網站，把那幅畫上傳到論壇上，問大家『有沒有人知道這是哪裡？』」

良平說話時故作平靜，但內心興奮不已。

「然後呢？」

「結果就知道那裡是哪裡了。」

良平不知不覺中握緊了拳頭，做出了勝利的姿勢。

「所以是在哪裡？」

「高知縣星守郡犀川町，是人口不到一萬人的小城鎮。」

即使聽了健太的回答，良平仍然忍不住納悶。因為從健太告訴他的內容中，完全沒有任何可以稱為重大發現的線索。

「——這哪算什麼重大發現？」

「我用星守郡犀川町這個新的關鍵字查了一下，發現了和保科相關的一個記憶。那是在廟會那天晚上，和保科一起走在河邊的女生的記憶。」

「那個記憶有很大的問題嗎？」

「不，並沒有什麼問題，真正有問題的是**另一個**記憶。」

良平的心跳加速，但他完全無法想像會有什麼問題。

「是怎麼有問題？」

健太故弄玄虛地停頓了一下，然後緩緩說出一個名字。
「那就是剛志的真實身分。」
「剛志？」
雖然事態的發展出乎意料，但良平還是有點洩氣。剛志和保科是同鄉，只要知道保科的故鄉，也可以瞭解剛志的過去。只不過即使知道剛志的真實身分，也無法成為破解「星名之謎」的「重大發現」。
「你一定也知道剛志。」
「為什麼？」
「哪有為什麼？因為姓那個姓氏的人少之又少。」
「姓氏？」
「御菩薩池剛志——他就是一家五口燒死事件中唯一的倖存者。」

記憶五　不良少年

京都的某條小路上，少年被人包圍了。

「你剛才是不是嘲笑我們？」

「你是不是說我們是鄉下人？」

少年的確嘲笑了他們。因為在東京出生，也在東京長大的少年眼中，這些人穿制服的土樣子，以及說話時的獨特口音，都很不入流。

——趕快看啊，鄉下人也來這裡玩。鄉下地方的不良少年真是可愛。

剛才只是一時衝動，只是國中生在修學旅行時常見的較勁。少年認為只是這麼簡單的事，但事情似乎並不是他想的那麼簡單。

「你最好給我記住，晚上一個人走路是很危險的。」

熄燈後，少年獨自溜出飯店，打算去便利商店買香菸。沒想到一走出飯店就被一群人包圍，然後把他拉進了小路。

「剛志，要怎麼教訓這傢伙？」

其中一個人問。剛才始終不發一語的高大學生慢條斯理地走向少年，他全身散發的殺氣和那些跟班無法相提並論。這個人一定是「鄉下不良少年」的老大。

「不好意思啊，我們這麼多人圍著你。但是你放心，我們不會耍卑鄙的手段。」

他低沉的聲音很有威嚴，難以想像是剛結束變聲期的國中生。

少年面對這個慢慢逼近的男人，握緊的拳頭流著汗。如果是那些跟班，即使只有自己一個人，他也有自信可以打贏他們，但這個叫剛志的傢伙則另當別論。他的直覺告訴他，如果對方真的出手，自己不可能毫髮未傷地全身而退。

「單挑！」

剛志說完，那些跟班立刻吹起了口哨。

少年左顧右盼，發現無路可逃。想要跑回大馬路就必須推倒眼前這個傢伙，或是轉身拔腿逃走。

——那就打一架。

少年下定了決心，還來不及舉起拳頭，側腹就被用力踹了一腳。

他忍不住發出了痛苦的嘆息，晚餐吃的烤魚差一點從胃裡被擠到喉嚨口。緊接著臉上又挨了一拳——他眼冒金星，視野變成一片白色。

「搞什麼啊，這傢伙根本不是對手嘛！」

「剛志，再好好教訓他！」

少年搖搖晃晃，好不容易才站穩，擺出了戰鬥的姿勢。他微微提起腳跟，移動腳步，雙拳舉在臉前。之前打了那麼多次架，自己也不是好惹的。

「你知道腎臟在哪裡嗎？」

剛志突然問他。

「不知道。」

「這樣啊，那我就告訴你。」

不知道這句話有什麼好笑，那些跟班突然歡呼起來。

少年撲向剛志，想要擺脫那種讓人心裡發毛的感覺。剛志輕鬆閃過，然後立刻又踹了他的側腹一腳。

「就是這裡。」

少年感到一陣劇痛，忍不住跪在地上。

「知道嗎？就是這裡。」

少年已經無力反抗，只能蜷縮成一團，被剛志痛毆。嘴裡都是血腥味，胃酸逆流。在不知道被踹了多少次之後，少年嘔吐起來。

「哇，髒死了。」

「王八蛋，吐什麼吐啊。」

剛志不理會這些聲音，一把抓住少年的頭髮。

少年被剛志拉了起來，在極近的距離和剛志面對面。近距離觀察時，發現他冰冷的眼內是一片深不見底的黑暗，好像會把人拉進去。

「我們來自高知縣**星守郡犀川町**，你有聽過這個地方嗎？」

少年只能瞪著剛志，完全說不出話。

「如果你明天小便有血，就請你來我家的醫院。我會為你安排，只要對櫃檯說，你是

『御菩薩池剛志』的朋友，就會讓你優先看診。」

剛志說完這句話笑了起來，那些跟班七嘴八舌地嚷嚷起來。

「醫生的兒子，你好！」

「真是孝子！」

少年懊惱得全身顫抖，只能用力咬著嘴唇。原來剛志執拗地攻擊腎臟的位置，就是為了說最後這句話。

「你說的沒錯，星守郡犀川町的確是個爛鄉下地方，但是，你可以來這種鄉下地方看病，御菩薩池泌尿科在當地可是很受好評的醫院。」

剛志說完這句話，和他的跟班在黑暗中揚長而去，把少年留在小路上。

第三章　星塵夜騎士

1

良平看完記憶之後，仍然抱著雙臂。

週三是兩人定期開會的日子。他們面對面坐在一家消費不便宜的中餐廳包廂內，遠處傳來廚房熱鬧的聲音。

「——怎麼樣？」

健太一臉認真的表情問。

御菩薩池剛志——那個男人的確這麼說。長相也和捕蟲少年記憶中的剛志很像，所以應該就是他們在找的那個剛志。高知縣星守郡犀川町這個地名——正是那起事件發生的地方。那起事件的倖存者和自己同年，所以幾乎不用懷疑，這個御菩薩池剛志就是他們要找的人。他繼承了家族的龐大資產，獨自活了下來。御菩薩池剛志的兒時玩伴保科瞳美，在比賽中輸給了財力雄厚的帝都家族當家的三女兒柊木琉花，無法實現成為歌手踏入歌壇的夢想。但是幾年之後，她成為在全國各地流浪、小有名氣的歌姬。她為了尋找「那個人」在全國各地奔走，但沒有人知道她的交通費從何而來——。

「剛志可能是她背後的金主。」

良平說，健太滿意地用力點了點頭。

「沒錯，完全有可能。只不過如果是這樣，就難免會有更多負面的想像。」

良平知道健太在想什麼，因為他也一樣。良平壓低聲音問：

「你是說縱火事件嗎？」

「當有鉅額的金錢流動時，通常都會思考誰是得利者——從這個角度思考，在這起事件中，剛志就是那個得利者。也許保科也涉入其中，但這只是假設剛志真的是她背後金主的情況。」

「你該不會想說，是他們共謀縱火吧？」

「不知道，但是並不能排除這種可能性。」

良平腦海中立刻浮現了保科瞳美的身影。清純透明——「殺人」應該是離她最遙遠的事物，但真相有時候很殘酷。身為偵探，不能因為和她的形象不符，就排除她是「嫌犯」的可能性，但更令人在意的是她之前說過的話。

「——保科在咖啡店說剛志是『殺人凶手』到底是怎麼回事？」

「真不愧是華生昴，我也在想相同的問題。如果保科是共犯，就不可能說那種話。」

「現在真的越來越有偵探的味道了。」

「我就知道你會這麼說，所以也幫你製作了這個。」

健太拿出一大疊印了「二階堂昴」這個名字的名片。頭銜和他一樣，都是「文字工作者」。

「昴，也許我們正準備踏入可怕的黑暗中，我猜想全世界只有我們兩個人發現那起全家燒死事件和『星名之謎』有關的可能性。」

這是根據「店」內的那些記憶，終於推斷出的一個假設。從公開的資訊中，不可能瞭解那起事件和星名之間的關係。雖然為終於有點偵探的樣子感到高興，但也同時知道事情並沒有這麼簡單。眼前最大的問題，就是動機之謎。

良平把「二階堂昴」的名片收進包包，問了健太內心最不解的疑問。

「但如果我是剛志，會為了提供資金援助不惜殺了全家嗎？不光是這樣，如果我是保科，會為了追求夢想不惜做出這種事嗎？」

雖然不能完全排除他們兩個人共謀縱火事件的可能性，但是直覺告訴他，這個可能性並不高。

「——未必不會這麼想。」

健太的眼神很嚴肅。

「當想法很強烈時，有時候會影響人做出正常的判斷。這種時候，內心的道德觀念就變成一個相對的問題。因為原本無法平衡的天秤其中一端，加了強烈想法這個砝碼，當砝碼的重量超過一定的量，道德觀念就會被拋在腦後。」

「聽你說話的語氣，好像有親身體驗過。」

「否則怎麼可能花父母的錢，卻以新人獎為優先，留級兩次呢？」

健太說這些話可能想博良平一笑，但良平笑不出來。

——自己認為什麼事比父親的死更重要呢？

照理說，就算再怎麼討厭父親，不為父親送終都是天大的不孝。雖然他知道有些親子關係不睦，但他不認為自己和父親屬於這種情況。而且自己為什麼會討厭父親？難道只是因為父親說什麼「你和別人不一樣」這種不負責任的話，讓小孩子認為「自己可以成為『一號人物』」嗎？

「——巖的情況怎麼樣？」

健太的發問把良平的意識拉回現實。

「如果不趕快搞定他，很快就十月底了。」

健太事不關己的態度讓良平有點生氣，但他並沒有表現出來。

「他已經做好了心理準備，願意出售所有可以變賣的東西。」

「簡直就像飛蛾撲火。」

健太若無其事地說，但良平的心情很複雜。雖然認為巖出售一、兩個記憶，為妻子籌措安養院的費用也無妨，只不過這麼做無法解決問題的本質。因為持續出售記憶，人最終會走向死路。只要石塚由香里無法恢復，就必須持續支付安養院的費用。用膝蓋想也知道，電梯內的鏡子遲早會對巖發出「警告」。

「——我不想讓巖出售記憶。」

「為什麼？」

「因為這樣無法幫助他們。」

健太聽到良平這麼說，驚訝地瞪大了眼睛。

「這真不像是你會說的話。我還以為你的優點就是為了賺錢，可以變得沒血沒淚沒心肝。」

「我並沒有放棄賺錢。只不過我很清楚，讓他出售記憶這種程度的交易，無論對他還是對我們來說，都只是應付眼前而已。」

雖然不知道巖的記憶能夠賣多少錢，但最多也只有一百萬左右。這些錢根本不足以支付安養院的費用，對他們業績的貢獻也只是杯水車薪——既然這樣，關鍵就在於如何解決那四千萬定期存款的問題。

「——但是我完全同意華生昴的意見。」

健太抱著雙臂，深深地坐在椅子上。

「正如我之前所說的，我們要改變思考方式。不要只追求眼前的利益，而是要思考能夠為巖做什麼。雖然感覺像在繞遠路，但我確信這樣一定能找到答案。」

「我打算明天去『山毛櫸之家』，雖然並沒有具體的方案，但我會試著和巖聊天，引導他去『店』裡。」

「好，那我明天也去『店』裡，找出至今為止所有的記憶。在掌握剛志是事件倖存者這個前提下重新看那些記憶，也許會有什麼新發現。」

健太的這番話讓良平產生了煩躁的感覺。

——這當然沒問題，但你也要去找客人啊。你非假日不是整天都有空嗎？

雖然這種「憤怒」很快就躲進了內心深處，但心裡的確在瞬間產生了以前從來不曾有過的不爽。一定是因為失去了餘裕的關係。雖然努力不去想，但仍然對自己產生了影響。不久之前做的那個「惡夢」——失去了健太，也不知道自己是誰的那個「惡夢」，即使努力想要抹除，但當時產生的恐懼牢牢黏在內心深處，想甩也甩不掉。

良平粗暴地抓起啤酒杯，一口氣把酒喝光。

隔天，良平第一個離開分行，飛快地前往「山毛櫸之家」。巖的白色輕型汽車不在停車場內。

他把公務車停在停車場角落，拿出手機打開了搜索引擎。

『失智症　症狀』

他逐一確認了查到的幾個網站，發現雖然統稱為失智症，但症狀各不相同。分不清時間、季節、目前所在地點的認知障礙。徘徊、妄想、暴力、言語暴力，以及失禁、玩糞便。還有執行功能障礙和記憶障礙——。

他滑動畫面，想瞭解記憶障礙的詳細情況。

記憶障礙有多種不同的症狀，大致可以分為兩大類，一種是「忘記剛才吃過飯」的短期記憶障礙，另一種是長期記憶障礙，就是「忘記家人的名字、長相和以前的事」等這些照理說不可能忘記的事。

良平看了這些內容後，不知道為什麼，竟然在石塚由香里身上看到了自己的身影。奪走一個人的記憶，就等於抹殺了那個人的人生。這個人一路走來的感受、想法都會被埋葬在黑暗中，生命中曾經遇過的人也都變得不存在了。一旦記憶被奪走，「那個人」就不再是那個人。

良平想起不久之前的那名婦人。她消除了關於丈夫的記憶，她的丈夫就變成從來不曾出現在她的人生中。對由香里來說，巖正慢慢變成相同的情況。如果自己關於「店」的所有記憶都被消除——。

這家「店」讓他相信自己是一個特別的人，一旦「店」從記憶中完全消失，自己就會被埋沒在芸芸眾生之中——他無法否認因為很瞭解這一點，所以才希望能夠緊緊抓住這家「店」。

但是，此時此刻內心對「店」的執著，是另一個層次的問題。

那是更加根源性，也更深遠的問題——「我是誰？」

這時，一輛熟悉的白色輕型汽車駛入了停車場。良平把手上的手機塞進口袋，立刻下了車。

「你好。」

良平主動打招呼，走到車子後方，正準備打開尾門的巖驚訝地回頭看著他。

「喔，好久不見。」

巖一如往常地穿著灰色工作服，消瘦的身影和說話的聲音都完全沒變，但是有一個地方和上次不一樣——他的右眼上方貼了一塊很大的白色紗布。良平不由得感到不安。

「這裡怎麼了？」

良平故意用輕鬆的語氣問。

「喔，你問這個啊。」

巖打開了尾門，從裡面拿出一個大紙箱，用雙手抱了起來。紙箱看起來很重，巖重心不穩，搖晃起來，良平立刻伸手協助。

「不好意思，可以請你幫我搬去房間嗎？」

雖然巖沒有回答良平的問題，但良平點了點頭，和他一起走向安養院的櫃檯。

「這是我公司以前僱用的年輕人，我請他幫忙做一些體力活。」

巖先發制人地對投來訝異眼神的女職員說，她正想說什麼，巖又說了一句「拜託妳通融一下」，女職員終於被他說服，笑了笑並對他們點了點頭。

「探視有一大堆規定，簡直煩死人了。到處都是規定、規定，變成一個日子越來越難過的時代。」

他們搭電梯來到三樓，良平抱著紙箱和巖一起走進其中一個房間。房間深處有一張可移動的醫療床——石塚由香里躺在床上，床頭櫃上插了一朵花，花的旁邊擺了幾個巖畫的石畫。

「老婆，我今天為妳帶來這個。」

良平把紙箱放在地上後，巖從裡面拿出了相簿和幾個小盒子。四方形的盒子、略帶弧度的橢圓形盒子，還有富士山形狀的盒子。

「這是我們公司以前生產的和菓子盒子。」

巖拿出一個盒子遞到良平面前。

「每個盒子都要貼上畫了圖案的紙，然後組合起來，就變成漂亮的包裝盒。但是，不同種類的包裝盒組合的順序不同，貼紙的形狀也不一樣。有些可以用機器完成，有些就只能靠手工，所以也很費事。」

巖遞到良平面前的是燈籠形的紙盒。乍看之下很普通，但良平完全無法想像，要經由幾道工序才能完成這個紙盒。

「我現在每天都會帶一些能夠激發我老婆回憶的東西過來。」

但是，由香里完全沒有看一眼放在床頭櫃上的紙盒。

「──那是前天發生的事。我給她看了我們結婚時的相簿，她突然大叫起來。『你怎麼會有這個？你是誰！』然後就把相簿朝我丟了過來。相簿角打中了我，所以我的眼睛上方受了傷。」

巖把兩張鐵管折疊椅放在床邊。

「坐吧，不要站著說話。」

良平在巖的示意下坐了下來，但仍然看著手上的紙盒。

巖一輩子都在生產這些紙盒——最後等待他的，是照顧看了照片之後，突然情緒失控的妻子。良平不會說這樣的人生沒有意義，雖然可能只是一家小公司，但是巖持續生產令人賞心悅目的和菓子紙盒。這件事本身很出色，很值得驕傲。

——但是，這也未免太殘酷了。

這些年來，妻子是他最親近的人，但他的身影卻漸漸從妻子的記憶中消失。對由香里來說，巖正漸漸成為她生命中「不曾存在的人」。然而，更不幸的是即使如此，巖仍然記得由香里這個現實。兩個人記憶的落差——這正是巖苦惱的根源。

「我忍不住對她發脾氣，『妳連我也不記得了嗎？什麼叫我是誰！難道妳以為我是竊賊嗎！』」

巖的視線看向窗外。良平無從得知他看到了什麼，只覺得這一刻，窗外的藍天和耀眼的陽光很可恨。

「結果我老婆就哭了，嘴裡不停重複地說著『好可怕，好可怕』。我這才恍然大悟，我老婆不是對我感到害怕，而是對什麼都不記得的自己感到害怕，簡直就像自己不再是自己一樣。」

良平無言以對。因為任何安慰聽起來都會很空虛。

「不瞞你說，曾經有好幾次，我覺得死了反而更輕鬆。」

良平驚訝地看向巖的方向。

「但是，不可以逃避，即使老婆忘了我，我也必須記住她。因為這是我目前能夠做到的事，也是我唯一能夠做到的事。」

良平立刻想起了老闆說的話。

——每個人都有一、兩個必須帶進墳墓的苦惱。

老闆還說，想要擺脫這種苦惱的人都是垃圾。姑且不論這句話的對錯，至少巖選擇了面對苦惱。他沒有逃避，決定正面對決。

「——我去買飲料。」

巖站了起來，他的雙眼濕潤。

良平立刻也想跟著站起來，巖把手放在他的肩上，語帶哽咽地說：

「謝謝你剛才幫忙搬東西，很重吧？」

看到巖的笑容，良平暗自決定了一件事。

這天晚上，良平一回到家就馬上打電話給健太。平時只要電話鈴聲響個幾聲，健太就會接起電話，但今天遲遲沒有接電話。良平只好把手機丟在床上。

——無論如何都要救石塚夫婦，這是最優先事項。

他原本想打電話說服健太，但這種想法就這樣無疾而終。

當他回過神時，發現已經快十一點了。他洗完澡，正準備睡覺時，才終於接到健太的回電。

他心情煩躁地拿起電話。

「這麼晚才——」

「喂，出現了意想不到的進展。」

健太的聲音很興奮——八成是「星名之謎」有了某些進展，但是對良平來說，石塚夫婦是目前最優先的事，所以他有點冷淡地問：

「喔，是什麼樣的進展？」

「你聽了可別驚訝。」

「到底是什麼事？」

「我和保科見了面。」

原本煩躁的內心萌生了好奇。

「真的假的？」

「對，千真萬確。星期六時，我會在『店』裡讓你看所有的過程，敬請期待吧。」

難道是時機不湊巧嗎？良平內心開始動搖。

——無論如何都要救石塚夫婦，這是最優先事項。

難道原本想對健太這麼說的自己錯了嗎？

「——你找我有什麼事？」

健太仍然難掩興奮，良平苦笑著回答說：

「不，沒關係，我星期六再告訴你。」

2

健太的手放在水晶球上的同時，良平也把手放了上去。

「我提醒你喔，每一秒都要看仔細。」

「我知道啦。」

良平在說這句話的瞬間，就已經身處健太的房間。

那一天，健太待在家裡畫漫畫。他看著桌上的鬧鐘。時間是晚上八點多。他放下筆，伸了一個懶腰，然後隨手打開了手機，點開星名的非官方粉絲專頁，點了「最新出沒消息在此」的欄位。

★今天的現場演唱似乎在原宿車站前！大家快衝！

這則發文同時附上了星名背著吉他唱歌的照片，已經有好幾個「讚」了。

健太立刻衝出家門，攔了計程車，告訴司機「我要去原宿」。大約二十分鐘後到了車站，發現有一群人圍在車站前的角落。

「——謝謝大家！」

人群中響起如雷的掌聲。星名的現場演唱剛結束。

許多粉絲都在剛唱完現場的她面前排隊，有人和她合影，有人索取簽名。健太站在隊伍的最後方。

等了十五分鐘，終於輪到健太。她的外形和之前在澀谷見到時無異，戴著白色針織帽和黑框平光眼鏡。富有光澤的嘴唇上擦了厚厚的唇蜜，但除此以外的妝都很淡，即使在夜晚的黑暗中，也可以清楚看到她秀麗的臉龐。她以為健太也是粉絲，臉上露出了和剛才相同的笑容。

「這是我的名片。」

健太遞上印了「文字工作者　如月楓」的名片。

瞳美接過名片後，驚訝地皺起眉頭，一雙大眼睛在皺成八字的眉毛下眨了好幾次。

「雜誌社規劃做一個追尋夢想的年輕人特輯，所以很希望有機會採訪妳。」

她聽了之後露出為難的笑容，把名片交還給健太。

「雖然很榮幸，但恕我婉拒。」

她說話時的聲音和唱歌一樣清澈宏亮。

「為什麼？」

「那我就實話實說了，不是有人自稱要採訪，藉機接近女生嗎？雖然我知道並不是所有人都這樣，但我沒有能力分辨。」

她說的話很有道理，但健太不可能輕言放棄。

「——因為御菩薩池剛志這麼對妳說嗎？」

瞳美驚訝地瞪大了眼睛。

「就像他之前提醒妳，『千萬別去希爾維亞經紀公司』那樣嗎？」

她目不轉睛地注視著健太，嘴唇微微發抖。

「為什麼——你為什麼知道這件事？」

「還要我透露更多嗎？妳為什麼說剛志是『殺人凶手』？」

她輕輕搖著頭，似乎難以置信。

「對不起，我並不是要嚇妳，只是我瞭解的狀況超過妳的想像。我想在這個基礎上採訪妳。」

瞳美立刻巡視周圍，然後踮起腳，湊到健太的耳邊說：

「竹下通後面的那條路上，有一家名叫『遭多夢』的咖啡店，三十分鐘後，我們在那裡見面，可以嗎？」

影像暫時中斷。因為健太的手從水晶球上移開了。

「怎麼樣？是不是很有趣？」

「你在情急之下，竟然能夠編出那麼有模有樣的故事，太佩服你了。你的厚臉皮偶爾也可以發揮作用。」

「因為我每天都確認她的出沒消息，好不容易終於等到了機會，我想聽聽你到目前為止的感想。」

良平印象最深刻的，就是健太提到剛志的名字時，她臉上驚訝的表情——如果戴上有色眼鏡，也可以認為她是聽到「共犯」名字時慌亂不已。即使說「共犯」太誇張，但她絕對知道健太為什麼從她眾多朋友中，只提剛志的名字。

「雖然現在還無法斷言，但我認為保科知道自稱是文字工作者的男人，為什麼會在她面前提到剛志的名字。」

「答對了，那就繼續看下去。看完之後，我想洗耳恭聽華生昴的意見。」

健太再次把手放在水晶球上，良平也放了上去。

下一剎那，良平發現自己坐在「遭多夢」咖啡店的座位上。

這家咖啡店的裝潢很考究，木質基調的昏暗店內放著唱片機和留聲機之類的古董，後方還有一個可以實際使用的火爐，店內所有的燈光都是間接照明，氣氛柔和平靜。抬起頭，可以隔著天窗看到夜空。如果不是在都市，一定可以欣賞滿天星斗的絕景。

「我很推薦這家店的招牌冷萃咖啡，可以嗎？」

「好。」健太回答後，再次打量店內。

瞳美仍然一臉僵硬的表情對他說：

「我老家在鄉下開了一家小型咖啡店，和這家咖啡店的氣氛很相似，所以每次來這裡就會感到安心。」

「妳老家開咖啡店嗎？」

「是啊，你沒查到這件事嗎？」

瞳美抬頭看向天窗，「我老家的咖啡店也有天窗，可以看到滿天的星空。」

「是星守郡犀川町，對嗎？」

「對，店名就叫『星雨咖啡店』，是不是很直白？」

「『星名』的『星』這個字，也是來自那裡嗎？」

「可以說是，也可以說不是。」

店員送來了咖啡，他們的談話暫時中斷。健太喝黑咖啡，瞳美加了大量糖漿和牛奶。

「——那就進入正題。」

健太放下杯子後開了口，「我在調查妳之後，發現了兩大謎團。網路上的非官方粉絲專頁上也提到——」

瞳美也放下了杯子，露出警戒的眼神看著他。

「妳在尋找的『那個人』到底是誰？我知道這樣問很失禮，但真的有這個人嗎？這是第一個疑問。」

瞳美直視著健太，輕輕點了點頭。

「第二個疑問，就是妳如何張羅去各地表演的交通費。今天妳剛好在原宿，所以我可以來找妳，但如果是在仙台或是高松之類的地方，我就無法說走就走，去看妳的表演。」

健太笑了笑，但瞳美目不轉睛地注視著他。

「我首先注意到這兩個疑問，因為妳不可能利用表演的空檔打工，所以恕我失禮，我認為妳背後可能有金主。」

「所以你認為那個金主就是剛志嗎？」

「這只是可能性之一，但有趣的是——不，說有趣太不厚道了，我後來發現，剛志剛好是醫生全家燒死事件的倖存者。」

瞳美恍然大悟地輕輕笑了笑，露出挑戰的眼神看了過來。

「你的意思是，剛志拿到遺產之後就成為我的金主嗎？不，你是不是甚至認為，我們是共謀縱火？」

健太坦率地點了點頭。

「因為這樣很合理。」

「你說的有道理。」

瞳美說完這句話，緩緩拿下眼鏡，脫下針織帽。原本藏在帽子下的短髮散開了。

——沒想到，她又接著做了令人意想不到的事。她用熟練的動作抓住頭髮，用力向上一拉，立刻發現短髮下面是一頭黑色長髮。

「我戴了假髮。因為我目前唱歌都瞞著家人，但他們可能已經知道了。」

她甩了兩、三次頭，黑色長髮跟著搖晃，很快就恢復了原來的髮型。眼前這個女生和之前參加電視歌唱比賽決賽時一樣，就是保科瞳美。

「因為我希望不是以『星名』的身分，而是以真正的我——『保科瞳美』的身分面對你。」

「謝謝。」

「老實說，我很驚訝你居然調查得這麼清楚，而且我憑直覺認為，你想瞭解的是真正的我。雖然認識你才幾分鐘而已，但我有這種感覺——」

「妳說的沒錯。」

「好，那我就把真相告訴你。」

瞳美移開了視線，仰頭看著天窗。

「真的有『那個人』。他是我從小就認識的朋友，只有每年中元節期間會回來犀川町的奶奶家。他很不起眼，也很懦弱，運動能力也很差——雖然很不引人注意，但他教會我很多事。每次和他聊天就會充滿驚訝，好像整個世界都完全不一樣了。」

「所以妳歌詞中出現的『你』，就是代表他嗎？」

「對，歌詞中提到的內容，幾乎都是他實際告訴我的，我至今仍然記得很清楚，就好像不久之前才發生的事。『滿天星斗的夜空，一定會記得我們』——你不覺得很美嗎？也很浪漫。」

「妳不知道他目前在哪裡嗎？」

瞳美閉上了嘴，猶豫了一下，低下頭，臉上帶著一絲陰鬱。

「——對。其實我甚至想不起他叫什麼名字。」

「連名字都不記得？」

「因為我都一直叫他的『綽號』。」

「綽號？什麼綽號？」

瞳美低著頭，尷尬地露出了靦腆的笑容。

「叫『騎士』。」

「『騎士』？」

健太驚訝地叫了起來，瞳美抬起頭，不服氣地嘟起了嘴。

「你不要笑啦，那是小學時的事。」

「對不起，因為太出乎意料了。」

「沒關係，反正以前就覺得，這件事早晚會告訴別人。」

「為什麼叫『騎士』？」

「我已經忘了，反正『騎士』就是『騎士』。」

瞳美輕輕地笑了笑，視線看向桌子的角落。

「小學五年級冬天，『騎士』的奶奶去世了。我最後一次見到他，就是在他奶奶的葬禮上，之後『騎士』就沒有再來過犀川町。」

「妳不知道他的聯絡方式嗎？」

「其實我們每年都會在彼此生日時寫一次信，讓對方能夠在生日的時候收到。我至今仍然清楚記得，在信封收件人的地方寫了『騎士』寄給他。反正只要地址正確，信就可以寄到……」

「請等一下，」健太打斷了她，「妳曾經和『騎士』通信嗎？」

「我們只是交流彼此朝向『夢想』努力的情況，我會把錄了自己創作歌曲的錄音帶寄給他，還有把他寄給我的漫畫感想寫下來告訴他。因為那時候我們都沒有電子郵件信箱。」

「妳剛才說漫畫嗎？」

「對，『騎士』的夢想是成為漫畫家。在最後一次見面時，我們互相約定，如果有朝一日，『騎士』的漫畫改編成動畫時，要用我的歌作為主題曲。」

「那首主題曲就是《星塵夜騎士》嗎？」

「那是他每年寄給我一次的漫畫名。星塵夜騎士——日文中的夜晚和騎士發音相同，所以帶有雙重意思。雖然很直白，但是不是充滿巧思？」

瞳美瞥了一眼手錶。

「妳等一下還要去其他地方嗎？」

「對，我要搭夜車，所以差不多該走了。」

「那最後請教妳一個問題，漫畫《星塵夜騎士》是什麼樣的故事？」

「說來話長。」

「那至少告訴我結局。」

「我……不知道結局。因為在結局完成之前，他就斷了音訊。不，其實之前就有奇怪的事。」

「奇怪的事？」

「因為我們通信的內容完全是雞同鴨講。他既沒有提到任何我寄給他的歌曲的感想，還曾經在信上說『我相信妳有看我的漫畫』，我明明全都看了，而且還寄了感想給他，然後他就突然斷了音訊。」

「所以妳一直在找他。」

「——是啊，可以這麼說。」

來到大馬路上，瞳美舉起手，攔下了計程車。

「那我就先告辭了。」

「路上請小心。」

「啊，這個給你。」

瞳美把街頭表演使用的器材全都塞進行李箱後，遞給健太一張便條紙，上面寫了手機號碼。

「妳留電話給我沒問題嗎？」

「這是我第一次把『騎士』的事告訴別人，讓我有一種懷念的感覺——我很開心。」

「希望有朝一日能夠見到『騎士』。」

瞳美正準備坐上車，聽到這句話，立刻愣住了。

「——妳怎麼了？」

她沉默不語，好像拚命把已經到喉嚨口的話吞下去。

「妳怎麼了？」

健太又問了一次，她似乎終於下定決心，緩緩開了口。

「『騎士』好像已經離開這個世界了。」

「怎麼回事？」

「──改天有機會再聊。」

計程車揚長而去，把健太的問題留在原地。

3

「──這就是所有的情況。」

健太把手從水晶球上移開，良平的意識也回到了昏暗的房間。「在瞭解這些情況後，我想再聽聽你的意見。」

良平抱著雙臂，靠在椅子上，斬釘截鐵地斷言：

「胡說八道，根本不值得相信。」

雖然無法具體說明哪裡有問題，但實在太荒誕無稽了──這就是他真實的感想。

「你為什麼會這麼認為？」

「難道你認為她說的是真的嗎？」

「如果是情急之下編出來的故事，倒是很有真實感。」

健太的話的確有道理，尤其是關於「騎士」的設定，連細節部分都經過充分的推敲。如果是虛構故事，「彼此寫的信雞同鴨講」這件事，就有點畫蛇添足。

「我也同意很有真實感，但我還是很懷疑。」

良平說完，用鼻子發出一聲冷笑。

「而且『騎士』想要成為漫畫家的設定，很像是某人。」

「我就知道你會這麼說。」

健太抓著頭笑了起來，但他的表情很緊張。

「你問她《星塵夜騎士》是什麼樣的故事，是想抄襲故事的設定嗎？」

「開什麼玩笑，我還沒墮落到這種程度。」

健太開玩笑地說，但全身散發出和平時不同的感覺。

「——話說回來，昴，你真的很務實，我只是純粹希望可以相信她說的故事。」

「我也覺得很有趣啊，但無論怎麼想，都覺得不太可能，而且她最後還說什麼『好像已經離開這個世界了』——」

健太和瞳美的接觸，的確可說是重大進展，這一點千真萬確，只是目前更增加了事態的混亂程度。各種資訊錯綜複雜，不解之謎接連出現。雖然調查瞳美說的故事是真是假的確很有趣，問題是目前是否有這樣的餘裕，答案顯然是否定的。

於是，良平決定把昨天下定的決心告訴健太。

「——我們先冷靜一下。目前首先必須要解決『店』裡的業績問題，剩下的時間不多了，根本沒時間理會這種虛無縹緲的事。」

「我瞭解。」

健太雖然這麼回答，但顯然有點心不在焉。

「不，你並不瞭解。我就趁這個機會把話說清楚，你是不是也可以努力找一下客人？你非假日的白天不是都沒事嗎？你可以像以前那樣，在街上搭訕找客人。」

「你說的對，對不起。」

「如果被『店』踢出來，也就沒辦法繼續『偵探遊戲』了。」

「我知道啦。」

「既然你已經知道了，那我想和你討論一件事。」

良平說完後，把石塚夫婦的狀況和他的想法全都說了出來。從巖的興趣，到他太太用相簿丟他的情況，都一五一十告訴了健太。同時說出了內心對找不到幫助他們的方法感到煩躁和焦急，以及對失去記憶的恐懼，和認為當兩個人的記憶產生落差會導致不幸等等，都一口氣說了出來。也許這是良平這輩子第一次把內心所有的想法都告訴健太，可見他已經豁出去了。

健太聽良平說完後，又一如往常地做出了用手指撐著額頭的姿勢，但並沒有說出可以起死回生的妙計。

「——不好意思，我非常瞭解你的想法，但如果問我能不能馬上想出好方法，我只能說暫時想不出來。」

良平用力嘆了一口氣後站了起來。

「既然這樣，一直留在『店』裡也無濟於事，我們去街上。」

「——好吧。」

健太看起來意興闌珊，但良平沒有理會他，走出了房間。

接下來的幾個小時，他們在澀谷街頭徘徊，但最後無法順利釣到獵物。身心俱疲，只剩下徒勞感和焦躁感。

「搭訕本領退步了。」

健太看著在全向交叉路口來往的人群嘟噥道。在旁人眼中，一定覺得是兩個把妹不成的遜咖站在那裡。

「不知道純哥都是從哪裡找到那麼多客人。」

良平忍不住語帶怨恨地說。原本並不期待會聽到回答，沒想到健太竟然知道答案。

「喔，很簡單，是客人介紹的。純哥告訴我，他有幾個客人是政府高層，這些人的朋友也都很有錢，所以對這種『特殊癖好』也很感興趣。」

經常有人說，一流的業務員就是靠人脈提升業績，至於良平和健太的客人中是否也有這種可以帶來其他生意的客人，恐怕希望很渺茫。

「——咦？等一下，雖然這麼說好像在推翻自己說的話，但這樣不是很奇怪嗎？」

健太似乎發現了什麼，抬頭看著半空中。

「雖然和石塚夫婦的事，以及保科的事都完全沒有關係，你回想一下，我們被帶去那家『店』的經過。」

即使健太這麼提示，良平也完全不知道哪裡奇怪。

健太摸著下巴，好像在自問。

「既然純哥手上有這麼多大客戶，為什麼還要把我們帶去『店』裡？」

「——當然是因為他看到你喝醉酒，認定可以在你身上撈錢。」

「你剛才說『可以在我身上撈錢』，這就是重點。『店』裡的業務員除了『出售』的案件以外，都可以自行設定價格。當時純哥說可以花一萬圓收取我的記憶，既然他手上有很多政府高層的大客戶，對他來說，一萬圓的生意算是『撈錢』嗎？」

健太的話太有道理，良平無言以對。

「即使對現在的我們來說，不是也會覺得一萬圓的生意『根本賺不了錢』嗎？」

「的確會這麼想。」

「對不對？雖然這不能證明什麼。」

不知道該如何收場的健太露出了害羞的笑容。

「這代表無論是好是壞，我們都成長了。雖然累積小金額的案件也很重要，但如果要達成業績，當然最好一口氣做一大筆生意。」

「重點是？」

「就是石塚夫婦。下個星期一，我也和你一起去見他們。」

健太的提議具備了把良平內心的鬱悶一掃而空的威力。
「好主意。」
「就這麼定了。」

不一會兒，兩個人回到了「店」裡，再次面對面坐在水晶球前。
「我終於又成功把你帶回『店』裡了，我可以繼續說『星名之謎』嗎？」
良平有一種上當的感覺，忍不住笑了起來，但和健太一起去見石塚夫婦的確是有趣的主意。雖然還不知道實際見面後會產生什麼樣的化學反應，但總覺得事態會有進展。這麼一想，就覺得暫時放下石塚夫婦的事，思考「星名之謎」也不壞。
「好啊。」
「好，那就先整理一下現狀。」
健太從長褲口袋中拿出一張折起的紙。
「這是我在和保科接觸的那天晚上總結的內容。」
紙上寫了「保科」、「剛志」和「騎士」的名字，名字旁邊分別羅列了一些和當事人相關的關鍵字。「剛志」的名字旁寫了「縱火事件」、「喜歡保科」、「十足的壞胚子」等內容。
「這個故事中有三個人物——保科、剛志和『騎士』。首先是保科和剛志的關係，他們兩個人是同鄉，剛志喜歡保科。相隔多年後，當保科在比賽中敗給柊木琉花後，剛志去找她。在他們見面時，保科罵他是『殺人凶手』。至於保科和『騎士』——他們也是兒時玩伴，但他們之間的關係，和保科與剛志之間的關係大不相同。『騎士』每年都會去犀川町，和她談論夢想，即使之後不再去犀川町，每年也都會相互寫一封信，但是他們寫信的內容有點雞同鴨講，最後就失去了聯絡，而且保科認為『騎士』目前已經不在這個世界上。」

「簡直雜亂無章。」

良平完全不認為這些資訊有什麼意義，保科根本是吹牛吹過頭了。

「沒錯，的確雜亂無章。尤其是『騎士』那個傢伙出現之後，事態就變得一發不可收拾。」

良平聽著健太的說明，看著從「保科」延伸出去的兩條線。其中一條線和「剛志」相連，另一條線和「騎士」連結，但三個人的關係並沒有形成三角形。

「華生昴，你說的沒錯，要認定『騎士』這個傢伙不存在很簡單。但是，假設保科所說的話是事實，雖然每年只有一次，但他每年都會去犀川町。你不認為剛志也有可能認識他嗎？」

健太從胸前口袋拿出一支很短的鉛筆，用線把圖上的兩個名字連了起來。

「所以接下來我打算和御菩薩池剛志接觸。」

良平猜到他會這麼說，但還是忍不住插嘴說：

「——你要小心點。」

無論怎麼看，剛志都不像是規矩人。如果和他接觸時稍不留神，想必鐵定會吃不完兜著走。

良平明明是出於關心說這句話，沒想到健太瞪大眼睛，露出難以置信的表情。

「你在說什麼啊，我以為你當然會和我一起去。」

「什麼？」

「我要去見石塚巖，你不去見剛志嗎？」

原來他在打這個主意。良平忍不住苦笑起來。好吧，好吧。既然已經上了賊船，事到如今，當然不可能輕易下船。

「——這個時代真是太可怕了。」

健太滑著手機，自言自語地說。

「網路的論壇上充斥著個資，一旦出了名就徹底完蛋了。最好的證明，就是在討論醫生一家縱火命案的論壇上，有太多御菩薩池剛志的個資了。你看。」

健太遞過來的手機螢幕上，有滿滿的相關資訊。

剛志的全名是御菩薩池剛志，他在老家的工業高中讀到高二時退學，之後來到東京。目前在中堅演藝經紀公司「蛭間藝能」當星探。順手查了一下「蛭間藝能」這家經紀公司，發現風評也不好。雖然星探對女生聲稱「可以出道成為清純派偶像」，最後卻逼迫女生成為AV女優，而且經紀人因為職權騷擾和性騷擾被告的傳聞不斷。

「根本和『希爾維亞經紀公司』做的事半斤八兩。」

他自言自語道，又確認了經紀公司的所在地，發現地址在港區赤坂。

「——好，那就去守在經紀公司門口。」

健太立刻緩緩站了起來。

「啊？現在就去嗎？未必能夠見到他啊。」

「心動就要馬上行動，但是我要先去拜託柚姊一件事，這就是所謂有備無患。你去樓下等我。」

柚姊是老闆的得力助手，在這家「店」工作已經有二十年的資歷。雖然良平不知道健太要去拜託她什麼事，但他沒有理由反對。

良平做好出發的準備，在樓下等了十多分鐘後，健太若無其事地出現了。

「你剛才去幹嘛？」

「你別多問了，反正一旦形勢不利，就交給我處理。」

下了計程車後，兩個人站在一起，仰頭看著那棟並不高的大樓。

只是一棟破舊的住商大樓——即使再怎麼昧著良心，也無法說這棟離大馬路有點遠的大樓很氣派。

「有一種令人窒息的感覺啊。」

良平在說話的同時打量周圍。不知道是不是因為小路的兩側都是差不多的大樓，給人一種壓抑感。頭上的電線後方，是大都市狹小的天空。他看了一眼手錶，已經傍晚五點了。

「喂，你看那個。」

順著健太手指的方向看去，發現一輛計程車正朝向他們駛來。

兩人走去大樓入口旁，不一會兒，計程車就在他們面前停了下來。後車門打開，一個高大的男人下了車。這個身穿黑色訂製西裝的男人，正是他們要找的那個人。

「運氣太好了吧。」

健太小聲對他說，但良平擔心被對方聽到，所以假裝沒聽見。

御菩薩池剛志露出詫異的眼神看了他們一眼，走進了大樓。

「走囉。」

健太拉著良平的袖口，打算跟著剛志走進大樓。

「喂，等一下，你是認真的嗎？」

「不然呢？難道就傻傻地等在這裡嗎？」

「我並不是這個意思——」

「你們兩個吵死了！」

突然傳來一個低沉的吼叫聲。正在等電梯的剛志怒目圓睜地看了過來。

「你們在這裡幹嘛？」

「啊，我是自由文字工作者。」

健太迫不及待地拿出名片，獨自大步走向電梯廳。良平嚇得立刻躲了起來，內心對健太佩服不已。

「文字工作者？」

剛志接過名片，上下打量著健太。

「我們目前正打算做一個『追尋夢想的年輕人』特輯——」

「你叫如月楓？你是在唬我嗎！」

叮。電梯門打開了。

剛志撕破名片，盛氣凌人地走進電梯。被他撕破的名片飄落在電梯廳的地上。

「我不知道你想幹嘛，趁我還很冷靜，趕快給我滾。」

「保科瞳美為什麼說你是『殺人凶手』？」

即將關上的電梯門又緩緩打開了。

「——你剛才說什麼？」

剛志在電梯內瞪著健太，他的表情顯然很慌亂。

「我剛才問你，保科瞳美為什麼說你是殺人凶手。」

剛志走出電梯，逼近健太面前。

「你為什麼知道這件事？你是誰？」

「請你先回答我的問題。」

「你不要得寸進尺。」

剛志一把抓住健太的胸口，把他按到牆上。

「我只是想知道，她為什麼這麼說你。雖然你小時候是個不良少年，但說你是殺人凶手未免太難聽了。」

「我最後問你一次，你有什麼目的？」

良平正打算去找救兵時，健太從長褲口袋裡拿出一個小瓶子，對著剛志噴了幾下。

剛志立刻鬆開了健太。

「這、這是——」

剛志愣在原地，健太氣定神閒地說：

「我在一家只介紹給特別貴賓的『店』工作，如果你有興趣，請撥打剛才那張名片背面的號碼。」

4

隔天星期天，良平忙著為夏季廟會做準備。

附近神社舉辦廟會時，分行人員就會全體出動，協助進行準備工作，這是分行多年來敦親睦鄰的傳統。平時他都會在內心咒罵，但今天他在搬運器材時，心裡想著其他事。

昨天晚上，健太的手機接到一通陌生來電。當然就是御菩薩池剛志打來的。

——幸好我帶在身上以備不時之需。

健太帶了「捕蟲少年的記憶」以備不時之需。出門之前，他去向柚姊申請將記憶帶出門。雖然實際是由老闆進行審查，但必須透過柚姊辦理申請手續。

用記憶噴霧噴在剛志身上，得到了兩大重要成果。首先避免了危險發生，其次吸引了剛志的興趣。

健太和剛志約好，星期天晚上七點在西麻布見面，但良平要協助廟會的準備工作，無法一起參加。

——雖然很可惜，但也沒辦法。星期一再讓你看見面的情況。

他們星期一要一起去和石塚巖見面，到時候，健太應該會把自己的記憶萃取在小瓶子中帶去。

良平擦著額頭的汗水，繼續思考著「縱火事件」。

認為瞳美和剛志是同夥似乎有點太牽強。即使剛志真的想到可以藉由縱火繼承遺產，瞳美聽了之後也不可能點頭。雖然只是直覺，但從水晶球中看到的瞳美，不像是會參與「殺人」這種事的人。應該是剛志單獨犯案，瞳美只是接受了他的資金援助。這種情況比共犯說更有真實味。

——我有言在先，我還沒有原諒你，你這個殺人凶手。

那這句話是什麼意思？之前就感到不解，但無論怎麼想，都不像是普通罵人的話。如果是說「我要殺了你」就是「未來式」，但瞳美當時說的那句話是「過去式」。也就是說，剛志當時就已經做了「殺人」的事。

他想到這裡，聽到有人大喊「來幫忙搬神轎」。良平被拉回現實，轉頭看向聲音的方向，舉起手回答：「我來了。」

星期一。

良平確認了「わ」開頭車牌的白色輕型汽車停在「山毛櫸之家」的停車場後，走下了公務車。

「嗨，盛讚打混中的業務員良平。」

健太從租來的車子上走下來，一身拘謹的西裝。因為他今天要假裝是良平的同事，所以不能穿平時的夏威夷襯衫，但也許是因為沒看過他穿西裝，總覺得越看越怪。

他們一起走去旁邊的公園，噴水池前的長椅空著，他們一起坐了下來。

「——你說巖都會在中午過後才來這裡，所以可以先解決『剛志的事』嗎？」

他們就是為了這個目的，才約了十一點見面。

「我不會先告訴你任何情況，你在看這個時，不要有成見。」

健太拿出小瓶子噴向良平。周圍的景色開始扭曲，下一剎那，良平就立刻坐在昏暗的酒吧包廂內。

「——要談重要的事時，我都會來這家店。」

御菩薩池剛志比約定時間晚了五分鐘，走進了位在西麻布的酒吧。他掀開隔開包廂的厚簾子走進來後，在健太對面坐了下來。

「因為等一下還有其他工作，只能停留一個小時。」

「沒問題，那我們就直接說重點。」

健太喝了一口剛才點的生啤酒潤了潤喉。

「首先我想請教你關於那起事件。」

剛志拿出用膠帶黏起來的名片，舉到眼前。

「『文字工作者　如月楓』——你這個人很沒禮貌，而且神經也很大條。」

雖然剛志嘴上這麼說，但看起來心情很愉快。

「因為你說你趕時間。」

「是啊，那好吧，你想知道什麼？」

「我想瞭解事件的概況，只要你知道的範圍就好。」

剛志深深地坐進皮革沙發裡，靜靜地開了口。

「事件發生在四年前的十二月三十日，時間應該是深夜兩點到三點之間，沒有目擊證人。根據媒體報導，起火地點是在玄關，從延燒的情況來看，也幾乎可以斷定是這樣。雖然沒有發現被潑煤油之類的痕跡，但遭到縱火的可能性相當高，這些你都已經知道了吧？」

「對，我知道。」

「——那就只有這些。」

「啊？」

「很遺憾，我不知道更多的情況，也沒有興趣。」

「也沒有興趣嗎？」

「因為全家人都討厭我——他們根本當我不存在，所以這起事件對我來說，只不過是『和我毫無關係的人死了，結果我很幸運地得到了一大筆錢』。」

暫時不討論這番言論是對是錯，健太繼續問道：

「你怎麼處理那筆錢？」

「啊？什麼叫我怎麼處理？」

「那我換一個方式問你，你是不是把那筆錢給了保科瞳美？」

剛志驚訝地瞪大了眼睛，然後呵呵笑了起來。

「——原來是這麼回事。」

「什麼意思？」

「你見過保科了嗎？」

「對，我們聊了一下，但時間很短。」

「她有告訴你，她的資金來源嗎？」

「沒有，因為時間不夠，來不及問這個問題。」

「所以我猜是這樣，你為了寫追尋夢想的年輕人之類的特輯，調查了保科的事，結果發現她和我之間有交集。她在日本各地表演，只有繼承了一大筆錢的我有辦法提供她資金。是不是這樣？」

健太坦率地點了點頭。

「很可惜，差得太遠了。」

剛志拿出香菸，用打火機點了火。

「我在四年前最後一次見到她，在原宿的咖啡店那次就是最後一次。」

「也就是你勸她『千萬別去希爾維亞經紀公司』，而她罵你是『殺人凶手』的那一天嗎？」

「你還知道得真清楚。該不會是因為她說我是『殺人凶手』，所以你就懷疑我是縱火犯？果真如此的話，那真是飛來橫禍。」

「雖然她說你是『殺人凶手』令人在意，但我目前並不認為和那起事件有關。」

「既然這樣，那就無所謂了，但我補充一件事。我和她在咖啡店見面，是在事件發生**之前**。我在電視上看到她的那一次是現場直播節目，我記得播出的日子是聖誕節前一週，時間的先後順序絕不會錯。在節目播出之後，我聽到了一些奇怪的傳聞，於是就馬上去找她了。」

「你說的傳聞，是柊木琉花收買了評審嗎？」

「嗯，正確地說，不是傳聞，而是事實。在檯面下，這是稀鬆平常的事，但是想到老朋友被捲入『業界的骯髒手法』，就無法袖手旁觀。」

老朋友——正確地說，是他喜歡的對象，但健太沒有提這件事。因為一旦岔題，很可能還沒問到「騎士」的事，時間就結束了。

「你去找她？」

「我守在大學門口。目前這個時代，要查一個人的資料很簡單，我很快就查到她讀的是表參道上的一所私立大學。」

「所以，你們在原宿的咖啡店見面之前，真的已經有好幾年沒見了？」

「對啊，沒錯，真的很久沒見面了，久到我甚至忘記多久沒見了。但她那天始終臭著一張臉，最後還說我是『殺人凶手』，真是太過分了。至於我到底想表達什麼，就是她說我是『殺人凶手』是在那起事件發生之前，和那件縱火案沒有關係。」

「既然這樣，保科說你是『殺人凶手』是什麼意思？」

會產生這樣的疑問很理所當然。如果他說的話屬實，就代表保科是基於不同脈絡的原因，說他是「殺人凶手」。

「——這是很久以前的事。」

剛志將抽了幾口的香菸在菸灰缸捻熄後，又拿出一支菸。

「以前，我從她奶奶經營的二手書店偷了一本漫畫。」

「保科的奶奶開二手書店嗎？」

「她家都在做生意，她父母開咖啡店。」

剛志從瞳美祖母經營的二手書店偷了一本**漫畫**——他們的往事中再次出現了關鍵字。

「騎士」也想當漫畫家，這難道只是巧合嗎？

「總之，我偷走了一本漫畫。至於為什麼會偷那本漫畫？我已經忘了原因，但對她來說是很重要的漫畫，我知道對她很重要，所以才會偷走那本漫畫。結果她就怪她的奶奶，說『不可能沒有，好好找一下』。雖然我並沒有實際聽到她們的對話，但我猜想她八成說了類似的話。」

兩人的談話又朝向奇怪的方向發展。這件事和瞳美說剛志是「殺人凶手」，到底有什麼關係？

「於是她奶奶就硬撐著年邁的身軀，去主屋的二樓找那本漫畫，在那裡發生心肌梗塞昏倒了。」

剛志用力嘆了一口氣。

「然後她奶奶就沒有再醒過來。如果要問她奶奶去二樓是不是引發心肌梗塞的直接原因，當然沒有人知道。也許不去二樓，也會發生心肌梗塞，但是如果我沒有偷那本漫畫，她奶奶就不會去二樓，也不會因為昏倒在二樓，沒有及時被人發現。」

健太一臉誠懇地點了點頭——雖然因為這個原因說剛志是「殺人凶手」有點過分，但也不是無法理解瞳美的心情。

「雖然自己說有點那個，但我從小就不學好，做了很多可能會被警察抓走的壞事，但是我從來沒有愧疚感。只是現在回想起來，只有那件事會讓我難過——」

剛志從嘴裡吐出一大口煙，仰頭看著天花板。他眼中看到的，一定是年幼時「小小的後悔」。

「——我差不多說完了，接下來換你回答我的問題。」

剛志的雙眼緊盯著他。

「什麼問題？」

「你昨天給我看的那個是什麼？是新型毒品嗎？」

他說的「那個」，當然就是健太噴向他的「捕蟲少年的記憶」。他不可能想到這個世界上可以用記憶做交易，以為是某種毒品帶來的幻覺。

「差不多吧。」

「果真如此的話，那種毒品太了不起了，竟然可以看到**別人的記憶**，也太好玩了。除此以外，還有其他效果嗎？」

「也可以用不同的方法徹底消除記憶，比方說，可以消除無法遺忘的心靈創傷。」

「可惜我沒有任何想要消除的過去。」

「真的完全沒有嗎？」

剛志可能想到了什麼，他輕輕笑了笑說：

「嗯，真要說的話，也不是完全沒有。」

「是什麼記憶？」

「那是小學五年級夏季廟會的日子，那天真是太慘了。」

「夏季廟會？」

「那一天，那傢伙害我弄丟了心愛的簽名棒球，還差一點在水位暴漲的河裡溺死。也許是因為我偷了漫畫，才會受到『懲罰』。」

「那是同一年發生的事嗎？」

「不，我記不太清楚了，但應該是在前一年的夏天偷了漫畫。」

「——原來是這樣啊。」

「話說回來……**那傢伙**到底是誰啊？」

影像中斷，良平的意識又回到了公園的長椅上。

轉頭看向身旁，發現健太正盯著自己。

5

「——看了之後有什麼感想？」

聽到健太的問題，良平回想著剛才看到的「健太的記憶」。因為資訊量太大，他很希望有時間好好整理一下，但是有一句話太令人好奇了。

「剛志最後問『那傢伙到底是誰啊』，這句話是什麼意思？」

「我也想到了相同的問題，但是之後我想問他這件事，他卻一直嚷嚷『我要買那種新毒品』，沒有回答我。」

「這樣啊——」

至今為止，看到了四個「有關保科瞳美的記憶」。捕蟲少年、鬮居年輕男子、咖啡店的年輕女店員，以及京都的不良少年——但是，剛志告訴健太的情況，似乎和這四個記憶都沒有關係。

「——我猜想你目前的想法和我一樣，我可以繼續說下去嗎？」
健太露出探詢的眼神問道。
「其實還有其他你不知道的記憶。你還記得嗎？就是根據我畫的廟會風景，得知那裡是星守郡犀川町的時候，我當時對你說『真正有問題的是另一個記憶』。」
「你好像這麼說過。」
「當時只關心發現了御菩薩池剛志真實身分的『不良少年的記憶』，但完全沒有關心同時找到的另一個少女的記憶。」
「那個記憶很重要嗎？」
「和剛志說的話完全吻合，其實我很想把那個記憶也帶出來。」
「店」裡規定，只能帶一個記憶出來，這次已經帶了「健太和剛志見面」的記憶，所以無法把那個「少女的記憶」也一起帶出來。雖然這也是無可奈何的事，但當然吸引了良平的興趣。
「——記憶的內容是什麼？」
「那名少女和保科一起走在河邊，看到有兩個人影站在前方的橋上。兩個人影一高一矮，然後高大的人影掉進河裡，被奔騰的河水沖走了。」
「掉進河裡？為什麼？」
「那個比較矮的人影用力一揮，高大的人影就掉進河裡，簡直就像傀儡一樣。」
良平無法想像。如果健太說的話屬實，就代表那個比較矮的人影可以在完全不碰對方的情況下，把對方推入河中。

「昨天和剛志見面之後，我馬上回去『店』裡，把那個記憶萃取出來。第一次是隔著水晶球看到，所以無法瞭解記憶主人的感情，昨天萃取出來之後看了一下，終於瞭解了。」

「瞭解什麼？」

「那個高大的人影是剛志，記憶主人的少女也確信這件事。」

「那個比較矮的人影呢？」

「那就不知道了。」

良平從健太意味深長的笑容中，立刻知道他想要表達的意思。

「——你該不會認為，那個人就是『騎士』？」

「喂喂，除了他以外，還會有誰呢？」

「這也太扯了！」

良平忍不住嘆著氣。附近樹上的麻雀不知道是不是被他的聲音嚇到，同時振翅飛上了天空。

「太荒唐了。如果保科的話屬實，『騎士』是個懦弱、不起眼的少年，運動能力也很差，這種人怎麼可能和當地的孩子王作對？」

「但是記憶就是這樣。」

「記憶可能發生錯誤。他們可能在打架，結果剛志掉進河裡。」

「如果是這樣，剛志不可能說『那傢伙到底是誰』這種話。」

「因為對方不是他的同學。因為是夏季廟會，國中生也會來參加。」

健太沒有再說什麼，但從他的表情可以看出，他並沒有同意良平的看法。

——但這未免太扯了。

正因為良平這麼認為，所以他極力強調。

「我們絕對走在錯誤的方向，我認為將焦點鎖定在保科和剛志這兩個人是不是縱火事件的幕後黑手這件事更有意義。你不是也看了捕蟲少年的記憶嗎？剛志討厭他的父親，這就意味著他有縱火的動機，我們只要找出證據。」

「我能理解你的意見。」

健太看著天空嘟噥著。

「但是，你不會好奇『騎士』到底是誰嗎？」

「嗯，我當然很好奇，如果『騎士』真的存在。」

兩個人的意見無法產生交集，健太很頑固，很難改變他的想法。目前的確可以看到剛志和「騎士」之間有一條很細的線能夠把他們連起來，但無論那條線多細，健太也一定會緊抓不放。只不過這一次，良平也不打算讓步。

——實在太荒誕無稽了。

這是有常識的人正常的感覺。

這時，一輛白色輕型汽車駛入了停車場。

「是巖，他來了！」

健太還想說什麼，但良平沒有理會他，從長椅上站了起來。

巖今天也從尾門搬下東西，一看到良平，輕輕舉手向他打招呼。額頭上的白色紗布已經換成了ＯＫ繃。

「今天不是一個人來啊。」

「他是和我同期進公司的同事，我今天找他『一起偷懶』，然後就溜出來了。」

健太向巖深深鞠了一躬。

「我叫如月楓。」

「你叫如月啊，請多指教。」

巖好像突然想到了什麼，轉頭看著良平說：

「我好像還沒有問過你的名字。」

良平發現他們好像真的沒有彼此自我介紹過，雖然他不太想欺騙巖，但還是笑著回答說：「我叫二階堂昴。」

「啊喲啊喲，你們兩個人的名字都好像藝人。」

巖從車上拿下一個小紙箱，夾在腋下。

「我幫你拿。」

良平伸出手，巖搖了搖頭說：

「不用了，我還沒這麼不中用。」

巖瞇眼笑了起來，但他的表情中，似乎透露出一絲無奈。

由香里的房間布置看起來似乎和之前不太一樣，放在床頭櫃的石畫數量增加，變得熱鬧起來，而且除了那些鳥以外，還有一張全家福。巖穿著工作服，由香里繫著圍裙——兩個人看起來都三十多歲，中間站了一個靦腆的少年，他應該就是徹也。良平上次來這裡時，並沒有看到這張照片。

「怎麼樣？看起來很年輕吧？」

巖發現他們兩個人都看著照片。

「對啊，而且很像。」

健太把臉湊到照片面前。

「那當然啊，那就是將近三十年前的我。」

「不不不，我是說你們的兒子，長得和你很像。」

「他是個不孝子。」

「我們的父母應該也覺得我們兩個人是不孝子。」

「——是啊，放下工作跑來和陌生的老頭聊天，的確不是值得稱讚的行為。」

巖說話的語氣聽起來很愉快。他把紙箱放在地上，把裡面的東西拿出來。

「這是石畫嗎？」

健太問。巖停下了手。

「你知道石畫？」

「對，因為我的專長是畫畫。」

良平事先把巖的興趣告訴了健太，所以健太理所當然知道石畫，但重點在於「畫畫」這個關鍵字，是否能讓健太和巖產生交集——由此產生的化學反應，將可以成為突破口。

「你的專長是畫畫嗎？」

「要不要我來畫點什麼？」

健太說完，從襯衫胸前的口袋拿出記事本和短鉛筆。

「畫什麼呢——」健太打量了室內後說：「我知道了。」

他立刻用鉛筆在記事本上快速畫了起來——他畫的每一條線都有意義。無論少了哪一條線，繪畫就會缺乏生命，相反地，也沒有任何一條多餘的線。不到五分鐘，健太把紙撕了下來，遞到巖的面前。良平也繞到巖的身後，探頭張望起來。

「——畫得太棒了。」

紙上畫的是石塚由香里看著這裡，露出笑容的樣子。目前坐在床上的她，臉上的表情宛如冰霜，但健太的筆讓她露出了溫柔的笑容。

「你有沒有想過成為職業畫家？」

巖拿出三張鐵管折疊椅，在其中一張椅子上坐了下來，然後示意他們也坐下。於是他們也跟著坐了下來。

「其實我想成為漫畫家。」

「在工作之餘追求夢想嗎？」
「因為夢想無法填飽肚子。」
「夢想往往就是這樣。」
「說來慚愧，因為我太想成為漫畫家了，所以大學時曾經留級過兩次。」
「這樣啊，那的確是『不孝子』。」
巖低頭看著手上的紙，淚水在他眼眶中打轉。
「是心愛的『不孝子』，老婆，妳說對不對？」
「——但是，如果說我完全不曾有過猶豫，當然是騙人的。我也曾經感到不安，覺得這樣好嗎？但是，我不想放棄。因為一旦放棄，太愧對之前追尋夢想的自己了……」
健太目不轉睛地看著地上，他放在腿上的拳頭握得很緊，不知道是不是因為太用力的關係，拳頭都有點發白。
「——我以前也曾經想當畫家。」
原本低頭看著畫的巖抬起頭，看向床頭櫃的「作品」。
「你說的沒錯，夢想無法填飽肚子，所以我最後繼承了家業，成為中小企業的老闆，但是——」
巖說的話鏗鏘有力，想必他內心充滿了不可動搖的堅定信念。
「我認為決定為了某個人放棄夢想的決心，和決定一輩子追尋夢想同樣寶貴。」
健太一臉誠懇的表情認真聽著，然後輕輕點了一下頭，似乎在咀嚼巖這番話的意思。

「人生就是持續不斷的選擇。比起『自己的夢想』，我選擇了『不讓老婆吃苦』，我對自己的選擇沒有絲毫的後悔。雖然你們年輕人可能覺得我在自我辯解，但這絕對就是我的真心。」

巖沒有擦拭流下的淚水。

「所以，完全不必逞強，如果覺得夢想變成了束縛自己的『枷鎖』，就可以放棄。為某個人放棄夢想的『某個人』，當然也包括自己，所以心情要放輕鬆。」

巖拿出面紙擤完鼻涕後，輕輕笑了笑。

短暫的沉默後，巖嘟噥道：

「——只不過現在真的快走投無路了。」

良平原本分散在房間各處的意識，一下子重新集中。

「我查了很多資料，聽說只要運用成年監護制度，我也可以去領取我老婆的存款，只不過搞不懂要怎麼申請，而且也沒有這麼多時間——」

巖說的沒錯，只要運用成年監護制度，就可以代替被認為罹患了失智症等導致判斷能力不足的本人，管理銀行的存款，但是必須向民事法庭聲請，並向銀行申報，步驟相當繁瑣複雜，而且家人被選任為監護人的可能性並不高。無論如何，在目前的狀況下，巖選擇這種方法並不現實。

「如果離家更遠，就會有比較便宜的安養院，但我總覺得『便宜沒好貨』，而且我也希望每天可以來看老婆。如此一來，這裡離家最近也最方便。我這個人太挑剔了，但是，既然當初決定『不讓老婆吃苦』，我希望可以採取讓自己滿意的方式。」

健太緊閉雙唇，意味深長地向良平使了一個眼色。良平察覺到他的想法，對他點了點頭。可惜並沒有想到任何起死回生的方法，他應該也一樣。看到巖被逼進了死胡同，自己只能做一件事。雖然只能發揮救急的作用，但至少可以協助他籌措到一定金額的錢。如果要向他提「店」的事，就只能趁現在。

「──不瞞你說，我們還斜槓了一項副業。表面上會說自己是上班族，有時候也會說自己是文字工作者，但其實這些都是偽裝。」

良平靜靜地開了口。

「也許說出來你不相信，我們在一家『買賣記憶的店』工作，所以如果你願意出售某些記憶，或許有助於你籌到一筆錢。」

良平也覺得聽起來很可疑，但是他只能這麼說，而且他覺得與其遮遮掩掩，還不如實話實說，更有可能讓人相信。

「老實說，我原本很猶豫該不該向你提這件事。因為這必須奪走你寶貴的記憶，只不過我很想助你一臂之力──。我不會勉強你，但是如果你願意相信，可以隨時告訴我。」

良平從西裝內側的口袋拿出了「二階堂昴」的名片，遞給了巖。

「──讓我考慮一下。」

巖接過名片後嘀咕了這句話。雖然他半信半疑，但至少沒有認定「根本是胡扯」。

「我們該走了，不能一直偷懶。」

良平起身鞠了一躬，健太也跟著鞠躬。

巖沒有看他們，皺著眉頭，看著良平的名片。

6

這天晚上九點多，良平下班後回到單身宿舍。他從信箱裡抽出晚報，把皮鞋塞進鞋櫃後，就快步走進了房間。同期進銀行的幾個同事應該在食堂吃晚餐，但他不想被同事問東問西，所以都在外面吃完晚餐才回宿舍。他打開門，把晚報丟在房間的地上。如果不會太累就會看一下報紙，但今天應該會直接把報紙丟進垃圾桶。

——這時，他發現了一件事，忍不住停下正在解開領帶的手。

他發現有一個牛皮紙信封夾在折起的晚報中。他拿起信封，舉到燈下觀察，裡面似乎有一張紙，但信封上沒有寫寄信人的名字，感覺有點奇怪。他用力撕開信封，拿出了信封內的東西。那是一張折起的信紙，他產生了疑問，但還是打開了信紙，沒想到上面寫的是完全出乎他意料的「警告」。

『不要再和保科有任何牽扯。』

「這是怎麼回事！」

分行經理大發雷霆，把桌上的一疊資料丟向良平。
「你八月的這種業績，是在開玩笑嗎？」
良平站在地上一大堆資料的正中央，無言以對。
「姑且不論你每天都一大早離開分行，難道是跑去哪裡睡午覺嗎？」
良平直視著經理，小聲地說：「對不起。」他可以感覺到背後的視線，其他同事應該都露出同情的眼神看著自己。
「我完全感受不到你的熱忱，感受不到你想努力賺錢的氣魄！」
從八月開始跑外勤至今大約一個月——良平的業績幾乎掛零。他既沒有爭取到新的客戶，也沒有和舊客戶簽下任何保險契約，各個項目的業績都掛零。
「你之前坐櫃檯時，做事還稍微有點動力，把注意事項寫在紙上，以免自己忘記。」
這時，背後突然傳來一個女人的聲音。聽到略微沙啞的聲音，良平知道是代理課長。
「——經理，不好意思，自動提款機有客人遇到了困難。」
「你們處理就好了啊。」
「不，因為客人是外國人——」
分行所有人都知道良平在念大學期間曾經環遊世界。他在錄用考試時提過這件事，所以人事紀錄上有這項內容，經理看了之後，在良平被分配到這家分行的第一天，就告訴了所有人。
——他很優秀，在大學時就曾經環遊世界。

——只要有外國客人，都可以交給他處理。

雖然良平當時覺得經理「很多話」，但又覺得那句話也許會在日後對自己有幫助。至今為止都沒有這樣的機會，沒想到在這個節骨眼出現，真可說是不幸中的大幸。

「好，那你去處理一下。」

經理不悅地說，然後皺起眉頭看著電腦。

他鞠了一躬，轉身離開，和代理課長一起走向自動提款機。

「辛苦你了。」

代理課長總是把一頭略帶棕色的長髮綁在腦後。她說話不拖泥帶水，有時感覺很凶，但是很會照顧別人，所以大家都很喜歡她。

「其實我可以搞定簡單的英語。」

代理課長聳了聳肩，從背後輕輕推了推良平說：「那就交給你了。」

良平走向在提款機前不知所措的外國客人。

但是，他腦袋裡在想別的事。

——良平，你也收到了嗎？

昨天晚上，良平收到那封來歷不明的警告信之後，立刻打電話給健太，然後驚訝地發現，健太也收到了相同的信。

——那個人知道我們正在追查保科的過去。

——而且我們追查這件事，會對那個人不利。

答案很明顯，就是御菩薩池剛志——在目前的狀況下，除了他以外，沒有人會警告他們。星名靠來源不明的資金四處表演，和他一起長大的朋友剛志意外獲得一大筆錢，然後有兩個文字工作者掌握了他們之間的關係，出現在他們面前。如果剛志是縱火犯，就可以合理說明所有的情況。良平表達了自己的想法，健太難得表示了同意。

——華生昴，你說的對，只不過有一個疑問。

良平沒有吭氣，催促他繼續說下去。

——為什麼你也會收到警告信？

良平一時不瞭解其中有什麼問題。

——我問你，有誰知道我們是「搭檔」？

只有剛志。除了他以外，沒有人知道。

良平不加思索地回答，健太在電話另一頭輕輕笑了起來。

——那我問你，剛志知道你是誰嗎？

良平立刻想起之前埋伏在「蛭間藝能」前的情況。健太的疑問很有道理，那天只有健太和剛志說話——良平從頭到尾都屏住呼吸躲在外面，甚至沒有拿名片給剛志。

——而且，你最好小心一點。

健太在電話中難得用嚴肅的聲音說話。

——即使剛志記得你這個人，這件事還是很奇怪。

——他怎麼知道你在銀行上班？

良平聽到健太這句話，覺得整個視野開始搖晃。

警告信會寄到單身宿舍的信箱，就代表對方已經查到，「**在銀行上班的**『岸良平』在調查保科的過去」。

——如果被經理知道，絕對不可能只是痛罵一頓而已。

良平只能抓著手機愣在原地。

——無論是誰寄了這封警告信，那個人都很厲害。老實說，如果小看這個人，後果不堪設想。

電話掛斷之後，良平仍然呆立在原地，動彈不得。

「呃，那個、所以——」

良平比手畫腳，努力和外國人溝通，但還是雞同鴨講。雖然良平有點心不在焉，但不管怎麼說，自己也是曾經環遊世界的人。當時的英文並沒有特別好，但只要用動作輔助，都可以順利溝通。今天苦戰了數十分鐘才終於搞定。原來那個外國人不是要來銀行，而是想去郵局。良平為現在的自己和過去的自己之間的落差感到失望。

八月結束，終於邁入了九月。白天的陽光稍微柔和了一些，天空被染成橘紅色的時間明顯提早了。秋天的腳步逼近，讓他不得不想起十月底是達成「店」裡業績的期限，只不過目前還有其他需要傷腦筋的事。一方面是因為經理緊迫盯人，所以他在正職工作上也要好好努力。即使沒有達成銀行的業績目標也不至於被開除，只不過良平也有自尊心。他之前無論做任何事都比別人更出色，對於現在只能把工作沒有起色推給「沒有什麼好客人」感到很不甘心。

「身為你的朋友，看到你對銀行的工作這麼投入，很為你感到高興。」

又到了週三固定開會的時間。這一天，他們約在五反田車站附近的烤肉店見面。

「——謝謝你喔。」

良平拿夾子把橫隔膜翻了面，用沒有感情的聲音道了謝。

「巖還沒有打電話給你嗎？」

健太吃著有點烤焦的橫隔膜嘟噥問道。

「如果一個星期還沒有接到他的電話，我打算再去找他。」

良平把夾子交給健太，為涼拌豆腐淋了醬油。健太察覺到良平示意換他烤肉，就開始烤牛舌。

「——對了，我昨天晚上見到了保科瞳美。」

「什麼！」健太突然透露這麼重大的事，良平忍不住大聲反問：「我完全不知道這件事。」

「你當然不可能知道，因為我沒告訴你。」健太若無其事地說。

「她昨天在下北澤表演，所以我就鼓起勇氣，打電話給她。」

「然後她就和你見面了嗎？」

「對，就在上次那家咖啡店。」

健太一個勁地翻著肉，完全沒有抬頭看良平。

「——有沒有進展？」

「大有進展，你保證會大吃一驚。但是，**我忘了萃取**，所以不好意思，只能請你忍耐到週六了。」

良平憑直覺認為不對勁。

健太對「星名之謎」那麼熱衷，既然有這麼大的進展，**不可能忘記**萃取記憶，而且他昨天沒有告訴良平「等一下要去和她見面」或是「又和她接觸」的事實也很不自然。因為收到了警告信，彼此應該更加提高警覺，沒想到健太竟然沒有向良平打一聲招呼就獨自行動，未免太草率了。健太不可能不知道這麼理所當然的事。

「因為我在巖的事上沒有想出解決方案，我擔心你看到我又在關心『星名之謎』會生氣。」

「既然這樣，你不是應該把昨天見面的事瞞著我嗎？」

「——那倒是。」

「我們才剛收到警告信，也未免太危險了。」

「你說的有道理。」

「所以見面之後，證實是剛志寄了那封警告信嗎？」

良平拚命克制內心的各種疑問，故作平靜地問。

「——不，不是，並不是剛志向星名提供活動資金。」

「如果不是他，那是誰啊？」

「不知道，但那起縱火事件和『星名之謎』沒有關係。」

「——既然你這麼肯定，真期待週六啊。」

雖然目前狀況不明，但良平拿起啤酒杯一飲而盡。

轉眼之間就到了週六。

「讓你久等了，現在就請你看一下第二次見面的紀錄。」

看到健太把手放在水晶球上，良平也把手放了上去，閉上眼睛。他的眼前立刻出現了上次那家位在原宿的「遭多夢」咖啡店。

「——謝謝你打電話給我。」

坐在對面的瞳美害羞地低下了頭。

「沒有啦，因為我得知了妳在下北澤表演的消息。」

兩個人的面前都有一杯「招牌冷萃咖啡」，這次除了兩杯咖啡以外，還有一盤擠了很多鮮奶油的鬆餅。

「我原本就有點期待，不知道如果在東京表演，你會不會打電話給我。上次不是和你聊了『騎士』的事嗎？那天聊得很開心，既充滿懷念，又有一種眷戀的感覺……但是，我又想到還沒有回答你上次說的『關於我的活動經費之謎』，所以我內心有點期待，如果在東京表演，你可能會和我聯絡。」

「很榮幸成為一個沒有辜負妳期待的人。」

瞳美拿起刀叉切著鬆餅，覺得很好笑地笑了起來。

「你儘管問，我有問必答。」

「那首先請妳告訴我漫畫《星塵夜騎士》的故事。」

瞳美可能沒有料想到健太會提出這個要求，她的手停了下來，但立刻滿面笑容地點了點頭。

「好，沒問題。」

瞳美小心翼翼地把分好的鬆餅放在兩個小盤子內，把其中一個給了健太，在自己的鬆餅上加了滿滿的楓糖漿。

「時間是銀河曆兩千年，『銀河聯盟』統治了宇宙，並由聯盟直屬的騎士團『星塵夜騎士』守護和平，那是一個物阜民安的時代。銀河角落有一顆被遺忘的小行星，小行星上有一名少年抬頭看著星空。他的名字叫做『利奧』——銀河中所有的小孩子都夢想加入『星塵夜騎士』，他是唯一的例外。」

她說故事的樣子和唱歌時一樣優雅，而且樂在其中。

「『利奧』夢想成為天文學家，他整天都想著浩瀚無垠的宇宙。他的同學都嘲笑他是

『沒出息的膽小鬼』，但是，他有一個朋友。在那顆行星上，每年夏天不知道從哪裡出現的神祕少女『席娜』就是他唯一的朋友。」

瞳美說到這裡停頓了一下，露出意味深長的笑容。

「——很像妳和『騎士』之間的關係，雖然設定有微妙的不同。」

瞳美點了點頭，似乎在說：「是不是？」

「『利奧』很喜歡觀星，他蒐集了太空船上的廢品，自己組裝了望遠鏡。那個望遠鏡性能超強，可以從望遠鏡中看到其他星球上人類的生活——性能就是這麼強。」

瞳美用叉子叉起鬆餅，張開嘴咬了一大口，害羞地笑著說：「不好意思，我超愛吃鬆餅。」然後用餐巾擦了擦嘴角。

「『利奧』和『席娜』每年都會用望遠鏡看不同的星球，每顆星球都很和平，他們看了也感到無比幸福。有一次，『利奧』接收到來自深太空的神祕訊號。」

「——哇，越來越有趣了。」

「他破解了訊號，發現訊息的內容是『星空遭到了竄改』——他完全不懂這句話的意思，於是問了『席娜』，『這到底是怎麼回事？』沒想到『席娜』立刻收起臉上的表情對他說：『千萬不可以把這件事告訴別人。』」

瞳美越說越激動。

「有一天晚上，神祕的宇宙艦隊攻打了他們的星球，城市遭到毀滅，人們全都遭到殺害。『利奧』和『席娜』一起逃走，但是敵人緊追不放。『這樣下去只有死路一條，真希望有可以對抗的武器。』——他對著夜空祈禱，結果發生了不可思議的事。星空中出現一道光，然後出現了劍的形狀的星座，接著，從夜空中掉下一把和星座形狀完全相同的劍。」

瞳美舉起雙手，好像握住了一把肉眼無法看到的劍。她就像是迷戀英雄故事的小學生般，整個人的表情動作都很生動活潑。

「『利奧』拿著劍對抗敵人，可惜最後『席娜』還是被敵人抓走了。敵人抓了她之後就離開了。敵人的目的就是要抓走『席娜』。」

瞳美放下了手，臉上帶著一絲憂鬱的表情。

「敵人就是俗稱的『暗物質』，想要得到『銀河聯盟』正在尋找的七塊『起源石』。『起源石』是什麼？為什麼『暗物質』要抓『席娜』？她到底是誰？還有，深太空發出的訊息『星空遭到了竄改』到底是什麼意思？『利奧』遇到太多不解之謎，他終於下定了決心，為了打敗『暗物質』，營救『席娜』，他在十年後加入了『星塵夜騎士』的基層組織。這就是《星塵夜騎士》第一集的內容。」

7

「——故事構思得很精彩。」

情節發展完全不像是出自小學生之手，良平坦誠地表達了驚訝。

「反正作者已經死了，你要不要抄襲後拿去投稿？」

良平開玩笑說，健太不理會他。

「雖然你可以繼續看下去，不過因為會花很多時間，就先省略這個部分。之後，主角『利奧』加入了『星塵夜騎士』，在宇宙之旅中，逐漸解開一個又一個謎團，在此過程中，得知這個宇宙有一個名叫『流星十字軍』的集團，他們是想要推翻『銀河聯盟』的反叛軍，實在太有趣了。『利奧』之前不是收到『星空遭到了竄改』的訊息嗎？主角他們用望遠鏡看到的『星球的和平』都是假象，『銀河聯盟』不擇手段，用各種殘暴的方法控制了宇宙，然後為了掩蓋自己的過去而造假。」

「這是怎麼回事？」

「就是『滿天星斗的夜空一定會記得我們』。」

星空是「過去」，也是宇宙的「記憶」。比方說，地球上看到的月亮，嚴格來說並不是此時此刻的月亮，月光照射到地球會有時間差。越是遙遠的星球，時間差就越大，正因為如此，從那顆星球看到的地球，很可能是人類誕生之前的地球。「銀河聯盟」試圖阻止因為這種時間差，導致「不可告人的過去」攤在陽光下的設定很有說服力，同時這種著眼點也令人驚豔。

「『起源石』是什麼？」

雖然和「星名之謎」完全沒有關係，但還是忍不住被《星塵夜騎士》的內容吸引——他知道自己很奇怪，但還是無法不問。

「『起源石』造成了大爆炸，宇宙就誕生了。當時，具有巨大能量的『起源石』碎成了七塊，消失在宇宙的某個地方——『銀河聯盟』想要找到『起源石』，藉由無敵的力量統治宇宙。『星塵夜騎士』表面上是維持銀河治安的部隊，但其實建立這個騎士團的真正理由有兩個。那就是開拓宇宙的邊疆，以及和掌握了『起源石』的異文明接觸時，以啟蒙之名征服他們。『流星十字軍』就是為了阻止他們，要讓真正的歷史公諸於世而奮戰的集團。」

原來如此。良平再次把手放在水晶球上。

「我已經知道這個故事很精彩了，讓我繼續看下去。」

「接下來的內容更精彩。」

健太話音未落，良平就再度面對瞳美。

「——故事真的很長，這就是漫畫《星塵夜騎士》的所有內容。但是，故事就停在主角『利奧』和『流星十字軍』一起衝進『銀河聯盟總部』，終於要和『星塵夜騎士』的最高幹部展開最後決戰這一幕，無法得知『席娜』的真實身分，以及『暗物質』抓她的理由，連故事的結局都不知道。」

「是因為你們沒有繼續通信，對嗎？」

「是啊。」

瞳美拿起杯子，靜靜地喝了起來。

「我可以再詳細瞭解一下妳和『騎士』認識的過程嗎？」

「當然可以。」

瞳美好像突然想起般，把一口鬆餅放進嘴裡。

「我是在小學一年級的時候認識他。剛志他們一群人在路上欺負他，因為是鄉下小地方，只要有陌生面孔在街上出現就會很顯眼。剛志他們發現年紀相仿，看起來很懦弱的陌生男生，當然不會放過大好機會。然後——」

瞳美說到這裡，用力皺起了眉頭。

「剛志用手上很粗的木棒用力打向『騎士』的頭。」

「太過分了……」

「『騎士』的額頭流了血，我大叫著：『我要告訴老師！』把剛志那群人趕走了，然後把『騎士』帶去我奶奶家。雖然也可以帶回我家的咖啡店，但那裡離奶奶家更近。」

「那就是你們第一次見面嗎？」

「對。我想當初帶『騎士』去奶奶家這件事很重要。奶奶為他包紮後，他好奇地看著店裡書架上的漫畫。啊，我忘了告訴你，我奶奶開了一家二手書店。」

「這該不會就是『騎士』立志成為漫畫家的契機……」

「不，當然不是只有這個理由而已，但是『騎士』在那裡第一次瞭解到漫畫的魅力。因為他爸爸很嚴格，所以他從來沒有看過文字書以外的書——那天之後，他整天都泡在奶奶家的二手書店。」

「整天都泡在那裡？」

「他每年待在犀川町的時候，幾乎都和我一起泡在奶奶的店裡。我們一起看了很多漫畫，他還曾經借了好幾十本漫畫回去，說『明年暑假再還給妳』。他尤其喜歡一套當時已經絕版、以太空為題材的冒險漫畫。我忘了漫畫的名字，我相信是那部漫畫帶給他《星塵夜騎士》的靈感，但是——」

瞳美露出了陰鬱的表情。

「那是小學四年級的時候，『騎士』最愛的那套漫畫的最後一集——前一天還在書架上的那一集不見了。」

「漫畫不見了？」

雖然健太知道其中的理由，但故意誇張地皺起眉頭。

「所以我就責怪奶奶，『這麼冷清的店，不可能有人來買書！所以不可能會不見！妳趕快去找找看啦。』奶奶聽到我這麼說，就去了主屋的二樓，結果在那裡發生心肌梗塞昏倒了。」

瞳美用力咬著嘴唇。

「後來才知道是剛志偷走了那本漫畫。他知道我每天都和『騎士』在奶奶的店裡看那套漫畫，所以故意偷走了最後一集。但是，我因為這件事責怪奶奶，最後奶奶離開了人世。我無法為這件事向奶奶道歉，至今仍然是我內心的遺憾——」

健太默默喝了一口咖啡。

「——我不知道該說什麼……」

「我就是因為這個原因，才會說剛志是『殺人凶手』。」

瞳美用衣服的袖子擦了擦眼淚，小聲地說：「對不起。」

「我完全能夠理解妳這麼說他的心情。」

健太想要安慰她，但她搖了搖頭說：

「不，是我太不成熟了。剛志關心我，特地來提醒我，要我不要加入『希爾維亞經紀公司』，但我還是無法原諒他。我一直對小時候的事耿耿於懷，忍不住對他說了這種傷人的話。」

「這——」

健太的話說到一半，瞳美露出懇求的眼神看著他。

「所以我不可能和剛志合作，不要說和他狼狽為奸一起縱火了，即使拿到一大筆錢的剛志提出要協助我，我也絕對不可能答應。我可以向你保證這件事。」

健太無法承受她訴說的眼神，低頭看著手錶。

「——妳的時間沒問題嗎？」

已經晚上十點十五分了。

「嗯，對，差不多該走了。」

「那我最後再請教妳一個問題。因為沒時間了，所以我就直接問了，請妳見諒。我想請教的是上次來不及問的另一個謎，既然妳說『絕對不可能和剛志合作』，那妳的活動資金是哪來的？」

「——我想即使說了，你應該也不會相信。」

「不，我相信。」

瞳美吸了吸鼻子，挺直身體，重新坐好，好像下定了決心。

「——那我就告訴你。」

健太吞了吞口水，豎起耳朵細聽從她口中說出的「真相」。

「你知道我在大學四年級時，曾經上過電視節目嗎？」

「我知道，妳在決賽時輸給了柊木琉花，但我在調查後發現，她的冠軍是買來的。」

「既然你已經知道，那說起來就簡單了。」

瞳美瞇起眼睛，開始說明當時的情況。

「我輸給柊木琉花後，就在這家店從剛志的口中聽說了檯面下那些事。幾個月後，我記得是在初春的季節，一名年邁的紳士來找我。」

「年邁的紳士？」

健太驚訝地問。

「那位年邁的紳士遞給我一個手提公事包，然後對我說：『希望妳可以用來實現自己的夢想。』我戰戰兢兢地打開公事包後，簡直懷疑自己的眼睛。」

「裡面是什麼？」

「是**兩千萬現金**。」

「怎麼會！」

健太忍不住驚叫起來。

「我當然馬上拒絕，並對那位年邁的紳士說：『我不能收下。』因為我很驚訝，而且也覺得有點可怕，結果他對我說了一番話。」

「他說什麼？」

「『這筆錢是關心妳的人用自己的生命交換，為妳準備的錢。請妳先收下，至於要不要用，由妳自己決定。』我在比賽時輸給了柊木琉花的財力，那麼一大筆錢對我來說很有吸引力，至少有了這筆錢，我就不需要為了租Live house拚命打工，也不需要為要不要買新吉他煩惱了。我當時忍不住產生了這樣的想法。」

瞳美繼續說道，完全沒有半點遲疑。

「最後，那名年邁的紳士對我說：『這是第一次也是最後一次幫妳，因為在故事中，主角只有一次機會，會因為是主角的身分而獲得幫助。』」

「這句話是什麼意思？」

「那是『騎士』說過的話。他之前在我奶奶家看了很多漫畫，透過幾部漫畫建立了自己的哲學，這句話就是其中之一。他經常說，『太多漫畫因為主角是主角就幸運得救。故事中的主角只有一次機會，會因為是主角的身分而獲得幫助。』」

「『騎士』真的很有意思。」

「所以我確信一件事，送這筆錢給我的就是『騎士』，但是如果是他，年邁紳士說的話就很奇怪。他說『用自己的生命交換』，如果按照字面的意思，就意味著他已經不在人世了。」

「所以上次見面時，妳才會說『他好像已經離開這個世界了』。」

瞳美靠在椅背上，抬頭看著天窗。

「但是，我無法相信，所以就在日本各地飛來飛去，一直希望可以和他不期而遇，或是他聽說了我，然後來找我——就好像『利奧』在宇宙四處尋找『席娜』的下落。」

「所以，妳用『騎士』留下的那筆錢，在日本各地表演。」

「這就是『流浪歌姬星名』之謎的全貌。」

8

「即使是小學生，也可以編出更像樣的故事。」

良平的手一離開水晶球，就立刻說了這句話。

——不管怎麼想，都太荒唐了。

無論任何人，只要稍微有一點常識，都會有相同的感想，但是看了健太的表情，顯然他並不這麼認為。

「昴，那我問你，正常的大人會認為這種謊言有辦法騙人嗎？」

「既然這樣，就代表保科瞳美不正常。」

「你這個人太沒有夢想了。」

健太冷笑一聲，似乎覺得良平是一個無趣的人。

但是，良平確信這一次，自己的想法更合理。

「那我反過來問你，如果真如她所說，誰有必要警告我們？」

良平並不是無法理解健太想要相信她的心情，如果她說的話屬實，的確比「縱火殺人事件說」有趣好幾倍，但是如果這麼想，就無法解釋他們收到的恐嚇信。目前只有剛志知道他們兩個人在調查保科瞳美的過去，如果剛志和這件事沒有關係，他們就完全猜不透到底是誰寄了那封信。

健太沉默不語，良平又繼續問道：

「為什麼要我們『不要再和保科有任何牽扯』？難道擔心我們有可能揭發，『保科瞳美收了別人兩千萬現金，但沒有繳贈與稅』嗎？」

「——這個太好笑了。」

「既然這樣，就只有一個答案。一旦『剛志為了保科殺了全家』這件事曝光，就會對星名身為歌手的形象造成極大的傷害。即使保科不是共犯，接受殺了全家而獲得大筆金錢的男人援助，持續進行表演活動，也完全不是值得稱讚的行為。」

雖然室內只有燈籠的燈光，但可以看到健太用手指抵著額頭。

但是，無論健太怎麼思考，良平都不認為他有辦法推翻自己的想法。因為瞳美說的話未免太缺乏真實感。

「——好，我完全同意你的觀點，但是可以在這個基礎上，請你思考一個問題嗎？」

健太露出了挑戰的眼神。

「有沒有方法可以證明她說的話是事實？」

這個問題的重點，就在於是否有辦法證明「騎士」的確存在，而且「騎士」送了兩千萬給瞳美。這就是他們正在追查的「星名之謎」的答案，也是核心。

例如，剛志和瞳美都有提到的「剛志偷竊事件」呢？這的確是關於「騎士」的事，兩個當事人說明的內容也沒有矛盾，但如果他們事先充分討論過，也就不足為奇。而且嚴格來說，只有瞳美把這件事當作有關「騎士」的回憶，剛志完全沒有提到「騎士」的存在。從這個角度來看，很難用這件事來證明「騎士」真的存在。那麼，是否有辦法證明騎士送了兩千萬給瞳美——這恐怕更加困難。要證明那個年邁紳士的存在就已經很困難，更遑論要證明在年邁紳士背後的「騎士」，無疑是難上加難。但是，健太竟然露出了意味深長的微笑。

良平感到有點不快，但仍然斬釘截鐵地說：

「——不，不可能證明。」

「真的嗎？」

雖然健太露出老神在在的表情，但無論怎麼想，都不可能有辦法證明。

——因為「騎士」只存在於瞳美的記憶中。

就在這時，良平全身起了雞皮疙瘩。

從某種意義上來說，「騎士」**的確存在**。而且如果存在，就只會在那裡。

「你該不會——」

「你說對了。只要能夠看到保科瞳美的記憶，就可以知道是真是假。」

聽到健太說出自己預期的答案，他忍不住叫了起來。

「別說傻話了！你難道忘記了嗎？如果不是因為營利目的而提到『店』的事，記憶就會被消除，甚至可能會送命！」

「我知道，所以正在思考妥善的方法。」

「別鬧了，太危險了。你為什麼對保科這麼執著？有什麼原因嗎？」

「你不要激動，我不會亂來。再怎麼樣，我也不可能冒這麼大的風險。」

「不，現在的你很可能會做這種事，這根本就是我們之前最害怕的情況！難道你忘了那些消失的業務員嗎？」

「不瞞你說，我一直都會想到他們——」

健太的話還沒有說完，良平放在口袋裡的手機震動起來。

「等我一下。」

他一看手機螢幕，發現上面顯示了陌生的號碼。

「喂——」

一個熟悉的沙啞聲音傳入良平的耳朵。

「我終於下定了決心，請你帶我去那家『店』。」

下週六上午，石塚巖會來「店」裡。

——如果會被你們兩個人騙，我也遲早要完蛋。

巖在電話中的聲音聽起來很憔悴。他一定陷入了困境，一籌莫展，抱著最後一線希望打了這通電話。

「——我下週六去接你，那就先這樣。」

「終於有了進展。」

良平剛掛上電話，健太就迫不及待地說。

「只不過不知道巖有沒有可以出售的記憶。」

良平只能低吟一聲，抱起雙臂。身為生產和菓子包裝盒的中小企業老闆，他的人生本身固然有價值，只不過很難判斷是否會發生「有行無市」的情況。巖的記憶有可能高價「轉售」嗎？如果答案是否定的，老闆的核定價格不可能高。

「——總之，你把下週六的時間空出來。」

良平在說這句話時，健太的手機接到了電話。

「今天真熱鬧啊。」

他說完拿出了手機，然後瞪大雙眼。

「是誰打來的？」

健太沒有回答良平的問題，立刻接起了電話。

「怎麼了？妳又要在東京表演了嗎？」

聽到「表演」這兩個字後，良平立刻知道對方是保科瞳美。沒想到她會主動打電話給健太。

「——啊？這是怎麼回事？」

健太皺起眉頭。難道出了什麼事嗎？

「——我瞭解了，妳不必擔心。雖然原本有事，但我會想辦法安排，所以到時候請妳把那張紙一起帶來。妳不必擔心，呃……或許我沒什麼本事，但是，我絕對——絕對會保護妳。」

這時，良平確信了一件事。雖然沒有任何根據，也許是因為健太說話的語氣，也許是聲調，或是第六感之類的東西，察覺到健太生理節奏的變化。當他帶著這份確信回顧目前為止所發生的事，就可以解釋他之前所有的行為。

健太愛上了保科瞳美。

正因為如此，他在上次開會時，才沒有萃取「第二次見面的記憶」。如果他事先告訴良平，他要和瞳美見面，良平一定會提醒他把記憶帶來，所以他事先祕而不宣，見了面之後才告訴良平。因為萃取在小瓶子裡的記憶會把當事人的感情——「對瞳美的愛」，傳達給看到記憶的人。

「——保科也收到了『警告信』。」

健太掛上電話後，用力嘆了一口氣。

雖然這是令人擔心的狀況，但良平同時也擔心健太的安全。為了解開自己愛上的女人過去的謎團，不惜利用這家「店」——這就是健太打算做的事。

「她剛才發現，在下北澤表演後收到粉絲給她的信中，有一封寫著『不要和奇怪的文字工作者有任何牽扯』。」

健太用很快的語速告訴良平——良平平時根本不會在意他說話的語速，但現在覺得那是他為了掩飾內心對瞳美感情的伎倆。

——健太真的不會破壞「店」的規定嗎？

——他會不會不小心把「店」的事告訴她？

這些疑問在良平內心翻騰。

「她感到很害怕，所以打電話給我。」

「——所以你要保護保科瞳美？」

健太害羞地抓了抓頭，輕輕咳了一下說：

「她下週六要來東京，希望我看一下她收到的信。」

健太尷尬地移開視線，良平猜到了接下來的發展。

「她約我星期六上午見面。對不起！我可以去和她見面嗎？」

——猜對了。

健太剛才說，雖然原本有事，但他會想辦法安排，其實就是「說服囉嗦的華生」的意思。雖然兩通電話一前一後，但健太在接電話之前就已經知道石塚巖要來店裡，他仍然毫不猶豫地選擇了瞳美，身為搭檔的良平當然不可能沒意見，正因為這樣，所以他才會對瞳美說「我會想辦法安排」。

但是，良平內心感到的不安更勝於憤怒。

——健太真的能夠不向瞳美提及「店」的事嗎？真的能夠不觸犯禁忌嗎？

最後，他們決定下週六分頭行動，只是兩個人之間產生了難以用言語形容的隔閡。

9

週三的定期會議取消了。

在銀行的分行，只要當天結帳時有一圓的出入，就必須停止所有業務，全部的行員都要一起調查哪裡出了差錯，這一天，良平任職的分行出現了一筆將近一萬二千圓的出入。提領的總金額和提領單的合計金額不符，最後所有人一直忙到晚上八點，才發現其中一張提領單被放進了碎紙機。

——這也是無可奈何的事。

良平打電話告訴健太，今天沒辦法和他開會時，他在電話中這麼說，但總覺得他的聲音聽起來似乎鬆了一口氣。

這一週，良平和健太完全沒有見面。

即使沒有見面，良平也不是沒在思考「星名之謎」的問題。姑且不論健太的感情，瞳美也收到了警告信，這個謎就更讓人費解了。

首先，難以瞭解寄信人的目的。在認為「剛志是縱火殺人犯」的前提下，剛志寄警告信給他們兩個人的理由很明確，一旦剛志和星名的關係公諸於世就會造成困擾——這是最簡單，也最容易理解的理由。

但是，瞳美收到相同警告信的理由是什麼？如果硬要找一個理由，難道是瞳美和剛志「自導自演」嗎？

但是，這個說法太牽強。因為如果瞳美和剛志是同夥，她不可能冒著危險和健太見面兩次。第一次是健太直奔她在原宿的表演現場，她防不勝防，但是**第二次不一樣**，當她接到健太的電話時，她也想和健太見面。

其次，瞳美收到的警告信中，「不要和文字工作者有任何牽扯」的內容太令人匪夷所思——並不是文字的內容有問題，而是在現階段，**除了剛志和瞳美以外**，並沒有人知道他們兩個人是自稱文字工作者在外活動。

在良平茫然地思考著這些事時，轉眼之間就來到了週六。

他開著租來的車子前往惠比壽車站。這是良平指定去接巖的地方。雖然離「店」更遠的車站比較理想，但良平希望能夠趕快把巖帶來「店」裡。

「讓你久等了。」

良平在車站前停了車，坐在長椅上的老人緩緩舉起了手。

「嗨。」

巖搖搖晃晃站了起來，良平下車去迎接他。

「——原本我還以為你不會打電話給我。」

「我在電話中也說了，如果會被你們兩個人騙，我也完蛋了。」

巖笑著說道，良平請他坐在車後座。

「我有一個不情之請，在抵達『店』之前，可以請你戴上這個嗎？」

良平遞上眼罩。

「因為規定『不能讓客人知道地點』。」

巖坐在椅子上後，毫不猶豫地戴了起來。

「好，沒問題。如果不這麼做，你會被主管罵吧？」

「是啊。」

「上班族真辛苦。」

良平的腦海中閃過老闆那張難以取悅的臉。老闆會為巖的記憶核定什麼價格呢？

「請放心，很快就到了。」

良平放下手煞車，緩緩踩下油門。

巖一走進房間，就好奇地打量起來。

「請坐。」

燈籠的燈光下，可以隱約看到木桌和木椅，以及水晶球。

他們面對面坐下。即將和石塚巖進行交易。

「關於這家『店』的情況，我剛才在車上已經向你說明了。」

巖一臉嚴肅地點了點頭。

「關於今天的交易內容，因為你的目的是籌錢，所以『出售』是唯一的選擇。」

「好，沒問題。」

「首先請你回想一下你打算出售的記憶，然後把手放在水晶球上。本店可以馬上取出記憶進行核定。不出十分鐘就會收到一張寫了價格的紙，如果你認為價格合理，交易就可以成立，你會失去『出售的記憶』，核定金額扣除報酬手續費，就是你可以拿到的金額。」

良平看到巖再次點頭後，和往常一樣，開始說明「新客方案」。

「本『店』有『新客方案』，想要『出售』或『收取』的客人適合使用這個方案，還可以選擇一覺睡醒之後，關於這家『店』的記憶也徹底消除。」

「為什麼需要這種項目？」

「因為有客人希望『消除失去記憶的記憶』。比方說，擺脫不愉快記憶的人，一旦連這家『店』也忘記，就可以變成『全新的自己』。」

「原來是這樣。」

「『出售』的情況也一樣。好不容易得到一筆錢，如果一直記得『自己失去了可以賣這些錢的記憶』，就會被自己賣掉的記憶束縛，進而導致不幸。」

「我……希望記得這件事。」

良平早就猜到巖不會選擇「新客方案」，以他的性格，應該會正面挑戰——比起「早晨醒來之後，手上莫名其妙地多了一大筆錢」，他更希望瞭解這筆錢「是我為了由香里，出賣自己的記憶得到的錢」，並帶著這個記憶繼續活下去。而且如果他選擇「新客方案」，對良平也比較不利。因為當巖再度為錢發愁時，一切又必須重新開始，所以對於有可能再次來「店」裡的客人，讓客人記住這家「店」更方便。

「——假設無論如何都想恢復出售的記憶，可以『購回』，但是必須支付相當於核定金額兩倍的價格。當然，如果記憶已經被別人買走就沒辦法了……」

「太卑鄙了。」

沒錯，這家「店」的做法的確很卑鄙。只要不選「新客方案」，客人就會一輩子記得這家「店」的事，在未來的漫長人生中，一定有相當數量的人，想要找回一度失去的記憶。「店」裡的業務員「轉賣」記憶可以獲得很大的獎勵，所以客人「出售」的記憶，往往不久之後就被買走了。已經屬於他人的記憶當然無法購回，這種情況下就會利用「新客方案」，「收取」之前「因為出售記憶而感到後悔的記憶」。即使原本「出售」的記憶很幸運地沒有賣出去，「購回」記憶也需要相當大一筆錢，反正無論是哪一種情況，對當事人來說都很不幸。

「——請問你有什麼疑問嗎？」

「我可以問一個問題嗎？」

巖滿面愁容地皺起眉頭，看著頭頂上方的燈籠。

「『購回』的記憶會如何處理？」

良平沒有理解這個問題的意思，忍不住問：

「如何處理是指什麼？」

「就是會不會**作為自己的記憶**重新回到自己身上。你剛才不是說，『購買』時，記憶會裝在小瓶子中帶回，但是如果記憶裝在小瓶子裡還給我，我也很傷腦筋，那些記憶真的能夠回到我的腦袋裡嗎？」

良平一時語塞。

因為至今並沒有遇過想要「購回」的客人，所以從來沒有想過整個流程的情況。

但是，他能夠理解巖的意思。如果「購回」的記憶是裝在小瓶子中回到手上，嚴格來說，稱不上是恢復原狀。雖然記憶回到了手上，但已經不是原來的樣子。一旦決定出售自己記憶的人，就無法再恢復以前的自己了嗎？

巖看到良平突然陷入沉默，抓著頭笑了起來。

「不，我並不是要為難你，只是好奇而已，你可以忘記我的問題。」

「──好，那我們正式開始。請問你已經決定你要『出售』的記憶了嗎？」

「對，是工作的記憶，也可以說是我的人生。」

之前的那一抹不安掠過良平心頭。

──工作的記憶值錢嗎？

但是如果不試一下，無法知道結果。雖然不知道理由，反正只要老闆認為「這個可以賣出去」，就有可能核定高價。

「好，那請你回想打算出售的記憶，把手放在水晶球上。」

「這樣嗎？」

巖把雙手都放在桌上的水晶球上。

「這樣沒問題。」

良平大聲宣布：

「那就開始囉！」

傳來敲門聲後，柚姊走了進來。她一如往常地化了濃妝，猜不出她的年紀。她的臉上帶著笑容，遞上寫了核定金額的紙。

「——什麼！」

巖一臉憤慨地瞪著柚姊。

「這麼便宜？開什麼玩笑！」

「對，不好意思，這已經是最高金額。」

「妳是說，我的人生這麼不值錢嗎？」

「不，並不是這個意思——」

「重試一次！」

良平忍不住站起來，擋在兩個人中間。因為他們繼續爭執下去，巖很可能會一把抓住柚姊。

「你看，才七十萬！我的人生竟然只值七十萬！」

巖遞過來的紙上的確寫了這個金額。扣除自己的報酬，巖只能拿到五十六萬。雖然良平無意說這樣的金額太低，但這是巖奉獻一輩子的工作記憶所值的金額，而且是為妻子籌措的錢，就不得不說實在少得可憐。

柚姊一臉為難地聳了聳肩說：

「——雖然你這麼說，但是誰會需要這個『記憶』呢？內容只是每天埋頭工作，我反而很驚訝竟然值七十萬。」

巖漲紅了臉，瞪著柚姊。很遺憾，柚姊說的話完全正確。如果要問自己有沒有自信可以用超過七十萬的價格轉售「只是每天埋頭工作的記憶」，當然無法回答「有」。

「即使我出賣自己的人生，也無法救老婆嗎？」

巖無力地癱坐在椅子上。

「這就是我的人生。」

良平看著巖，忍不住握緊了拳頭。

——你的人生真的只有工作而已嗎？

巖每天都去「山毛櫸之家」，然後把充滿回憶的物品帶給由香里。放在由香里床頭櫃的石畫和全家福。良平腦海中浮現了各種景象。在完全看不到光明未來的狀況下，巖仍然咬著牙，為妻子做所有自己力所能及的事。雖然或許有其他更好的方法，但他用自己的方式盡了全力。正因為良平瞭解這些情況，所以更覺得必須下定決心說出口。

——你的人生並不是只有工作而已。

雖然原本不想碰觸**這件事**，但現在顧不了這麼多了，巖還有其他可以出售的記憶。

「——你需要多少錢才能解決問題？」

「一百五十萬——只要有這筆錢，就可以擺平。」

「擺平？」

「對。」

雖然良平不知道「擺平」這兩個字代表的意思，但是光靠出售工作的記憶，根本無法籌到這筆錢。

「——你是否願意出售關於你太太的記憶呢？」

良平從喉嚨深處擠出這句話。

「並不需要出售所有關於你太太的記憶。比方說，第一次遇到她的記憶——光是這件事，一定可以比工作的記憶更值錢。」

巖露出銳利的眼神看了過來，但良平並沒有退縮，繼續說了下去。

「因為深愛一個人的記憶應該更值錢。」

良平的眼角掃到柚姊露出笑容，似乎覺得他很會說服客人。但是，這的確是良平的真心話，既不是矯情，也不是敷衍。巖對妻子由香里的關心——不可能不值錢。

「——你知道自己在說什麼嗎？難道要我為了老婆，失去我對她的記憶嗎？」

「但是目前沒有其他方法。活在你記憶中的太太固然很重要，但如果執著於記憶中的她，無法幫助現實生活中的她，根本是本末倒置。我其實也不想說這種話，但是，你之前曾經說過，為了某個人捨棄『夢想』的決斷也很寶貴。目前的情況也一樣。為了心愛的人放棄已經一去不復返的『過去的記憶』，這樣的決斷不是也同樣寶貴嗎？」
片刻沉默後，巖終於輕輕點了點頭。
「——既然你這麼說，那就來試試。」
巖再次把手伸向水晶球。
「我要出售『第一次和老婆相遇的記憶』。」
看到柚姊走進房間時的表情，良平確信自己的預測完全正確。巖看到紙上的金額，終於點了點頭。
「這就沒問題了。」
他握在手中的紙上寫了「兩百萬圓」的數字。從中扣除自己的報酬四十萬之後，巖可以拿到一百六十萬圓。雖然良平很想把全額都給巖，但目前他和健太也面臨「自己的記憶會不會被奪走」的關鍵時刻，所以只能把心一橫，領取自己應得的報酬。這個四十萬加上前一次——其實已經是將近一個月前的事了——和那個脫離常軌的女人交易賺到的十三萬圓，距離達成業績還剩下一百一十萬圓。雖然離完成目標還有很長一段距離，但的確更接近目標金額了。
「——謝謝你。」
完成交易後，良平決定送巖回家。雖然原本沒必要這麼做，但如果不這麼做，他會感到不安。

巖下車後，立刻向他鞠躬道謝。

「不瞞你說，徹也可能會幫忙。」

「是嗎？那就太好了。」

良平只能模稜兩可地回答。

巖有點不知所措地笑了笑，把手放在良平的肩上。

「你很努力拉生意，領取報酬是理所當然的事。」

「但是——」

「已經沒事了。因為徹也終於打電話回家，之後事情應該會往好的方向發展，所以需要一百五十萬，現在沒事了。」

巖一再重複「沒事了」，聽起來像是在逞強。

「——而且我還有很多關於老婆的回憶。你說的沒錯，為了幫助現實生活中的老婆，出售其中一個記憶根本小事一樁。」

「聽你這麼說，我稍微放心了。」

他和巖用力握手。

「有空再來玩。」

巖的手還是那麼骨感乾澀，但是很有力。

良平回到「店」裡之後，立刻去了四樓找柚姊。

——如果有什麼問題，可以去找柚姊。

在決定由良平獨自和巖進行交易時，健太最後對他說了這句話。柚姊就在老闆辦公室隔壁的房間。

「稍等一下。」

良平敲門後，門內傳來輕快的回答。

「請進。」

良平打開門，探頭張望的同時走了進去。

「啊喲，真是稀客。有什麼事嗎？」

房間內和良平原本的想像完全不同。明亮的燈光下，到處都是大型觀葉植物，打造出熱帶的氣氛。房間兩端有兩根大柱子，中間掛著吊床。正躺在吊床上看書的柚姊對良平露出滿面笑容。

「——呃，我有問題想要請教。」

柚姊用眼神示意他去房間角落。那裡有一張木桌，木桌抽屜上有黃銅的把手，還有一張小椅子。良平聽從柚姊的指示，戰戰兢兢地坐了下來。

「你想問什麼事？」

柚姊從吊床上坐了起來，身體悠然地搖晃著。

「剛才的客人問了一個問題，我不知道該怎麼回答。」

然後他把巖剛才的問題告訴了柚姊。在「購回」之前出售的記憶時，記憶要如何回到客人身上。

柚姊呵呵笑了起來，突然壓低聲音說：

「好問題。好，那我就來回答你的問題。『購回的記憶』並不會萃取在小瓶子內還給客人。」

「那怎麼還給客人？」

「本『店』並不是只能把記憶從腦袋中取出而已，也可以做相反的事，就是把之前抽取出來的記憶重新植回腦袋裡。」

10

「植回是什麼意思？」

良平忍不住問。

「就是字面上的意思，讓記憶重新回到腦袋中。」

「有辦法做這種事嗎？」

「既然可以取出，當然也可以做相反的事。」

柚姊跳下吊床走了過來，她緩緩拉開黃銅的抽屜把手，從裡面拿出一個空的小瓶子。

「取出的記憶有一個很大的弱點，你知道是什麼嗎？」

柚姊搖晃著手指夾起的小瓶子，良平馬上想到了答案。

「——如果看太多次，瓶子就會空掉嗎？」

「沒錯。但是只要植入腦袋，在擁有記憶的人忘記之前，都不會消失。」

良平立刻想起之前反覆看「繭居年輕男子」的記憶時的情況。為了瞭解星名的情況，一次又一次使用噴霧後，小瓶子裡的噴霧越來越少。萃取在小瓶子中的記憶，可以讓看的人體會包括感情在內的鮮明情境，問題是能夠看的次數有限。

柚姊把空的小瓶子放回抽屜後，繼續說了下去。

「讓原本就屬於自己的記憶恢復原狀很簡單，但是——」

她說到這裡，似乎有點在意隔壁房間，於是壓低了聲音。

「你這麼聰明，應該已經發現了，植入的記憶未必都是原本屬於自己的記憶。」

良平感到背脊發冷。如果她所說的話是事實，那就是違反人道的行為。

「妳的意思是，『也可以植入別人的記憶』嗎？」

「對啊。」

「——真的有辦法做到嗎？」

「理論上可以，只是極其困難。你能夠瞭解嗎？」

良平忍不住歪著頭表示不解。

「那我給你一個提示。你認為植入別人的記憶會發生什麼狀況？答案很簡單，就是別人至今為止的人生進入『無意識』領域後，便會和被植入記憶的人至今為止的人生發生不一致，結果就會產生拒絕反應。」

「什麼意思？」

「比方說，『不會游泳的人』被植入了『會游泳的人的記憶』，你認為會發生什麼狀況？」

「——會溺死嗎？」

「當然啊。因為大腦留下了並非實際體驗的記憶。」

柚姊說完，指著自己的側頭部說：

「——但是，以前『店』裡曾經進行過『記憶移植』。」

「是嗎？」

「正如我剛才所說的，經常發生『記憶合併症』的情況，很多人最後都陷入錯亂，甚至失去了生命。『記憶移植』雖然很賺錢，但鬧出人命會影響『店』的風評，所以目前除了『購回』以外，都不再植入記憶。」

「——最後一次進行『記憶移植』是在什麼時候？」

「我記得是大約三年半前。」

「所有接受『記憶移植』的人，腦筋全都出了問題嗎？」

良平和健太來這家「店」工作前不久，還持續進行的「記憶移植」——在「店」裡進行的這種「第四項交易」充滿可疑，足以讓他產生濃厚的興趣。

「千萬別讓老闆知道是我告訴你的。」

良平用力吞了吞口水，點了點頭。

「只有一個人例外，就是『天才』。」

「天才？」

「對，他就是天才——老闆一看到他就發現了。雖然也有後天的要素，但他天生就是『作家』。」

「『作家』是什麼意思？」

「人生就是故事。也就是說，在記憶移植時，『前後相符，沒有矛盾』很重要。假設在一本書中插入另一本書的某個章節，如果完全不修改就會很奇怪，所以必須修改新加入的章節，或是改編整本書的架構。他在這方面是天才，簡直就像有魔法一樣——他事先就瞭解所有『無意識的不一致』可能會導致的摩擦。」

「那個天才目前人在哪裡？」

柚姊抖動肩膀笑了起來，似乎覺得良平很傻很天真。

「——他自殺了。」

「什麼？」

連他都知道自己發出了驚叫聲。

「你沒聽到嗎？他自殺了。」

「為什麼——」

柚姊沒有回答，走到觀葉植物旁，拿起了插在其中一盆觀葉植物中的活力素安瓶。

「他的『作品』很完美，即使之後進行追蹤調查，『作品』也持續過著日常生活，完全沒有任何異常，簡直就是奇蹟。」

她把安瓶空瓶捏扁，好像代表談話結束了。

「你想問的就只有這些嗎？」

柚姊再次坐在吊床上，腳底往地上一蹬。良平覺得柚姊快要趕人了，就逮住機會問了另一個問題。

「——柚姊，妳為什麼會在這家『店』工作？」

但是，她只是默默搖晃著吊床。

「我無意打聽妳的隱私，只是好奇而已。不光是妳，我還很想知道純哥和熊哥這些在這家『店』工作了好幾年的人，都是怎麼來到這裡——」

柚姊遲遲沒有開口。

自己問得太深入了。良平開始感到後悔。

「——老闆的父親在他年紀很小的時候，就拋妻棄子，離家出走了。」

柚姊突然開了口。

「但是，老闆的媽媽從來沒有在他面前說過他父親一句壞話。她是個堅強的女人，我覺得她很了不起。但是，她一個女人含辛茹苦地把老闆養大，累壞了身體，很早就死了。」

她的吊床靜靜地搖晃著。

「不久之後，老闆去找他的父親，想用充滿嘲諷的語氣告訴父親，媽媽去世的消息，但是遇到了意想不到的打擊。令人難以置信的是，他父親竟然不記得他了。『你是誰？』聽到父親這麼問，老闆感到絕望。因為他一刻也不曾忘記拋棄他們的男人，一直背負著這件事長大，但是對方忘記了兒子的樣子——那次之後，老闆開始嫌惡『忘記重要的事物』這件事。」

——每個人都有一、兩個必須帶進墳墓的苦惱。

這句話中隱藏了老闆的過去。這就是他這麼輕視、討厭放棄記憶的人的理由。

「——比方說，阿純。你知道他以前是摔角選手嗎？」

「不，我第一次知道。」

「他當初來『店』裡，是希望可以『收取』他的記憶。他想要遺忘的記憶，就是『打死比賽對手的記憶』——他當然不是故意的，但是不小心打中對方的要害。被阿純擊倒的對手之後沒有再清醒，就離開了人世。」

良平目瞪口呆，說不出話來。向來很會照顧別人，總是面帶笑容的純哥——原來他也背負著這麼悲壯的過去。

「那次比賽後，他就無法再站上擂台，所以他想擺脫這個『心靈創傷』，但是——」

柚姊把雙腳放在地上，搖晃的吊床停了下來。

「他在最後一刻想到了對方的家人，比賽對手的妻子和年幼的嬰兒——他們必須帶著失去家人的傷痛繼續活下去，不能只有自己忘記這件事，繼續向前邁進。正因為這個原因，他決定在這裡工作，現在仍然每個月都把大部分賺來的錢寄給對方的家人。」

柚姊露出了悲傷的笑容。

「在這家『店』工作多年的人，都有不得不在這裡的理由，我相信大家的共同點，就是『背負著不能遺忘的過去』。」

「『不能遺忘的過去』——」

「熊哥也一樣。他為了抓到撞死他兒子的卡車司機，一直在這裡等待有人出售那個瞬間的記憶。」

良平再次說不出話來。

——如果那個縱火犯來出售縱火瞬間的記憶，一定會有很多買家。

之前看到週刊雜誌刊登「醫生全家燒死事件」的報導時，熊哥曾經這麼說。當時良平只想到那個記憶能不能賣錢的問題，但是熊哥的這句話中隱藏了不同的想法。等待凶手來出售「肇事逃逸的記憶」——無論這是多麼難以承受的事，為了抓到凶手，他做好了親眼目睹「兒子被撞死瞬間」的心理準備。

「老闆看起來是個沒血沒肉、冷酷的人，但是他對『決定背負過去』的人很溫柔。這家『店』的確是為了營利目的而存在，但絕對不是只有這樣而已。如果你能夠發現這個矛盾，一定可以開拓新的世界。」

這時，褲子口袋裡的手機開始震動。一定是健太打來告訴自己，他和瞳美快樂的「探偵遊戲」結束了。

但是，良平沒有接電話。正確地說，是無法接起電話。

——在這家「店」工作多年的人，都有不得不在這裡的理由。

自己和健太是否跟他們一樣，背負了某些東西？自己是與眾不同、特別的人。這種微不足道的自我表現欲，可以成為繼續留在這家「店」的理由嗎？

「——啊，對了，我還沒有回答你的問題。」

柚姊好像突然想起似地笑了笑。

「我只是在這家『店』賴著不走，老闆也錯過了把我趕走的時機，就只是這樣而已。至於我為什麼要賴著不走，就是因為我無法忘記舊情人。雖然他是個人渣，卻是我唯一真心愛過的人。我完全不知道他目前人在哪裡，在做什麼，也不想見他。但如果可以讓我許一個願，我希望能夠再次見到活在別人記憶中的他，我只想遠遠地偷看他一眼。無論記憶的主人愛他還是恨他，我都會感到高興，但可能同時也會感到難過。」

柚姊說完這番話的同時，口袋裡的手機也終於放棄震動，陷入了沉默。

不一會兒，健太來到「店」裡，他們在三樓的房間內面對面坐了下來。

「——不好意思，巖的情況還順利嗎？我也有不小的收穫。現在就讓你看一下我們第三次見面的紀錄。」

健太說完，把手放在水晶球上，但良平一動也不動。

「——喂，你怎麼了？」

健太驚訝地皺起眉頭。「你該不會還在生氣？」

——不要小看這家「店」。

良平知道是自己搞錯了生氣的對象。因為自己也或多或少小看了這家「店」。沒有人知道的「副業」——從事這項副業的自己「與眾不同」，這種感覺讓他感到驕傲。他無法否認，這家「店」之前是滿足自己自尊心的工具，但是，看到這家店的其他人都「背負了某些東西」，就覺得羞愧得無地自容。

——自己並沒有「不可以忘記的過去」，也沒有「背負某些東西的心理準備」。

原本以為是自己唯一歸屬的這家「店」，似乎也變得很遙遠。他感到坐立難安，只能把內心的這種煩躁發洩在眼前這個被瞳美迷得神魂顛倒的男人身上。

「——你是不是喜歡保科瞳美？」

健太驚訝地瞪大了眼睛。

「啊？為什麼？」

「你不要裝糊塗，所以每次都只透過水晶球讓我看你們見面的情況。」

健太啞口無言，移開了視線。

「這家『店』是我們唯一的歸宿，你有沒有搞清楚這件事？」

內心的想法一旦說出口，就無法踩煞車了。

「——沒這回事吧。」

「不，就是這樣。事到如今，我就把話說清楚。如果我們沒有了這家『店』，還剩下什麼？只是一個微不足道的上班族，和一個追求夢想的自由工作者，不是嗎？」

「你不要激動。」

「我們只有這家『店』了！你要追求成為漫畫家的夢想是你的自由，但是要看清楚現實！如果被趕出這家『店』，我們就什麼都沒有了！不僅如此，還會變成另一個人繼續活下去。我無法忍受這種事！我不想失去這家『店』，也不想失去你，不想失去任何事！所以現在根本沒空去找不知道到底是否存在的『騎士』！」

「你沒有資格評斷我的夢想。」

「不，我有資格。因為我和你是命運共同體！我們不是要一起賺一千萬嗎？如果你被夢想或是女人迷惑，我會很傷腦筋！你到底在想什麼！你每次和保科見面，問的全都是關於《星塵夜騎士》的劇情！是希望她喜歡你嗎？還是你打算抄襲？總之，你的心已經完全被奪走了！我勸你趕快清醒！」

「但是——」

「『騎士』根本不存在！因為你喜歡保科，所以才希望可以相信那些莫名其妙的話！你全都是為了自我利益。你基於這種理由利用這家『店』，怎麼對得起純哥和熊哥！」

良平把剛才承受的衝擊全都告訴了健太。老闆這麼討厭遺忘的理由、純哥成為業務員的經過，以及熊哥笑容背後的決心。

「難道你要利用這家『店』，調查自己迷戀的女人說的那些不合邏輯的話嗎？開什麼玩笑！」

他已經完全不知道自己該前進的方向了。他只知道一件事，那就是健太和他看向不同的方向。

——我們到底該怎麼辦？

他只能把這些失去出口的激情對著健太宣洩。

不一會兒，健太靜靜地開口了。

「——首先，我要為一件事向你道歉。」

哼。良平用鼻子哼了一聲，動作粗暴地靠在椅子上。

「只有一件事嗎？」

「我的確愛上了保科瞳美，這件事我承認。」

他面色凝重地注視著水晶球，嘴唇微微顫抖。

「但是，我這麼在意她，不光是因為這個原因。」

健太在措詞上很小心謹慎，也許即將觸及問題的核心。

「當初我提出『我們來當偵探』是有原因的。雖然我那時對你說要利用這家『店』的資料偷偷進行，但這不是真正的理由。」

「那你倒是說說什麼是真正的理由。」

健太原本看著水晶球的雙眼直視著良平。

「我之前不是告訴你，我只有一部作品獲得了新人獎的佳作嗎？」

「對，所以呢？」

「——完全一樣。」

「什麼？」

「名字和情節都完全一樣。」

良平完全聽不懂他在說什麼。

「你在說哪件事？」

「我在車站前第一次聽到星名的歌時，簡直難以置信。因為我之前獲得佳作的作品名字，也叫《星塵夜騎士》。」

記憶六　立志成爲漫畫家的男人

健太走進「遭多夢」咖啡店時，保科瞳美已經坐在那裡。她今天沒有戴針織帽，而是戴了一頂很像是棒球帽的帽子，而且壓得很低。不知道是不是因為今天是她休假的日子，所以沒有戴假髮，帽子後方露出一頭黑色長髮。即使她和平時的打扮不同，健太也一眼就認出了她。

健太坐下之後，店員立刻來為他們點飲料。他們像往常一樣，點了兩杯「招牌冷萃咖啡」。

「不好意思，臨時約你出來。」

「別這麼說，只要妳有需要，我隨時都樂意奉陪。」

他的腦海中頓時閃過良平的臉。良平一定很生氣自己丟下石塚巖的預約，選擇和保科瞳美見面。雖然明知道如此，但健太仍然對瞳美說「我隨時都樂意奉陪」，他忍不住對自己苦笑。

「那我不說廢話了，就是這個。」

瞳美警戒地打量周圍後，拿出一張折起的信紙，攤開後出示在他面前。內容和寄給他們兩個人的警告信很相似。

『不要再告訴文字工作者任何事。』

就連文體都相同，八成出自同一人之手。如此一來就產生了一個疑問。誰有必要做這種事？

「妳還記得交給妳這封信的人長什麼樣子嗎？」

健太知道不可能聽到有太大幫助的回答。

瞳美果然聳了聳肩。

「對不起，我完全不知道。雖然我會看每一個粉絲的臉，但不知道這封信是誰交給我的——」

良平斷言，「一定是剛志」。健太也知道這是最合理的說明，但是如果是剛志，為什麼要把這封信交到瞳美手上？雖然也不能排除她和剛志串通，為了表示自己「和剛志沒有關係」而說謊。

——但是，並不是這樣。

健太確信。

——另有「真相」。

這個世界上，只有自己知道的「匪夷所思的事實」就是他判斷的根據。

「妳有沒有告訴別人，和我見面的事？」

瞳美立刻搖了搖頭說：

「不，我沒有告訴任何人，所以才會感到害怕。」

除了良平以外，只有剛志知道健太和她見面，既然這樣，除了御菩薩池剛志以外，不可能有其他人寄這封信。當然，無法完全排除「被別人看到」的可能性，但如果真的被人看到，就會產生第二個疑問——為什麼「目擊者」知道他和良平自稱是文字工作者？

「老實說，我也很猶豫今天要不要來和你見面。現在不是有很多跟蹤狂之類奇怪的事件嗎？但又覺得與其自己一個人，還不如和你在一起比較安心。」

看著瞳美低頭的樣子，健太發現自己臉頰泛紅，心跳加速。明明是這麼嚴肅的場面，他卻因為其他原因心情激動。

——和你在一起比較安心。

瞳美的這句話在他腦海中產生了回音。

第二次見面時，他就對瞳美產生了好感。

——我有點期待你會不會打電話給我。

聽到瞳美說這句話時，他確信自己戀愛了。內心深處有一股暖流，他感到呼吸困難。瞳美的外形的確是他喜歡的類型，但她最迷人的地方就是她不會裝模作樣，言行舉止都很率真不虛偽。健太以前沒什麼戀愛經驗，但知道這就是所謂「戀愛」的感情，否則絕對不可能不顧石塚巖，以她為優先。

「——但是見到你之後，稍微鬆了一口氣。」

瞳美喝了一口咖啡，露出安心的笑容。

「我決定暫停表演一段時間。」

瞳美說出了意想不到的話，但她很平靜。

「我覺得很可怕，所以打算在事情平息之前，暫時不出現在公共場所。幸好我的大學同學一個人住在練馬，我會暫時去住她那裡，所以請你不必為我擔心。」

「真不好意思，因為和我們扯上關係——」

瞳美愣了一下，微微偏著頭。

「我們？」

健太一時不知道她覺得哪裡有問題，但仔細想了一下之後，就發現從來沒有告訴她，自己和良平一起行動這件事。而且這件事很重要。如果剛志和瞳美是「同夥」，剛志就會告訴她，在她周圍四處打聽的文字工作者有兩個人。假設她事先得知這件事，會在這個瞬間對「我們」這兩個字出現這樣的反應嗎？倘若她事先知道，聽到這兩個字不是根本不會有任何反應嗎？

「其實我們有一個團隊在查這件事。」

健太臨時改口，沒有說是「兩個人」。

雖然他個人認為「瞳美和剛志是共犯」的可能性並不存在，但也不能否認這種解釋更合理。既然這樣，就不能完全排除這種可能性，如果他們真的是「共犯」，他剛才說的這句話有可能使他們陷入混亂，也許會卯起來調查「根本不存在的團隊成員」。

但是，瞳美似乎並沒有產生興趣，只是說了一句不痛不癢的話。

「這樣啊。」

「但我是基於個人的興趣，想深入瞭解《星塵夜騎士》。」

瞳美眨了眨大眼睛，微微探出身體。

「我之前就很好奇，你為什麼對《星塵夜騎士》的內容這麼感興趣？」

健太大吃一驚，移開了視線。

——因為剛好和我獲得新人獎的漫畫同名。

如果這麼告訴她，不知道她會露出什麼樣的表情。

在澀谷車站前第一次聽到她的歌曲時，一時無法相信。因為和他「自稱」是個人最佳傑作相同名字的那首歌，無論歌詞和旋律打造出來的世界觀，都和自己的作品太神似了。

從瞳美口中得知的漫畫故事——「席娜」被「暗物質」抓走，「利奧」加入了「星塵夜騎士」的基層組織，所有的情節都完全相同，這已經不是令人匪夷所思而已，根本是異常狀況。

「——不瞞妳說，我的目標也是成為漫畫家。」

健太只說了這句話，伸手拿起咖啡。

「這樣啊。」瞳美瞪大眼睛笑了笑，「很棒啊，你有沒有去投稿參加比賽？」

「有啊，而且之前曾經有一次獲得佳作。」

「哇，好厲害！我想看你的作品。」

「不好意思，我手上沒有那部作品了。」

瞳美瞇起眼睛，一臉懷念的表情抬頭看著天窗。

「其實，在『騎士』和我斷絕聯絡後，我透過一次機會得知，他還沒有放棄夢想。」

健太心跳加速。

「《星塵夜騎士》獲得了《和平少年週刊》的新人獎。總共二十頁左右的內容，畫到『利奧』決定入團為止。雖然很遺憾沒有獲得最大獎，但是我真的很高興——因為這代表『騎士』正在朝向夢想前進，所以我也必須努力。」

就連刊登作品的雜誌名字都一樣，這已經不只是巧合而已。瞳美說的《星塵夜騎士》絕對就是自己畫的《星塵夜騎士》，問題是為什麼會發生這種事？

「——所以，當我進入歌唱比賽的決賽時，我發自內心感到高興。」

目前能夠想到的可能性——那未免太可怕了。

「我原本打算在決賽時唱《星塵夜騎士》這首歌，因為我想如果『騎士』看到電視，我就可以藉此向他表示『我也努力到了這一步』，但是在排演之後，製作人突然要求我換另一首歌。」

健太又喝了一口咖啡，專心聽瞳美說話。

「換歌？為什麼？」

「這只是我自己亂猜而已，但如果剛志說的『買冠軍』那件事屬實，恐怕是電視台方面基於某些意圖這麼做。」

原來是這樣。健太完全瞭解了狀況。

「也就是說，如果妳唱了《星塵夜騎士》，所有觀眾都會懷疑『柊木琉花是事先安排好的冠軍』，是不是這樣？」

瞳美開心地點了點頭。

「雖然有點自吹自擂，但我認為《星塵夜騎士》完全不輸任何一首歌。正因為這樣，所以才會在排演之後，電視台就馬上出面干預。最後我在決賽時唱的是《流星的歸途》，是另一首曲風很像的歌曲。」

「即使這樣，我仍然認為比賽的結果有問題。」

這不是奉承，也不是安慰。雖然她在最後關頭被要求更換歌曲，但是任何人都看得出來，她仍然比柊木琉花出色好幾倍。

「——雖然這麼說有點那個，但現在我對當初沒有獲得冠軍並沒有太多懊惱。雖然那時候每天晚上都以淚洗面。」

「啊，是嗎？」

「對啊，最遺憾的就是沒辦法在電視上唱《星塵夜騎士》這首歌。因為如果『騎士』有看電視，他相信我一定會唱《星塵夜騎士》，因為那是我們的約定。」

瞳美說完這句話，露出了凝望遠方的眼神，她一定看到了逝去的日子。

「因為我們在那天約定——」

她又重複了這句話，健太只能默默看著她。

第四章　反擊的一著

1

良平一時無法理解狀況。健太曾經投稿參加《和平少年週刊》的新人獎，也順利得了獎，他「自稱」是個人最佳傑作——那部作品的名字，竟然和瞳美與「騎士」感情交錯的作品相同，都是《星塵夜騎士》。

「對不起，我之前完全都沒有向你提這件事。」

健太有點不快地拿起裝了自己記憶的小瓶子。

「但是，我希望你瞭解一件事。我的確愛上了保科，這點我承認，但是我提出要調查她，並不是因為這個原因，而是我想瞭解實在太詭異的現實。」

而且兩部作品並不是只有名字相同。從故事中的人物到故事情節，所有方面都很像，已經不能用「巧合」這兩個字來解釋了。

「——我也說得太過頭了，對不起。」

良平只能勉強擠出道歉的話。因為他完全不知道該如何說明現狀。

「你有什麼想法？」

健太露出探詢的眼神，良平也只能嘆息。

「我完全沒有頭緒，但是……」

——「騎士」這個人的確存在。

事到如今，已經無法堅稱「騎士」是虛構的人物。既然這樣，那就只有一個疑問——「騎士」到底是誰？

「——我可以說一說我的想法嗎？」

健太用極其平靜的語氣，吞吞吐吐說了起來。

「只有一種方法可以說明這種狀況。」

「什麼方法？」

「什麼意思？」

「我的記憶中，失去了關於保科瞳美的部分，有沒有這種可能性？」

「也許我之前曾經來『店』裡利用過『新客方案』，然後出售了關於她的記憶，以另一個人的身分繼續過日子。我和『騎士』的作品一致並非偶然，而是我就是『騎士』。」

完全超乎想像的新觀點——乍聽之下似乎很合理，也很有說服力，但是冷靜思考後，就發現了明顯的問題。

「如果是這樣，保科和你見面時不是會發現嗎？不僅如此，你小時候每年都會去高知嗎？」

「——不，我父母的老家都在東北。」

雖然健太出售關於瞳美的記憶，導致記憶中完全沒有關於她的部分並非不可能發生的事，但是他在留下對她的記憶之前的人生並不會因此改變。既然這樣，如果他小時候沒有每年都去星守郡犀川町就很奇怪，問題是健太家的親戚都在東北，這一點就可以推翻「健太＝騎士說」的可能性。

「是不是？一開始就發生了矛盾的地方。」

「的確是這樣，而且我的奶奶和外婆都還健在。」

健太不置可否，但並沒有反駁。

良平也猜不透這個奇妙的現實背後的玄機，正因為這樣，所以明確知道接下來該採取的行動。

「對了，你心愛的保科今天晚上在幹嘛？」

拿出手機確認時間後，發現已經晚上八點多了。

「為什麼問這個？」

「因為我也想和保科瞳美見一面。」

健太聽了良平的話，難得露出猶豫的表情。

「但是，我才剛和她見過面。」

「你什麼時候變得這麼正常了？」

以前對健太回報的情況不需要聽得太仔細，但是現在不一樣了。在謎團越來越深的狀況下，自己接下來該做什麼——那就是「親耳聽瞳美的故事」。即使無視那封警告信，也要為目前的事態尋找一個合理的說明。幸好神出鬼沒的「流浪歌姬」目前暫停表演活動，所以有辦法見到她。既然這樣，就沒有理由放過這個機會。

健太猶豫片刻，最後終於不甘不願地答應了。

「——好吧，但我也有一個提議，就是你要變裝。幸好保科瞳美還沒有見過華生昴，那我們就充分利用這個『有利狀況』，讓打聽保科過去的『第三個男人』粉墨登場。」

這個提議很正常。健太在情急之下告訴瞳美「有一個團隊」在查這件事——要是順利的話，或許可以讓瞳美信以為真，使他們陷入混亂。

「好主意，那我們就去張羅道具。」

良平正準備站起來，但腦海中浮現了一個「計謀」。這種想法很可能會在目前的奇妙現狀中，發現「決定性的事實」。

已經微微站起的他又重新坐了下來。

「——啊，等一下，也許我們不要一起出門比較好。如果被寫警告信的傢伙看到我們一起去買變裝道具，就白忙一場了。」

「有道理。既然要做，就要做得徹底，你要成功扮演『第三個男人』。」

最後決定由健太一個人出去採買，健太應該完全沒有察覺良平的「計謀」。

健太離開之後，良平立刻去了四樓找柚姊。

「來了來了，是哪一位啊？」

良平敲門後，門內傳來柚姊嬌滴滴的聲音。

「進來吧。」

柚姊正在為觀葉植物澆水。

「啊喲，今天第二次來找我？我看你是愛上我了。」

她調侃地笑了起來，面不改色地走了過來。

「怎麼了？有什麼急事嗎？」

「對，我想要儘快拿到一樣東西。」

「什麼東西？」

「這家『店』有交易紀錄嗎？」

「——有是有，為什麼問這個問題？」

柚姊納悶地歪著頭，良平面不改色地說了謊。

「我想調查目前為止經手客人的交易頻率。因為即使當事人自己忘記，也許過去曾經多次利用這家店的『新客方案』，只要再度和他們接觸，這些人就有可能再次和我們進行交易。」

「你的著眼點很不錯。」

柚姊說完，走向房間角落的桌子，「你想要回溯到多久之前？」

「十年左右。」

「要到這麼久以前？」

柚姊從抽屜裡拿出一台時下很少見到、很像是文書處理機的東西，插上兩、三根電線後，按下了側面的按鍵，像是文書處理機的東西立刻發出了運轉的聲音，開始吐出紙張。

「恐怕要花很長的時間，你要做好心理準備。」

「我可以晚一點再來拿嗎？」

「好，隨時歡迎。」

良平直接下樓來到一樓的電梯廳等健太回來。

二十分鐘後，健太雙手拎了滿滿的袋子走了回來。隔著透明的袋子，看到其中一個裝了「古代髮髻假髮」。

「你猜到我買了很多東西回來嗎？真是太貼心了。」

「因為我猜到某個傻瓜會搞不清楚原來的目的，買古代髮髻假髮回來。」

「這是搞笑啦。」

「如果你不是搞笑，我就要和你斷絕關係。」

雖然良平像往常一樣和健太耍著嘴皮，但走進電梯後，繃緊了全身的神經。從外面進來時都必須經過安檢——確認是本人。

「——我在想，你到底適合什麼裝扮，於是就想試試各種造型。」

「我看到不少根本不值得一試的東西。」

他們像往常一樣站在電梯內的鏡子前。這是已經重複過數百次、數千次的動作。白煙立刻繚繞在他們身邊，很快就出現了九個數字。良平沒有忘記把健太頭上的數字深深刻在記憶中。

最後，良平戴上針織帽和眼鏡，用很普通的方式變裝而已。不用說，當然沒有把古代髮髻假髮戴在頭上。

他們和瞳美約在新宿車站東口的派出所旁邊見面。比約定的時間九點半提早十分鐘到達後，他們沒有刻意聊天，只是看著匆匆忙忙來往的行人。

「——我們第一次是在澀谷見到星名。」

健太小聲嘀咕，如果不豎起耳朵，根本聽不到他說話的聲音。

「嗯，是啊。」

「回想起來，那就是一切的起點。」

那天他們處理完丈夫人問燕發的婦人委託的案件，在回家的路上，剛好看到星名的街頭表演。如果當時沒有聽到《星塵夜騎士》這首歌，就不會捲入這個奇妙的謎團。

「那一天，我們在數億顆閃爍的星星當中找到了『星名』，你不認為這是驚人的奇蹟嗎？」

「——也許吧。」

良平在附和的同時，不經意地抬頭看向天空，今天的天空聚集了很多雲，完全看不到一顆星星。

2

「讓你們久等了。」

瞳美在約定的時間準時出現。她把帽子壓得很低，戴著大口罩，一頭黑色長髮和健太的記憶中相同，但牛仔褲與連帽衫的休閒打扮和「星名」的形象有很大的落差。

瞳美仔細打量著良平，健太向她說明。

「不好意思，又約妳出來，他是我的工作夥伴——」

「我叫二階堂昴。」

脫口自我介紹後，立刻發現自己犯了一個很大的錯誤。他瞄了一眼健太，健太正用眼神說他是「傻瓜」。這根本失去了變裝的目的。因為原本設定他是如月楓和二階堂昴以外的第三個人，但是既然已經說出口，也就只能作罷。良平原本打算拿下帽子打招呼，最後改變主意，只是輕輕鞠了一躬。

「——我叫保科瞳美。」

瞳美微微鞠了一躬，視線一直盯著良平。良平不由得擔心，她是不是發現自己變裝。

「我們換一個地方聊。」

健太說完，邁開了步伐。瞳美立刻加快腳步追了上去，良平跟在他們兩個人身後。近距離觀察時，發現瞳美楚楚動人，簡直就像玻璃工藝品，即使身穿休閒服裝，全身也散發出和路人不同的氣場。走在幾乎沒有交過女朋友的健太身旁，兩個人太不搭了，但又同時令人莞爾。

「——小心別走丟了。」

健太轉頭對他說。

良平默默揮了揮手，跟上了他們的腳步。

他們來到一家以日式創作料理為賣點的居酒屋包廂，天花板掛著日式的燈，和不知道哪裡傳來的昭和歌謠曲，打造出一個溫馨的空間。健太和瞳美並排坐在四人座桌子的一側，良平坐在他們對面。

「保科小姐，妳想喝什麼？」

良平打開菜單，遞到瞳美面前，沒想到她閉著眼睛，一動也不動。良平忍不住和健太互看了一眼，健太也歪著頭，似乎搞不清楚是什麼狀況。

「——啊，不好意思。」

瞳美睜開眼睛，拿下帽子和口罩。

「我超愛這首歌。」

良平不知道這首歌的歌名，但知道這首歌在電視歲末特別節目的懷舊歌曲排行榜上名列前茅。

「我不是說過，我老家開了一家咖啡店嗎？」

瞳美露出探詢的眼神看了過來，良平點了點頭，表示自己聽說過這件事。

「店名叫『星雨咖啡店』，晚上就會變成居酒屋，附近上了年紀的人都會約在店裡聊天喝酒。」

「感覺是一家很棒的店。」

健太在說話時，把原本放在桌子角落的小盤子放在每個人面前。

「有一次，店裡的收音機開始放『昭和十大名曲』，結果原本吵鬧的店內突然安靜下來，所有人都在聽那首歌。」

瞳美抬頭看著天花板，好像在回想當時的情景。

「那時候我就覺得『歌曲的威力太強大了』，可以讓生活在同一個時代的人同時靜下來傾聽，這也是我想成為歌手的契機。」

店員來為他們點餐。

良平和健太點了生啤酒，瞳美點了冰紅茶。

「酒對喉嚨不好，所以我都避免喝酒，但我食量很大。」

良平立刻想起她之前在「遭多夢」吃特大鬆餅的樣子。她眉清目秀，個性卻自然不做作，有一種很平民的親和魅力。

他們天南地北閒聊了一陣子，聊到文字工作者的工作內容，以及他們兩個人在大學相識的過程——健太說話虛虛實實，用沒有矛盾的方式向她說明。令人納悶的是，瞳美對良平的過去很感興趣。雖然良平也知道任何人聽到他曾經環遊世界都會很感興趣，只不過搞不懂瞳美為什麼追問他少年時代的事。

——因為我覺得會去環遊世界的人，應該從小就與眾不同。

她這麼回答，掩飾她的害羞。

「不不不，這些都是當年勇。前幾天接待一個外國客人時，還死了不少腦細胞。」雖然良平謙虛地如此表示，但第一次見面，瞳美就對他表現出這麼大的興趣，讓他感到有點意外。更何況看到瞳美對他這麼感興趣，絕對會感到不爽的人就近在眼前，他覺得很不自在，所以發現時間差不多了，就主動提出了問題。

「——我們可以進入正題了嗎？」

「啊，不好意思，因為你的故事太有趣了，不小心太投入了。」

瞳美放下筷子，喝了一口冰紅茶。

「首先，很感謝妳這麼晚還願意特地來和我們見面。如月剛才把妳的情況告訴了我，明明有人警告妳，要妳『不要和文字工作者有任何牽扯』，妳還願意來接受我們的採訪，實在太不敢當了，萬分感謝。」

瞳美聽到良平這番一本正經的開場白，忍不住笑了起來。

「我們正在寫『追尋夢想的年輕人特輯』，採訪了多位新銳的創作家和音樂人，『流浪歌姬』星名小姐，也就是妳，也是我們想要採訪的對象之一。」

良平仔細觀察她的一舉手一投足，觀察她是否露出不自然的表情，或是試圖想要岔開話題。

「我們在調查的過程當中，發現了妳和御菩薩池剛志之間的關係，於是提出了一個假設。」

「我和他兩個人策劃了那起事件，是不是？」

「對，我至今仍然認為這種情況的可能性最高。」

健太聽了良平的話，驚訝地瞪大了眼睛。因為他們剛才討論時，良平並沒有提到會說這些話。

「當然，我無意說你們是共犯。但是不能否認，繼承了一大筆錢的剛志向妳提供資金援助，也是目前最合理的解釋。請問妳知道我們也收到了警告信嗎？」

瞳美目瞪口呆，露出求助的眼神看著健太。

「——是嗎？」

「不，呃——」

健太準備對向他求助的瞳美說什麼，但良平不讓他繼續說下去。

「沒錯，就是這樣。在收到那封警告信時，只有妳和剛志兩個人知道我們在調查妳的過去，用符合邏輯的方式思考，就是你們其中一人寄了警告信。」

瞳美馬上反駁道：

「那為什麼我也收到了？」

「這是自導自演，藉此表示是剛志一個人幹的。」

她露出輕蔑的眼神，似乎表示感到意外，但是並沒有畏縮。

「整個故事很出色，雖然不知道是誰寫的劇本，連細節都想得十分周到，我甚至覺得『騎士』這個角色根本不需要設定得這麼詳細。」

「真的有『騎士』這個人。」

瞳美很憤慨。

「所以我想請妳告訴我，請妳把妳所知道的『騎士』毫無隱瞞地告訴我，讓原本抱持懷疑態度的我，也能夠相信真的有『騎士』這個人。」

她注視著桌子上的某一點良久，然後下定決心般抬起了頭。

「——好啊，從哪裡開始說起？」

「請妳再說一次你們相識的過程。我聽說當時剛志他們欺負他，妳去救了他。」

「是啊，『騎士』的額頭流著血，所以我就帶他去了奶奶家。」

「『騎士』在那裡第一次看到漫畫？」

「我至今仍然無法忘記『騎士』當時雙眼發亮的樣子。因為他興奮地說了好幾次『太猛了，有這麼多漫畫』，當時我心裡想的是完全無關的事。」

「妳當時在想什麼？」

「『他說自己是從東京來的，太帥了』，而且我不懂這麼想，也實際說了出來，結果『騎士』害羞地問了我好幾次『什麼？妳覺得我很帥？』因為在那之前，好像從來沒有人說過他帥。」

之前就聽說「騎士」是個不起眼的少年。個性文靜，不引人注意，也很木訥——聽到剛認識不久的少女說他「很帥」，一定對他造成了整個世界都天翻地覆的巨大衝擊。

「『騎士』說，他在學校完全沒有朋友，平時都坐在教室角落看書，每天都過著這種生活。他還說『即使我消失，也不會有人發現』——」

「嗯，每個班上都會有一、兩個沒有存在感的人。」

「『沒有留在任何人的記憶中的人，就和死了沒有兩樣』，這也是他對我說的話。反過來說，『只要還有人記得，那個人就還活著』。」

——百億年後，在那顆星星編織愛的人們，將會聽到這首歌，看到這道光。

良平突然想到《星塵夜騎士》的一段歌詞，只是他也搞不懂為什麼會在這個節骨眼想起這件事，但他認為「騎士」的哲學和《星塵夜騎士》的歌詞表達的感情極其相近。

「『騎士』為什麼想成為漫畫家？」

瞳美聽了這個問題，露出靦腆的笑容。

「——因為我喜歡漫畫。」

良平第一次聽說這件事。

「所以『騎士』喜歡妳？」

「雖然自己說很奇怪，但反正已經過了時效。」

健太立刻向良平投以意味深長的眼神。雖然這並不是關於「健太＝騎士說」的決定性資訊，但健太和自己之間的確產生了微妙的緊張感。難道健太相隔十年，再次愛上了同一個人，又重新愛上了一度從記憶中消除的保科瞳美嗎？

「那是小學四年級的時候，當時《和平少年週刊》正在連載一部漸漸走紅的漫畫。你們應該知道《終極萊拉》吧？因為漫畫很有趣，所以我就說：『此時此刻，地球上只有作者知道這個故事的後續發展，不知道作者在想什麼？』『騎士』很喜歡我說的這句話，最好的證明就是他在最後一天對我說：『妳一定很想知道故事的發展，真希望我也可以畫出這樣的漫畫。』」

——因為此時此刻，地球上只有我知道這個故事的後續發展，你不認為這件事很了不起嗎？

這就是剛認識健太時，他說自己「想成為漫畫家」的理由。這也是巧合嗎？真的只是「騎士」和健太有相似的想法而已嗎？

這時，默默聽他們說話的健太開了口。

「——保科小姐，請問妳對『騎士』有什麼看法呢？不，我純粹只是好奇而已，妳喜歡『騎士』嗎？」

這次輪到良平說不出話來。

「和喜歡不太一樣，我並不是因為他是異性而被吸引，雖然我不知道該如何準確地表達，但有一件事很確定，我無法忘記『騎士』，而且他也是我心目中的英雄。」

「英雄？」

「對，雖然現在仍然無法瞭解真相，但是我深信這件事。」

「哪件事？」

「是『騎士』把剛志推進河裡。」

接著，她詳細說明了那年夏季廟會的情況。在廟會會場內，身上被丟了很多蟲子，以及走去「飯糰山」時，在橋上看到兩個人影，比較矮的人影完全沒有碰另一個像是剛志的人影，就把剛志推入了河中。和之前從健太口中聽說的「夏季廟會夜晚的少女記憶」——完全一致，分毫不差。

「你們應該知道，我奶奶就是在那次夏季廟會的前一年去世的。剛志偷了漫畫，我責怪奶奶。『騎士』得知這件事的來龍去脈後氣得發抖，只不過在他得知這件事時，已經沒有時間了。所以他在回東京那天的傍晚對我說：『明年夏天，絕對要好好教訓剛志。』」

「然後就真的教訓了他嗎？」

「隔年夏天，『騎士』一來犀川町，就說了他的計畫。他說『要奪走剛志最重要的東西』。」

那是不引人注目也不起眼的少年，每年一次可以成為另一個自己的時間。也許是因為那裡是沒有人認識「平時的他」的「另一個世界」，也許是在喜歡的少女面前展現最大瞬間風速的燦爛。

「剛志家的門禁很嚴格，只要五點一過，大門就會鎖上。但是，剛志位在二樓房間的窗戶從來不鎖，他都會從窗戶爬到庫房屋頂，從那裡出入，然後晚上溜出去玩，於是我們就決定反向利用。」

「騎士」竟然趁剛志溜出去玩時，從他房間的窗戶潛入他的房間。瞳美在外面把風，沒想到「騎士」還沒出來，剛志就回家了。

「我拚了命攔著剛志，為了分散他的注意力，故意大聲說一些會激怒他的話。我猜想那一次是我這輩子說出最惡毒的話的時候，因為我對著他說了所有能夠想到的罵人話，然後眼角瞄到『騎士』從剛志房間的窗戶離開了。」

好不容易從剛志房間逃出來的「騎士」，手上握著簽名棒球。

「剛志以前想成為職棒選手，我對棒球一竅不通，所以完全不知道，據說好像是當時很紅的選手親筆簽名的球。」

——那一天，那傢伙害我弄丟了心愛的簽名棒球，還差一點在水位暴漲的河裡溺死。

和剛志在那家酒吧說的話完全一致。

「——剛志也說了相同的話。」

健太說，瞳美驚訝地瞪大眼睛問：

「你和剛志見了面嗎？」

「對，他當時說，『在小學五年級的暑假失去了心愛的棒球，而且還掉進河裡，差一點溺死』。」

瞳美拿起筷子的紙套，折成漂亮的形狀。

「那天晚上是向來無敵的剛志，唯一一次徹底輸了。我不知道『騎士』是怎麼把他推下河的，但是我確信一件事，那是『騎士』在為我奶奶報仇。」

瞳美說的話很合理，也能夠理解她想要這麼相信的心情。

但是。

「——懦弱文靜的『騎士』是剛志的對手嗎？」

良平問了之前也曾經問過健太的問題，因為這是他百思不得其解的地方。在他的想像中，「騎士」並不是有能力和剛志對抗的人。正因為這樣，所以才會忍不住插嘴問了這個問題。即使「騎士」和平時不一樣，也沒辦法使用「超能力」。

「『騎士』的確很懦弱，也很文靜，是一個很不起眼的少年，但這只是平時的他。在我眼中，他來犀川町的時候，是比班上同學更有魅力的英雄。」

當敵人逼近時，主角「利奧」為了保護「席娜」，向星座借劍。「騎士」也一樣，為了心愛的人，從某個地方獲得了對抗剛志的勇氣嗎？然後用神祕的「氣功」，在完全沒有觸碰對方一根手指的情況下，把體格是他一倍的人推下橋嗎？

「『騎士』遵守了約定，他按照約定教訓了剛志，所以他絕不可能忘記我們最後的約定。」

這個最後的約定當然就是關於《星塵夜騎士》的內容。但是，當時的約定至今仍然沒有實現，不僅如此，「騎士」甚至已經不在這個世界了。

瞳美說完之後，良平也只能默默喝著杯子裡的水。

之後也沒有獲得任何有關「騎士＝健太說」的決定性線索。

為了以防萬一，良平也和她交換了電話，在十二點之前解散了。

來到大馬路上，健太舉手攔計程車，但遲遲攔不到車子。

於是，良平決定問最後一個問題。

「聽了妳說的這些事之後，我也開始覺得『騎士』真的存在。這不是唬弄妳，而是我的真心話。」

原本看著馬路前方的瞳美猛然回頭看了過來。

「但果真如此的話，這樣真的好嗎？」

也許會不歡而散，也許她會哭。雖然良平有這樣的預感，但無論如何都想在臨別前確認這件事。

即使終於攔到了計程車，計程車停下後開了門，瞳美仍然沒有上車。

「我不知道該怎麼說，但妳目前所做的事，不正是為了自己的利益，利用了『騎士的死』嗎？」

「你在說什麼啊！」

健太質問道，但良平不理會他，繼續說了下去。

「這真的是妳和『騎士』所描繪的未來嗎？」

計程車司機按著喇叭，催促她趕快上車。

「雖然聽起來像是佳話，但這樣真的好嗎？」

瞳美咬著嘴唇，最後費力地擠出一句話。

「——你根本搞不清楚狀況。」

她說完這句話，頭也不回地坐上了計程車。健太慌忙地從皮夾裡拿出一萬圓，但載了瞳美的計程車已經離開了。

良平急忙攔了計程車直奔「店」裡，把健太獨自留在原地。

——你想幹嘛？

健太當然會生氣，但良平無法不問那個問題。

「騎士」留給她一大筆錢，讓她能夠再次朝向夢想前進。這也許是「騎士」的心願，但是這樣真的好嗎？「騎士」為什麼沒有遵守約定，選擇走上那條路？

聽了瞳美說明的情況後，讓他再次確信。

——「騎士」真有其人。

這已經是不用懷疑的事實。姑且不論他是否真的留了一大筆錢給瞳美，但這個人的確存在。既然這樣，內心就不由得產生了剛才問瞳美的那個疑問。

——這樣真的好嗎？

他心不在焉地想著這件事，計程車已經停在「店」附近。剛才請柚姊幫忙的事應該已經完成了。他克制著內心的激動來到四樓。

他敲了敲門，門內傳來柚姊慵懶的聲音。「請進。」她發現是良平，氣鼓鼓地遞給他兩個大紙袋。

「——這就是你要的『交易紀錄』，下次不要再叫我做同樣的事了。」

良平鞠躬道謝後接過紙袋，立刻回到了單身宿舍。

一進門，他立刻打開了電腦，也打開了掃描器，然後從兩個紙袋中拿出十年份的交易紀錄。日期旁有九個數字，龐大數量的交易紀錄幾乎讓人昏倒，不知道天亮之前能不能搞定。他單手拿著路上買的能量飲料，默默開始作業。

早上七點半，太陽已經升起。終於掃描完所有的交易紀錄，因為睡意而即將停擺的大腦突然清醒過來。

終於要逼近「真相」了。

他首先輸入了自己的「個體識別號碼」。螢幕中央的綠色區塊持續向右延伸，正在從掃描到電腦內的資料中，搜尋相同的文字列。綠色區塊很快就消失，螢幕上顯示了結果。

『相符資料　0筆』

這代表過去十年的交易中，並沒有和自己相同號碼的資料。雖然事先就預料到這種情況，但內心也暗自鬆了一口氣。自從發現健太和「騎士」有很多奇妙的共同點之後，腦袋深處隱約產生了一絲不安。也許自己之前也曾經在「店」裡進行過某項交易，只是因為參加了「新客方案」，所以忘得一乾二淨。也許這件事不只是發生在健太身上，而是可能發生在任何人身上——但顯然是杞人憂天。

他立刻調整了心情。接下來才是重點。他輸入了在電梯中確認的健太的號碼，按下確認鍵——。

看到顯示的結果，良平無法動彈。

放在一旁的手機收到了健太傳來的訊息。

『你起床了嗎？今天也在店裡集合嗎？』

但是，他的雙眼緊盯著電腦螢幕。

『相符資料 1筆』

那是三年半前的春天。

當時，健太在「店」裡進行了交易。

3

「下週六、日，要不要去犀川町？」

健太滑著手機，突然這麼問。

「做平時不會做的事，有時候會意外找到突破口。」

他們在「店」裡的休息室見面後，對昨晚發生的事交換了意見，最後發現兩個人的想法終於一致——那就是認為「騎士」確有其人。

「話說回來，聽到她說『地球上只有作者知道這個故事的後續發展』這句話時，我的心臟差點停了。」

健太搞笑說道，但良平完全笑不出來。因為他已經知道了一件事，那就是健太以前曾經在「店」裡做過交易這個事實。雖然原本就猜到了，但親眼看到證據，還是覺得很可怕。眼前露出笑容的健太，和「那時候的健太」完全是不同的人。自己所不知道的──就連健太自己也不知道的健太，曾經生活在這個世界的某個地方。

「去了犀川町後，如果能從保科小時候的朋友口中得知『保科小時候有心靈創傷』，我們就穩操勝券了。」

健太完全不知道良平內心的想法，繼續喋喋不休。

「為什麼？」

「良平，你真遲鈍。『有心靈創傷的人』，不是很可能成為這家『店』的客人嗎？從這個角度來說，你昨晚的表現可能會造成她的心靈創傷。」

你想不想用「收取」的方式，消除過去的心靈創傷？這種說詞的確是拉生意時基本中的基本，但瞳美的這件事中有無法這麼簡單解決的特殊狀況。

「──我反對。」

「為什麼？」

「你的目的不是『為了記憶的轉移』，而是『窺探保科的記憶』，我們不知道『守門人』會如何判斷。」

「守門人」會隨時監視自己的記憶──除非是為了營利目的，否則不可以告訴他人有這家「店」的存在，這是絕對不可違反的規定。純哥說，只要有「轉移記憶的意圖」就不會有問題，但是在瞳美這件事上，明顯有「另外的意圖」，無法判斷是否過得了「守門人」這一關。既然這樣，良平認為必須「謹慎行事」，沒想到健太的反駁完全出乎他的意料。

「——關於這件事，我已經實際測試過了。」

「什麼意思？」

「即使有其他意圖，『守門人』也會放行。」

健太的意見太令人驚訝了。果真如此的話，用這種手法把保科瞳美找來「店」裡並非不可能的事，但是健太到底什麼時候實際測試了這件事？

「我之前不是用『捕蟲少年的記憶』噴剛志嗎？那時候，我告訴剛志有這家『店』，但是，我最大的用意並不是希望他來『店』裡做交易。雖然我也考慮過拉他成為客人的可能性，但是我最大的目的是『吸引他的興趣，安排機會單獨和他談話』。」

「所以呢？」

「所以，只要有『轉移記憶的**意圖**』，即使那並不是首要目的也沒問題。純哥不是也說了嗎？『守門人』的判定很有彈性，避免影響業務員的機動力。」

健太使用記憶噴霧噴剛志時，最大的目的絕對不可能是「讓剛志成為客人帶回『店』裡」，在那種狀況下，只是希望「吸引剛志的興趣，進一步掌握有關保科瞳美的情況」。這麼一想，就覺得他說的話似乎沒錯。按照這個邏輯，的確可以把「店」的事告訴保科瞳美。

「怎麼樣？你有辦法反駁嗎？」

「——不，你說的有道理。」

雖然健太說的有道理，但良平還是對健太曾經做了這麼危險的事感到驚訝。雖然「守門人」最後並沒有奪走他的記憶，算是驚險過關，但如果當時判定他「出局」，在那個時間點，「健太就不再是健太了」。

「那我們來整理一下目前的狀況。」

健太豎起三根手指。

「我們目前必須考慮三件事。首先就是『店』裡的業績，其次是『縱火事件』。我知道你終於同意『騎士』真有其人這件事，但如果因此就排除『保科和剛志共謀犯案』的可能性，未免太操之過急。」

良平沒想到他清楚瞭解現狀，暗自鬆了一口氣。

「——接著是最後一件事，那就是『騎士到底是誰？』這個問題。」

良平再次回想起今天早上的事。螢幕上顯示了『相符資料 1筆』的文字——三年半前，健太曾經在「店」裡進行交易。三年半前就是他們在教室相遇前不久的春假，健太當時到底——。

良平猶豫再三，不知道該不該說出實情，但最後還是決定保持沉默。

「——怎麼了？」

良平猛然回過神，剛好和探頭看他的健太對上了眼。

「你看起來愁眉苦臉。」

良平默默搖了搖頭，故作平靜。

「沒事，我們來研究下週去犀川町的計畫。」

他們決定展開「保科瞳美的故鄉之旅」，於是走出休息室，準備去街上。聽到「叮」的一聲，電梯門打開，純哥和一個看起來像是客人的壯年男子走了出來。

「喔，你們還好嗎？」

純哥爽朗地舉手向他們打招呼，他們兩個人向純哥鞠了一躬。

良平立刻瞄了一眼純哥身旁的男人。男人的兩道濃眉下是一雙看起來很聰明的眼睛，身材壯碩，不知道是否從事什麼運動。雖然只是白襯衫搭配棉長褲的簡單打扮，但散發出威風凜凜的感覺。

「那就改天再聊——」

純哥和男人一起走進了後方的房間。

走進電梯時，健太好像在自問般嘀咕了一句。

「——剛才那個人是誰？我好像在哪裡見過。」

即使聽到健太這麼說，良平也完全沒有頭緒。

4

新的一週又開始了。

良平整天開著公務車拜訪客戶，回到分行又挨經理的罵。雖然終於有客人願意聽他介紹產品，但至今仍然沒有任何成果。

——既然這樣，就只能繼續奔波。

正因為有「店」的業績和「星名之謎」等數不清的煩惱，所以更不能停下腳步。他在分行內的時間自然減少，整天都在外面拜訪客戶，時間一久，當然也就不知道白天在分行內發生了什麼事。

在這一週即將結束的週五早上，他才知道那件事。

「——但是昨天警察上門時，我嚇了一大跳。」

良平冷不防聽到兩名女同事邊處理後勤事務邊閒聊的內容，他把資料塞進跑外勤用的公事包，同時豎起了耳朵。

「不是從我們分行的自動提款機匯出去的嗎？」

「對啊對啊，好討厭，身邊竟然發生這種事。」

聽了之後才知道，原來昨天有警察來分行調查一起「匯款詐騙案」，受害民眾是從這家分行的自動提款機匯款給歹徒。分行經理和課長都接受了簡單的偵訊，並向警方表示，最近並沒有發生任何可疑狀況。

「那個人真可憐，聽說被騙了一百五十萬。」

「話說回來，接到失蹤了十年以上的兒子突然打來的電話，通常不是都會懷疑有問題嗎？」

工作用的檔案夾從手中滑落——發出了巨大的聲響，有好幾名行員都轉頭看了過來，但是，良平沒有撿起散落在地上的資料，整個人愣在那裡。

「你要站在這裡偷懶到什麼時候？」

即使經理在他身後挖苦，他也完全充耳不聞。

——不會吧，怎麼會……？

但是，無論金額和狀況都完全吻合。突然接到失蹤多年的兒子打來的電話、被騙走了一百五十萬。良平全身的毛孔張開，冷汗直流。他胡亂地抓起地上的資料丟在桌子上，頭也不回地衝了出去。

他坐上公務車，拿出手機，從通話紀錄中找出想要找的那個號碼，立刻撥打了電話。經過簡直可稱為永遠的時間後，電話終於接通了。

「——喂？」

平淡的聲音中完全感受不到活力。

「喂，是我。我是二階堂。」

「喔，原來是你啊。」

「請問——」

「這下子完蛋了。」

良平拿著手機的手開始微微顫抖。預料中的事果然發生了。

「發生什麼事了嗎？」

巖的聲音聽起來極度憔悴，難以想像前幾天他才因為「出售」了記憶，興奮地說「總算有著落了」。

「——這下子完蛋了。」

「發生了什麼事！請你告訴我！」

「那是詐騙。」

良平頓時感到腦袋一片空白。

「那不是徹也，不是徹也——」

——不瞞你說，徹也可能會幫忙。

良平想起那天傍晚，巖面帶笑容說這句話的樣子。

下一剎那，良平用力踩下了油門。

他急急忙忙趕到石塚巖家中後，毫不猶豫推開了院子門。他大步走向主屋，按了玄關的門鈴，但只聽到門鈴聲在房子內空虛迴盪的聲音。他按了好幾次門鈴都沒有聽到回應，於是只好大聲喊叫。

「石塚先生！是我！我是二階堂！」

他邊叫邊轉動玄關門的門把，發現門沒有鎖。

「巖先生！」

他推開門，又叫了一聲。

「——進來吧。」

後方的房間傳來一個幾乎聽不到的聲音。良平粗魯地脫下鞋子，急忙進入屋內。內心的懊惱和憤怒讓他快氣炸了。

良平打開了走廊深處房間的紙拉門。巖背對著門，跪坐在兩坪多的和室正中央，他的背影看起來比之前又小了一圈。從後方窗戶照進來的陽光，在榻榻米上留下了他的身影。他的影子在微微搖晃。

「石塚先生？」

良平繞到對面，同樣跪坐在他面前。

「——他說之前和公司的會計聯手，挪用公款拿去買了股票。」

巖用力握緊放在腿上的雙拳。

「如果不準備一百五十萬，公司就會提出刑事告訴，所以他要我救他。」

良平說不出話來，只能像石頭一樣愣在那裡。

「十多年前撂下狠話離家出走的不孝子，從來沒有打過一通電話回來，現在卻要我救他……雖然照理說會這麼想，但我忍不住鬆了一口氣，覺得以後終於可以依靠徹也了——我在內心深處忍不住這麼想。」

良平雙手放在榻榻米上，深深低下了頭。

「——都怪我，我當時應該向你問清楚。」

「你在說什麼啊，當然要怪我自己太蠢了。」

「不，是我的錯——」

雖然只是一閃而過的念頭，但是良平當時的確產生過疑問。因為他聽到巖說「只要有一百五十萬，就可以擺平」這句話時，感到有點不太對勁。

但是，最後他還是把疑問吞了下去，並沒有問出口。難道是因為想趕快完成交易嗎？還是認定巖不可能這麼不幸？事到如今，理由根本不重要，因為已經無法改變巖成為犧牲品的現實。

「我失去了關於老婆的記憶，因此得到的錢也被騙走了……」

良平淚流不止，視野中的榻榻米也開始扭曲。

早知道應該在發現巖關於工作的記憶並不值錢時，就中止交易；早知道不應該多嘴說什麼「你深愛太太的記憶應該更值錢」這種話。

「對不起。」

良平向巖道歉，把額頭貼在榻榻米上。

「你為什麼要道歉？」

「因為當初是我問你，『要不要出售記憶？』」

「你錯了，是我自己決定要出售記憶。更何況如果真的有需要，不是還可以『購回』嗎？」

理論上並非不可能，但是現實上真的無法做到。因為「購回」的金額是核定金額的兩倍，巖必須支付四百萬才能重拾那些記憶——如果他有辦法籌出這麼多錢，就不會遇到目前這種事了。

良平的額頭貼著榻榻米，一五一十說明了之前從柚姊口中問到的情況。他沒有勇氣抬頭看巖聽他說話時，臉上露出什麼樣的表情。

「——這樣啊，那就沒辦法了。」

頭頂上傳來靜靜的聲音。

「因為我猜想如果你得知這件事，應該會感到自責，所以原本不打算告訴你。」

良平遲遲無法抬起頭，在原地一動也不動。

5

星期六中午過後，良平和健太兩個人在離犀川町最近的「星野」車站下了車。

從搭飛機到換乘搭區間車來到這裡，全程共花了大約四個小時。車站雖然有人驗票，但只要跨過月台角落的柵欄就可以搭霸王車。

「——這裡真的什麼都沒有啊。」

健太有模有樣地戴上墨鏡，打量著周圍。早起加上舟車勞頓，而且在車上時，良平告訴他巖淪為詐騙犧牲品的事，所以他的情緒比平時低落。

車站前有一個小型圓環，圓環後方有幾家店，明明是白天，路上卻幾乎看不到行人，完全是典型的、漸漸沒落的山間地區的農業小鎮。

「原來這個鳥不生蛋的地方，就是保科瞳美的故鄉。」良平一提到瞳美的名字，健太就露出滿面愁容。因為這一個星期，健太都無法聯絡到瞳美，所以有這種反應也很正常。

——你故意找她麻煩，所以她連我也一起討厭了。

也因為這個原因，健太最近經常這麼數落良平。

他們一起坐上停在圓環的唯一一輛計程車。

「請去『星雨咖啡店』。」

健太還沒有說完，稍有年紀的司機就說了一聲：「好的。」然後把車子開了出去。

車窗外是一片恬靜的鄉村風景——也許是因為之前曾經看過捕蟲少年的記憶，所以甚至有些許懷念的感覺。

「——你們是從哪裡來的？」

在等紅燈時，司機問他們。

「東京。」

健太回答，司機看著後視鏡，露出驚訝的表情問：

「東京？為什麼要來這種鄉下地方？」

「因為要『採訪』。」

司機聽了，立刻出現了敏感的反應。

「採訪……是為了『隊長』家的那件事嗎？」

來這裡的路上，健太向良平說明了那起事件的詳細情況。

——在採訪之前，你當然要充分瞭解事件的情況。

在那起事件中喪生的是御菩薩池公德、他的妻子恭子，以及公德的父親公藏、母親志津子，還有公德的女兒，也是剛志的妹妹瑠璃子，總共五個人。除了剛志以外，一家人全都葬身火窟，的確是一起慘案。

火災發生在四年前——正確地說，是在三年九個月前的十二月三十日，時間大約在半夜兩點到三點之間，沒有目擊者。睡在二樓臥室的一家人發現失火時，火勢已經延燒，無法順利逃離，全家人都被活活燒死。目前並沒有發現遭到潑灑煤油之類的痕跡，但也沒有發現其他起火原因，根據警方的對外說明，認為縱火的可能性相當高。

——如果是縱火，會是誰幹的呢？

一坐上飛機，健太就拿出了當時報紙和雜誌報導的剪報。良平很驚訝，他什麼時候整理了這些資料。

——在思考這個問題之前，首先必須瞭解他們是怎樣的一家人。

御菩薩池家連續好幾代都是醫生，燒毀的醫院原本是公藏開的小診所，公德在進行增建時，也同時建造了住家空間，於是一家人都搬去那裡。這是在火災發生五年前的事，「御菩薩池泌尿科診所」原本就很受好評，在改建之後生意更加興隆。

剛志和家人的關係很差，妹妹瑠璃子勤奮好學，除了在學業上很用功，也積極參加運動項目和課外活動，是典型的優等生，準備代替剛志繼承家業。公德的太太恭子如同之前週刊雜誌報導所說，溫柔善良的個性深受喜愛。根據其他媒體的報導，她以前是九州某所私立女子大學的校花。

——剛志的父親是這一家人的關鍵。

御菩薩池公德被稱為「隊長」，受到眾人的愛戴。他復興了原本每年規模越縮越小的夏季廟會，熱心投入地區活動，還成立了名為「犀川町振興隊」的組織，積極振興日益走向衰退的城鎮，因此成為大家口中的「隊長」。

這個華麗家族中唯一的「汙點」——御菩薩池剛志從小就經常和家人發生衝突，高中二年級時，從當地的工業高中退學，離家前往東京後，從此失去了聯絡。因為他是這起事件唯一的倖存者，所以世人都向他投以好奇的眼神。

於是就產生了一個問題。誰有理由殺害他們全家？

——老實說，除了剛志以外，目前完全想不到還有誰會做這種事。正因為這樣，所以更需要傾聽當地人的意見。

「——完全無法想像這裡會發生這麼可怕的事件。」

號誌燈變成綠燈後，計程車繼續向前行駛。

「這裡沒有人恨『隊長』嗎？」

司機聽到健太的問題，看著後視鏡，激動地噴著口水說：

「完全沒有，最多只有他的兒子剛志，只是剛志再怎麼討厭家人，也不可能做那種蠢事。總之，我真是越想越生氣，比起某位政二代的議員，『隊長』才應該從政。」

不一會兒，計程車就抵達了他們的目的地「星雨咖啡店」。當他們付了車錢下車時，司機提醒他們：

「——你們來這裡採訪當然沒問題，但不要太追根究底，因為大家內心的傷還沒有癒合。」

「星雨咖啡店」是一棟用圓木建造的雅致小木屋，三角形的屋頂有一根煙囪，正如瞳美所說，屋頂有一個很大的天窗，和遠處山脈的風景連成一片，只有這片區域有一種身處歐洲的感覺。咖啡店的門上掛著用可愛字體寫了「營業中」三個字的木牌子。

「歡迎光臨。」

一走進店裡，頭上綁了頭巾的男人從後方的廚房走出來迎接他們。

「請隨便坐。」

店內總共有大約三十個座位，並不算很大，但店裡沒有其他客人。兩個人決定坐在比較大的四人座圓桌旁。

「——那個人是不是她爸爸？」

健太一坐下，就看向廚房的方向。綁著頭巾的男人看起來頗年輕，但店裡並沒有其他店員，所以那個人八成就是店長。既然這樣，很可能如健太所說，是瞳美的爸爸。

「而且長得也滿像的，尤其是眼睛。」

良平注意觀察著再度走向他們、綁著頭巾的男人，閉上了嘴巴。

「──以前沒見過你們，是來這裡旅行嗎？」

男人把兩個裝了水的杯子放在桌子上。他繫著圍裙，胸前別了一個星星形狀的名牌，上面寫著「店長　保科良二」。

「也不能說是旅行，我們是來這裡『採訪』。」

健太很爽快地回答，店長好奇地摸著下巴問：

「採訪？」

「是關於『御菩薩池泌尿科診所』的事。」

店長皺起眉頭，露出狐疑的表情看著他們。

「你們是誰？」

健太迫不及待地拿出名片，良平也跟著遞上了名片。店長接過兩張名片，輪流打量之後，把名片上的名字唸了出來。

「如月楓和二階堂昴──」

店長在兩個人之間坐了下來。

「你們也看到了，現在店裡沒生意，如果有我可以幫忙的地方，我很樂意回答你們的問題。因為我對那件事也有自己的看法──」

健太緩緩拿出了那起事件的剪貼簿，攤開後放在店長面前。

「剛才計程車司機要我們『不要太追根究底』，但是如果你願意告訴我們，我們很想瞭解御菩薩池一家的情況——」

店長翻了幾頁剪貼簿後，立刻闔起放在桌子上。

「公德和我小時候便一直玩在一起，他從小就很有領導能力，所以我覺得大家都叫他『隊長』也是理所當然的事。」

店長完全不在意他們還沒有點飲料，就對他們說了起來。

「我在讀大學的同時去了東京，因為我很想趕快逃離這個無聊的鄉下地方。在這個小地方，無論去哪裡，無論做什麼，所有人馬上都會知道，我厭倦了這種地方。但是，公德仍然留在這裡，他說『我喜歡這裡，完全不想去東京』。每次我回來這裡，他就會調侃我『你不適合說標準語，不要再勉強自己了』——」

剛才完全沒有察覺這件事，店長的確是用標準語說話，難怪瞳美也說標準語。良平忍不住想到這件事，但這件事並不是重點。報導中也提到，御菩薩池公德熱愛故鄉犀川町，所以才積極促進家鄉的繁榮，成立了「犀川町振興隊」。既然這樣，就只能得出一個結論。

「這裡沒有任何人和公德，或者是御菩薩池家結怨，這件事我可以掛保證。」

店長指著剪貼簿，斬釘截鐵地說。

「不僅如此，剛志也不可能做這種傷天害理的事。他是我女兒的同學，雖然是個壞學生，但再怎麼樣，也不可能做這種事——」

健太聽到店長提到「女兒」這件事，立刻見縫插針地問：

「你女兒和剛志是同學？」

店長瞪大了眼睛，然後連續眨了好幾下，似乎在思考健太的問題。

「嗯，是啊，他們的年紀剛好和你們差不多。瞳美——啊，我女兒名叫瞳美，剛志的確經常找她麻煩，但是——」

「但是？」

「他並不是天生的壞胚子，因為在事件發生的幾天之前，他還突然打電話給我，要我提醒女兒『不要做糊塗事』。」

店長的談話漸漸逼近了核心。

良平察覺後，代替健太繼續發問。

「——請問這是怎麼回事？」

「剛志在電話中對我說，『有不肖經紀公司想要簽下瞳美，我勸瞳美不要去，她不肯聽我的話，請伯父勸勸她』。他當時的語氣很真誠——這不是說說而已，他那麼為他人著想，不可能殺光全家。」

雖然第一次聽說這件事，但隱約可以察覺到剛志拚命想要說服瞳美的理由。也許是年幼時的「後悔」，也可能是想要「贖罪」——。

「所以，你聯絡了你女兒嗎？」

店長苦笑著拿下了頭巾，撥了撥花白的瀏海。

「——瞳美的夢想是成為歌手，她說想去讀東京的大學時，我也察覺到其實她另有目的。」

店長微微皺起眉頭。

「說句心裡話，我很希望她可以更加腳踏實地，這裡雖然是生活悠閒的鄉下地方，但找工作不是問題，她說要去東京追求不知道能不能實現的夢想，做父母的當然會很擔心，只不過我決定假裝沒有察覺。因為我年輕時也曾經嚮往東京，離開了這裡，最後夢想破滅，又回來這裡，我相信瞳美有朝一日也會自己發現。」

「你是很了不起的父親。」

「一點都不了不起。」

店長搖了搖頭，他的表情帶著一絲無奈。

「我接到聯絡之後，打電話給瞳美，結果兩個人發生了爭執，我忍不住對她說：『如果只有不肖經紀公司找妳，那還不如趁早死了這條心，趕快回來家裡。』瞳美最後哭著對我說：『這是我的約定，你根本搞不清楚狀況。』那次之後，我們就再也沒有聯絡。」

正如剛志所說，他是在事件發生之前，在「遭多夢」咖啡店試圖說服瞳美。當時他因為無法說服瞳美，於是立刻聯絡了她的爸爸。之後，十二月三十日深夜兩點左右，才發生了那起慘劇。雖然無法得知瞳美和店長聯絡的確切時間，但剛志可能因為某個契機得知，瞳美的父親也無法說服她，於是就想出了縱火殺人的計畫作為最後的手段——也就是說，為了避免她加入不肖經紀公司，同時又可以讓她踏入演藝圈，便想出了繼承龐大家產的方法。雖然並不是完全不可能，但在時間上似乎很牽強。

店長語氣堅定地斷言的內容，更進一步否定了這種可能性。

「雖然如同某些週刊雜誌繪聲繪影的報導，剛志當天沒有不在場證明，而且他和家人的關係也很差，可算是有犯案動機，但是我可以斷言，剛志絕對不可能做這種事。」

接著店長又繼續聊起剛志的父親——公德的事。

「——我媽因為心肌梗塞去世時，他為這件事難過不已，也許是因為我媽是出了名的健康老人，所以他當時很懊惱地說：『明明是住得這麼近的鄰居，我們卻完全沒有發現任何徵兆。』」

店長的母親，當然就是瞳美開二手書店的奶奶。

「自從那件事之後，他就開始對『未病先防』產生了興趣。他認為現代醫療只能在保險診療的範圍內救病人，但是，日後更重要的是防患於未然，為此，醫療必須更深入民眾的生活，於是就在改建診所時，把自己原本住的房子改建成公寓，讓護理師都住在那裡。」

根據雜誌的報導，那是事件發生五年前的事。雖然所有報導都沒有提及御菩薩池一家搬家的理由，但透過第一手消息，就可以瞭解到事件背後的各種真相。

「公德安排護理師住在這個城鎮上，融入本地的生活圈，於是就可以隨時掌握『某某某最近身體不太好』之類的情況。他認為這就是『未病先防』的第一步。他這個人真的很了不起。」

但是，這個計畫也因為事件的發生而不了了之。「隊長」持續為了這個地區奮鬥，他的去世，讓整個城鎮都陷入巨大的失落感。

不一會兒，一對看起來像是老主顧的老夫婦走了進來，店長走去招呼他們。

良平和健太各點了一杯紅茶，在離開之前，問了最後一個問題。

「店長，請問你知道一個名叫『騎士』的人嗎？」

正在結帳的店長歪著頭，露出納悶的表情問：

「那是誰？」

「聽說在十多年前，這個男生每年中元節期間都會來這裡，『騎士』是他的綽號。」

「喔……有什麼問題嗎？」

「你是否認識這樣的人，每年中元節期間就會帶一個男生來這裡？」

「有好幾個這樣的人啊。」

店長拿著找零的錢和收據，詫異地輪流看著他們問：

「這和那起事件有什麼關係嗎？」

「請你忘了這件事。」他們只回答了這句話，就離開了咖啡店。

「——仔細思考之後，就覺得很奇怪。」

健太低頭看著手機上的地圖軟體，小聲嘀咕著。離開咖啡店後，他們打算繞著城鎮走一圈。

「哪一件事奇怪？」

「那起事件原本的目的是『致人於死地』嗎？」

良平無法領會健太的意思，催促他繼續說下去。

「——雖然的確造成了一家五口來不及逃出，全都葬身火窟的悲劇，但凶手的目的，真的是想致他們全家於死地嗎？凶手只是在玄關縱火就認為『可以燒死全家』，你不覺得這樣的計畫太草率了嗎？」

良平忍不住發出低吟。

之前一直認定那是一起「殺人事件」，但是聽了健太的話，就覺得的確令人產生了疑問。如果想要殺死他們全家，應該有更確實的方法。

「我想要表達的意思是，是否因為**剛好**有一個人繼承了龐大的遺產，就對這起事件有了某些先入為主的想法，如此一來，便會導向『凶手就是倖存的兒子』這個結論。」

雖然到目前為止，只透過計程車司機和瞳美的父親瞭解到一些情況，但既然這兩個當地人都異口同聲地斷言「絕對不可能是剛志幹的」，良平和健太當然會對這件事產生疑問。而且健太的意見也很有說服力，如果是殺害醫生全家的計畫，未免太粗糙草率了。

——如果是這樣，凶手到底是誰？又是為了什麼目的？

之後，他們又根據導航軟體，走訪了目前已經夷為平地的「御菩薩池泌尿科診所」的遺跡、剛志落水的沉下橋，以及廟會會場的神社。在四處走動時，曾經好幾次和本地居民聊天，但都沒有蒐集到任何有用的線索。

太陽下山之後，無處可去的兩個人又再度走進「星雨咖啡店」，因為他們兩個人都想在晚上再去一次。瞳美說的沒錯，到了晚上，那裡就變成了大眾居酒屋，氣氛熱鬧不已，難以想像白天的生意冷清。店長笑著對他們說：「你們又來了。」然後帶他們來到天窗正下方的座位。

「——真的就像保科說的一樣。」

健太一坐下，就抬頭看著天窗。良平也仰頭看著天窗，忍不住倒吸了一口氣。因為隔著天窗，可以看到星星彷彿會從天而降的滿天星空。宛如從夜空中剪下的畫布上，畫了星星完成了數十億年、數百億年的時光之旅後所綻放的光芒。

「——良平，你有沒有聽過這種說法？」

良平看向聲音傳來的方向，看到健太托著腮，露出了平靜的笑容。

「什麼說法？」

「宇宙的構造和大腦的神經細胞極其相似。」

「不，我第一次聽說。」

「是嗎？那我來告訴你。」

據說神經細胞的顯微鏡照片，和物理學家所主張的宇宙構造幾乎是相同的形狀。一個是極小的世界，一個是浩瀚無垠的廣大世界，規模完全不同，形狀卻剛好一致。良平聽了之後，覺得的確很像是健太會感興趣的事。

「——『利奧』在宇宙中尋找『席娜』，我們根據記憶尋找『騎士』的下落，我們可以說是真實版的《星塵夜騎士》，這麼一來，剛志就變成了『暗物質』。」

健太說到這裡，似乎想到什麼，拿出了手機。

「你有耳機嗎？」

良平拿出耳機交給他。健太操作之後，把其中一個耳機遞給良平。

「雖然這樣看起來好像情侶，會讓人有點倒胃口，但你忍耐一下。」

良平搞不清楚是什麼狀況，把耳機塞進右耳。

「我要放了喔。」

耳機中立刻傳來輕快但又帶著憂傷的前奏，飽滿的旋律難以想像出自一把木吉他。散落在夜空中的星塵，以及後方無盡的宇宙深淵——良平的精神頓時擺脫了重力。

如果從百億年後的那顆星球看地球，是否能夠在瞳美身旁看到「騎士」的身影？難道這是瞭解他真實身分的唯一方法嗎？

兩個人默默抬頭看著滿天星斗的夜空，直到那首歌結束。

6

隔天，他們走出車站前的商務飯店，也是犀川町唯一的住宿設施。他們漫無目的地走在街上，向遇到的人打聽情況。他們深信只要問的人夠多，就一定可以問到某些線索。

只不過問了很多人，都遲遲無法解開謎團。有的老人憤慨不已，激動地噴著口水對他們說：「外人不要因為好奇問東問西。」和他們年紀相仿的年輕女人，則忍不住邊哭邊說：「為什麼瑠璃子會遇到這種事？」最後他們發現了一個理所當然的事實，那就是「這起事件對這裡所有的居民都產生了影響」。

最後他們終於放棄，決定提早回東京。

「——可惡，真是太有挫折感了。」

健太在車站前的圓環忍不住罵道，良平內心也充滿了焦躁感。因為他原本毫無根據地相信，只要來到瞳美的家鄉就一定能有所收穫，沒想到實際來了之後，竟然一無所獲。

「如果是漫畫的劇情，接著我們會巧遇『捕蟲少年』，然後就可以向他瞭解情況。」

健太自嘲地笑了起來，但他說話時缺乏往日的活力。

不一會兒，一個小時只有一班的電車駛入了月台。他們拖著疲憊的身體走進車廂，等待發車時間。因為只有單軌，所以必須等其他列車經過後才能發車。他們坐在面對面座位的窗邊，連續走了兩天的身體開始感到疲勞，恐怕在發車的同時，就會在轉眼之間陷入昏睡。

——要小心不能睡過頭。

良平即將陷入昏睡之際，打算設定手機的鬧鐘。

「——嗯？」

健太看向窗外，「喂，你看那個！」

但是，在他手指向窗外的瞬間，下行列車駛了過來，擋住了他們的視野。

「可惡，太不巧了。」

健太說完，拿起行李跳下了列車。

「喂，列車快出發了！」

健太完全不理會他。良平很想咂嘴，但還是忍住了，跟著健太下了車，然後把車票還給滿臉詫異的車站人員，跑到車站前的圓環。

「怎麼了？你看到什麼了？」

健太在一家小型菸店前停下腳步，良平才終於追上他。

「——你看！」健太指著貼在菸店外牆上的一張海報。

「我就覺得之前在哪裡看過，現在終於知道了。」

良平也覺得海報上的那張臉似曾相識。濃眉、一雙看起來很聰明的眼睛，嘴角上揚，露出了潔白的牙齒——。

「上次和純哥一起去『店』裡的就是這個人。眾議院議員唐澤敏郎，綽號叫『香水王子』。」

背後傳來動靜。轉頭一看，原本打算搭乘的上行列車就像勉強拖著年邁的身體般緩緩出發了，車輪發出了擠壓的聲音。

呱。烏鴉發出一聲啼叫。

「——這裡的電車，一個小時才一班。」

良平只能語帶諷刺地這麼說。他的確沒有想到會在這裡看到這張臉，勉強可以稱為新發現，但那又怎麼樣呢？要為了這種事再多等一個小時，簡直太無聊了。

「昴，你要記住一件事，名偵探要平等尊重所有的資訊。」

「但是你沒有尊重我說『列車快出發了』的意見。」

「因為我尊重了『只要再等一個小時，又會有電車』的事實。」

健太調皮地笑了起來，若無其事地這麼說。

在車站的長椅上坐了一個小時，終於等到了下一班車，然後又搭了每站都停的慢車兩個小時，從高知機場到羽田機場則花了一個多小時——良平為白忙一場感到煩躁，幾乎都沒有開口說話，健太用手指撐著額頭陷入了思考。

「——我打算去『店』裡，你要不要一起來？」

一踏入機場大廳，健太緩緩對良平說。

「為什麼？」

「路上再向你詳細說明情況。」

「好啊，我無所謂。」

「太好了。」健太率先走去計程車招呼站。

「——今天是吹什麼風？」

他們一坐上計程車，良平立刻問道。

「我一直在思考，我是不是『騎士』這個問題。」

良平一驚，把視線移向窗外。

電腦螢幕上出現了『相符資料 1筆』的文字。他回想起當時的震撼。

「然後呢？」

工業區的橘色燈光不停地移向後方——這些沒有生命的燈光，讓良平感到格外不安。

「我在想，也許有其他可能性。」

司機被人按了喇叭，咂了一下嘴，然後緩緩換了車道，速度慢了下來。

「我會不會被植入了『騎士』的記憶？」

前方是紅燈，計程車停了下來。剛才在行駛時沒什麼在意的引擎聲突然傳入耳中。

——完全沒有想到這種可能。

因為「店」裡以前曾經進行「記憶移植」，所以無法完全排除「騎士」的記憶植入他大腦的可能性。雖然如此，但良平還是驚訝不已。因為健太並不知道「店」裡以前曾經進行「記憶移植」這件事。良平打算找機會告訴他，但又覺得告訴他之後，只會造成他的混亂，所以遲遲未說。只不過健太憑著邏輯分析，導出了「記憶移植的可能性」這個結論。

「——我要向你坦承，其實我之前就知道了。」

接著，良平把從柚姊那裡瞭解到的情況，原原本本地告訴了健太。曾經在「店」裡進行「記憶移植」，還有「移植」引起「合併症」的問題，以及三年半前最後一次進行交易，只有一個「天才」成功完成記憶移植，但「天才」最後自殺了。雖然良平原本打算毫不隱瞞地告訴健太，但在猶豫之後，還是沒有說出「交易紀錄」的事。

健太在聽良平說話時，一直用手指撐著額頭，閉著眼睛，一動也不動。

「——我要自己去向柚姊問清楚。」

健太說這句話時，良平的手機震動起來。他看著螢幕上顯示的名字，忍不住倒吸了一口氣。

『有一則訊息　保科瞳美』

良平瞄了一眼陷入沉思的健太，急忙打開了訊息。

『我借住的朋友家收到了這個。請你幫幫我。』

良平打開附加的照片檔案，發現是瞳美、健太和自己站在新宿車站東口前的照片，以及一封用漢字和片假名寫的警告信。

『已經警告過了。下次就不會再手下留情。』

7

——我太累了，今天想先回家休息。

良平向健太說了謊，下了計程車後，立刻跳上了後面的另一輛計程車。

「請去半藏門。」

瞳美離開了朋友家，目前正在半藏門一家女性專用飯店的酒吧內避難。雖然她對離開朋友感到害怕，但不能讓朋友捲入麻煩，於是決定離開朋友家。

良平急忙打電話給她。

「——喂？」

電話馬上就接通了，但她在電話中的聲音害怕不已。

「我坐上計程車了，大約二十分鐘就會到。」

因為無視之前的警告繼續和瞳美接觸，所以導致她陷入危險。良平覺得必須幫她，但也同時感到納悶。

——瞳美為什麼沒有聯絡健太，而是通知自己？

她對自己的印象應該很糟才對。上次不歡而散，之後就無法再聯絡到她。為什麼？恐嚇信的事當然不能等閒視之，非但不能等閒視之，而且必須說是很嚴重的事態。但是，從至今為止的發展來看，瞳美在這種時候應該向健太求助。良平在聽瞳美說話時，心裡思考著這些事。

「飯店一樓的酒吧營業到早上，男性也可以進入酒吧——」

除了自己、健太和瞳美以外，並沒有其他人知道他們之前約在新宿車站前見面。雖然仍然不能排除她和剛志串通，事先通知了剛志的可能性，但良平總覺得還有其他可能性。

——有人在跟蹤我們。

大學時代，健太在那家咖啡店說的話突然浮現在腦海，他忍不住轉頭看向後方。後方的車輛離得很遠。既然自己沒有被人跟蹤，顯然是瞳美被人跟蹤了。而且對方已經查到了瞳美朋友家的住址，八成就是這樣。正因為跟蹤了瞳美，所以才能夠在那天拍下他們三個人碰面的那一幕。

「——在我到妳那裡之前，請妳絕對不要離開那裡，電話也不要掛斷。」

健太和剛志接觸後，馬上就接到了第一次的警告信，所以當時認為是剛志寄的信，而且從那時的狀況和時機判斷，剛志也的確是最可疑的對象。但是幾乎在同時，瞳美也收到了「不要再告訴文字工作者任何事」的警告信。如果**真的**是對她發出警告，就代表寄信人在那個時候就知道「有兩個自稱是文字工作者的人在調查星名的過去」，而且也知道「健太已經多次和她接觸」，否則不可能使用「再」這個字眼。從這些狀況研判，是否可以認為對方是在「健太和剛志接觸之後」，開始跟蹤瞳美？如果是這樣，「幕後黑手」為什麼選在這個時間點訴諸武力呢？

「——我可以和你聊自己的事嗎？因為和別人聊天會讓我稍微感到安心。」

電話中傳來瞳美柔弱的聲音將良平的意識拉回了現實。

「好，我洗耳恭聽。」

「這一個星期，我想了很多事，真的想了很多。然後發現了一件事，你上次臨別時說的話並沒有錯，現在我無法抬頭挺胸站在大家面前。」

「——什麼意思？」

「我告訴你們的事都是真的，我的活動資金並不是來自剛志的援助，而是一位年邁紳士交給我的。我可以對上天發誓，真的就是這樣。但其實我心裡很清楚，即使是這樣，我也不該這麼做。我明明知道，但——」

她內心的想法傾瀉而出，似乎已經無法踩煞車了。良平此刻所能做的，就是默默聽她說話，等待在她內心翻騰的激情慢慢平靜下來。

「『為了尋找那個人』而在全國各地巡迴的費用，和來自『已經離開人世的那個人留下的錢』根本自相矛盾。我心裡很清楚，但是當我得知歌唱節目的決賽被人動了手腳時，送到我面前的一大筆錢讓我失去了判斷能力。」

她的聲音在顫抖，似乎在電話另一頭哭了起來。

「——所以，我勉強說服自己。為了留下這麼一大筆錢給我的『騎士』，我必須再努力一次，為了再次把握幾乎要失去的夢想，為了這個目的使用這筆錢，他一定會感到很高興的。」

瞳美吸了一下鼻涕，輕輕說了聲「對不起」。

她為了實現夢想，決定利用讀大學的機會來到東京——當時的她無所畏懼，擁有莫名的自信。雖然「做夢不用花錢」，但是如果真心想追求夢想，情況就不一樣了。她也面對了「現實」這個障礙。

「無論是買器材，或是要在Live house表演，都需要一大筆錢。我從早到晚都在打工，結果累壞了，身體出了問題。那次之後，我就決定開始在街頭表演。」

她停頓了一下，自嘲地笑了笑。

「但是，即使我在街頭表演，也幾乎沒有人會停下腳步聽我唱歌，想要有粉絲根本是遙不可及的夢——不瞞你說，我好幾次都打算放棄，覺得自己根本沒有才華，我想要這麼說服自己。」

就在這時，她抱著最後一線希望報名參加了「挖掘明日之星選秀節目」，順利通過了預賽，獲得了正式參加比賽的資格，這的確是千載難逢的機會。那是她好幾次都差一點放棄的夢想出現在眼前的瞬間，也許稍微伸出手就可以抓住這個機會。但是，比賽結果——。

「——並不是所有的努力都能夠獲得回報。無論願望再怎麼強烈，夢想還是可能無法實現。當我發現這件事時，想起了『騎士』對我說的話。」

「『騎士』對妳說的話？」

「『星名』這個名字，就是來自他說的這句話。『在無限的星星中，要成為那顆有名字的特別星星』——但是直到最後，我都無法成為特別的人。」

當她陷入這份絕望時，已經離開這個世界的「騎士」留下的一大筆錢出現在她面前。

「為了實現夢想，我管不了那麼多了。我親身體會到，光靠冠冕堂皇的理想並無法在這個社會生存，所以我決定了，不能放棄出現在我面前的機會。即使不惜用『騎士』留下來的這筆莫名其妙的錢，我也要努力奮戰。」

於是她便想到，現在是全世界各地發生的事，都可以立刻在社群媒體上分享出去的時代，所以「神出鬼沒的歌姬」這個奇特的存在，遲早會被人注意到。她正是從在宇宙各個角落尋找「席娜」的「利奧」身上獲得靈感。

如今，「星名」比普通歌手更受歡迎，據說經常有雜誌想要採訪她，或是邀請她上電視，但是，她每次都拒絕了。

「——因為我很害怕。雖然一方面是很害怕再次被業界的黑暗吞噬，但最可怕的是，我必須面對卑鄙的自己。如果我完全沒做任何虧心事，無論別人說什麼，我都能抬頭挺胸，但問題是並非如此。我是一個卑鄙小人，利用了真偽難辨的『騎士的死亡』。」

「不，沒這回——」

「所以，我很希望你們調查『騎士』的事。」

良平的話被瞳美充滿決心的聲音打斷了，從她的聲音就知道，她是認真的。

「雖然我口口聲聲說『為了尋找那個人』，但其實我並沒有真心想要找『騎士』。因為我害怕知道答案，與其如此，還不如乾脆不知道他到底是死是活，持續追求兒時的幻影更舒坦——」

這時，良平突然想到，這或許正是「騎士」的目的。突然出現的神祕年邁紳士、裝在手提公事包裡的鉅款，以及兒時玩伴離開人世。無論哪一件事都令人難以置信，也許正是因為如此，瞳美才會下定決心，為了追求夢想而接受那筆錢。如果「騎士」突然出現在她面前說：「這是我為妳存的錢。」然後把兩千萬交給她，她應該也不會接受。

下了計程車，良平仍然把手機貼著耳朵，看向眼前那家時尚飯店的一樓。瞳美坐在靠窗邊的吧檯座位上，帽子壓得很低，一頭黑色長髮垂了下來。

「——我到了。」

良平掛斷電話後，立刻左右觀察了一下，然後快步走向酒吧。

酒吧的牆邊放了很多酒瓶，中央放了一個很大的水族箱，吧檯擦得一塵不染。他在瞳美身旁坐下時，忍不住發出嘆息。

「好漂亮的酒吧。」

「你很少來這種地方嗎？」

瞳美拿起裝了水的杯子，微微歪頭看著他。

「對，我很少去酒吧，我和如月都去五反田的居酒屋。」

瞳美抓著帽簷把帽子往上推，仔細打量著良平。

「——原來你沒有變裝的時候長這樣。」

瞳美噗哧一聲笑了出來，良平忍不住咬著嘴唇，心想「這下慘了」。上次在新宿見面時戴了平光眼鏡和針織帽，但今天沒有這些偽裝。剛才在一陣慌亂中，完全忘記上次有變裝的事。

「因為我想如果突然和你聯絡，也許可以看到你的真面目。」

瞳美露出了勉強可以稱為笑容的表情，目不轉睛地看著良平。因為她剛才哭過，所以兩眼很紅，但更令良平在意的是，她的眼神看起來很悲傷。照理說，自己抵達之後，她應該感到安心，為什麼會露出這種眼神？

「——妳上次就發現我變裝嗎？」

「對啊，因為很不自然。你戴著沒有度數的眼鏡，而且明明是夏天，卻戴著針織帽。因為我自己也用這種方式變裝，所以很清楚。」

這時，瞳美似乎想到了什麼，拿起了皮包。良平以為她要拿照片和警告信，所以看到她拿出來的物品感到很意外。那是小學生塗鴉用的筆記本。

「這是什麼？」

「《星塵夜騎士》的第一集。」

良平愣了一下，翻開了筆記本。也許是因為用鉛筆畫的關係，有些地方很黑，也有些地方的文字看不清楚，但的的確確就是《星塵夜騎士》第一集的內容。畫看起來並不成熟，八成是小學生的時候畫的——也就是說，這是獲得《和平少年週刊》佳作的原著。

「——妳為什麼給我看這個？」

「因為我想也許有助於你們尋找『騎士』的下落。」

她故作平靜，但明顯在觀察良平的反應。

「畫得似乎不是很好。」

「因為他那時候還是小學生，得獎的時候就畫得稍微好一些。」

——畫得稍微好一些。

良平覺得這句話有點怪怪的。因為無論誰看了健太的畫，都會說他「畫得很好」。

「是什麼時候得的獎？」

「我記不太清楚了，好像是我大學一年級的時候。」

所以是比較最近的事。雖然也可能是健太的繪畫技巧有了進步，但即使良平對畫畫不太瞭解，也覺得和健太的畫相差很遠。

「——妳一直保留到今天。」

「當然啊，因為我們之間有約定，當然不可能丟掉，而且我每次遇到挫折時，都會拿出來看，然後想起『騎士』在星空下，把這個交給我的情景。」

「在星空下？」

「對，那是小學五年級的冬天，所以是十五年前的事了。他的奶奶去世了，他來犀川町參加葬禮，在最後一天晚上，把這個交給了我。他說，他以後可能不會再來犀川町了，但是他和我約定，如果《星塵夜騎士》以後改編成動畫，要由我來唱主題曲——」

良平想起昨天隔著「星雨咖啡店」的天窗看到的滿天星空。

「——好浪漫的情境。」

「之後，我們每年互通一次信，故事繼續發展下去。他寄來的筆記本數量很驚人，但我每年都引頸期盼。因為那是最令人高興的生日禮物。我記得當他中途不再用筆記本，而是改用漫畫稿紙時，我也很高興。因為這代表他正一步一腳印地朝向夢想前進。」

「但是，他信上所寫的內容從中途開始雞同鴨講，然後又突然斷絕了音訊。」

良平故意把這件事說出口，藉此向她確認。

「我記得最後一次收到他的信是高二還是高三的時候，至少在我上大學之後，就沒有再收過他的信，所以當我看到他在《和平少年週刊》得獎時，發自內心為他感到高興。因為我相信他一定會得獎，所以每個星期都會買那本週刊。」

她在談論「騎士」時總是眉飛色舞，每次看到她天真無邪的樣子，就不由得為她感到難過。

良平闔上筆記本，用力嘆了一口氣。

「——老實說，我很羨慕。為什麼大家都能夠勇敢追夢——」

瞳美剛才在電話中訴說了自己的心聲，這次輪到良平吐露內心的鬱悶。自己不知道什麼時候失去了夢想，總是藉由輕視那些沒有放棄夢想的人，保持內心的平靜，但又同時很羨慕他們——良平覺得可以把內心所有的一切都告訴她。雖然她並不是自己的朋友，但和她之間的距離又比別人近。很適合向她傾訴那些雖然想要告訴別人，卻始終無法說出口的真實想法。

瞳美聽完良平說的話，好像自言自語般嘀咕道：

「——『騎士』和你是光和影。」

光和影。良平還沒有搞懂這句話的意思，瞳美就從皮包裡拿出了那張照片和警告信，放在吧檯上。

「不好意思，這就是今天要談的正事。」

良平先拿起了照片。無論怎麼看，就是他們三個人上週六見面時的照片，照片上清楚拍到了他們臉上的表情，拍攝者不是使用了望遠鏡頭，就是在極近的距離下拍照。但從照片中只能瞭解這些情況，無法發現可以成為線索的資訊。他又看了警告信，情況也完全相同。

於是他決定告訴瞳美，她遭到了跟蹤的可能性。因為在目前的狀況下，不可能再隱瞞不說。

瞳美聽完之後，握緊了放在腿上的拳頭。

「——我也認為遭到了跟蹤。我朋友住在大廈，但幾天前就有同一輛車子停在附近，是一輛黑色轎車。」

瞳美凝視著吧檯的某一點，繃緊了身體。

「有時候會有一個男人從車上走下來，抬頭看向我朋友住的房間。」

良平有一種不祥的預感，緩緩打量著店內。剛才因為聊得太投入，完全沒有觀察周圍的情況。幸好酒吧內沒什麼客人，只有兩人座的桌子旁坐了一對情侶，除此以外，並沒有其他客人。

「我去住朋友家之後，立刻發現了一件奇怪的事。對方知道我們發現他在跟蹤，所以我才受不了逃走了。既然這封警告信投在信箱內，就代表對方知道我的落腳處，我不能讓朋友也陷入危險，只不過一個人又很害怕，所以……」

良平看向酒吧前方的馬路。右側是路燈照亮的一整排行道樹，左側的黑暗中也有一排行道樹——這時，他發現五十公尺前方的路肩停了一輛深色轎車。那輛車子什麼時候停在那裡？

「保科小姐——」

他原本想說「請妳看那輛車」，但話還沒有說完，就看到一個人影從駕駛座走下來。那個人很瘦，看起來像男人，戴起了連帽衫的帽子，晚上還戴著墨鏡。他的右手——。

「快逃！」

良平抓著瞳美的手，猛然站了起來。他不理會瞳美完全搞不清楚眼前的狀況，把一張五千圓放在收銀台，不顧一切地衝出大樓。回頭一看，發現剛才那個男人也跑了過來。剛好有一輛計程車從對向車道駛來，他拉著瞳美的手衝到馬路上，跳到計程車前。

「找死啊！」

他無視司機的叫罵聲，粗暴地打開了後車門。

「請你馬上開走！」

「啊？你們要去哪裡？」

「先別管這麼多，趕快開走！」

司機嘖了一聲，立刻把車子開了出去，卻剛好遇到紅燈。

「怎麼了？」

瞳美不知道發生了什麼事，但現在沒有時間向她仔細說分明。

良平對前方的號誌燈遲遲沒有變成綠燈感到煩躁，忍不住轉頭看向後方。剛才停在路肩的車子改變了方向，正朝向他們的計程車逼近。那個人應該打算來追他們。

「——發生什麼事了？」

瞳美滿臉害怕，又問了一次。

前方的號誌燈終於變成了綠燈。

「司機先生，請繼續往前開。」

這時，良平突然想到一個方法。他知道那是極其危險的賭注，但或許也是突破現狀的著。他立刻打電話給健太。

計程車停在赤坂的小路上。那輛黑色轎車就在後方。

良平付完車資，正打算下車，瞳美抓住了他的袖口。

「——我還是覺得很可怕。」

良平剛才在車上把自己想到的方法告訴她時，她嚇得臉頰抽搐。

——別擔心。

雖然毫無根據，但他只能這麼說。

瞳美當時接受了良平的意見，但是準備下車時，還是忍不住感到害怕。因為他們即將毫無防備地暴露在身分不明的追兵面前，任誰都會感到心驚膽寒。如果說良平完全不感到害怕，當然是騙人的，只不過他認為這是千載難逢的好機會。既然這樣，就必須下定決心。

「要在這裡做一個了斷。」

良平握住瞳美的手，一起站在小路上。

黑色轎車的車頭燈照在他們身上。

計程車離開後，一身黑衣的男人下了車。

「好可怕——」

瞳美緊抓著良平的手臂，身體緊貼著他。

男人的右手拿了一把長約二十公分的刀子，如果被刺中，絕對小命不保。

「只要我一聲令下，妳就拔腿狂奔，絕對不可以回頭。」

雖然良平這麼說，但瞳美全身顫抖，不知道她有沒有聽到。

男人步步逼近，良平在後退的同時，瞥了一眼右側的大樓。上次來這裡時，自己也嚇破了膽，但是和眼前的狀況相比，當時的恐懼根本不足掛齒。

這時，良平的手機響起了來電鈴聲。那是準備就緒的暗號。

「就是現在！快跑！」

良平在大叫的同時，抓著瞳美的手跑了起來。他聽到那個男人追上來的動靜，但小路上突然響起的吼叫聲，淹沒了男人的動靜。

「喂欸欸欸！」

跑在良平身旁的瞳美轉過頭。

「不是叫妳不要回頭——」

「剛志！」

她尖叫著放開了良平的手，停下腳步。

「不要停下來！」

良平想要抓住她的手臂，但她竟然開始往回走。

「危險！」

兩個人影在「蛭間藝能」的大樓前扭打成一團。阻擋那個男人的是剛志，男人遭到突襲後，手上的刀子不見了，但輕鬆地閃過了剛志的拳頭，然後用力踹向剛志的側腹。瞳美尖叫起來。

剛志立刻站了起來，舉起拳頭置於臉部兩側。兩個人互瞪著——剛志再次進攻，連續打出刺拳，然後用力揮出一記右勾拳，但那個男人又輕鬆閃過，看起來像是高手。

——連剛志也打不贏嗎？

良平屏氣斂息地注視著，瞄到瞳美撿起了地上的刀子。

「不要再打了！」

瞳美站在兩個打架的男人旁邊大叫著。男人看向拿著刀子的她分了心，剛志立刻趁虛而入。

剛志用力揮拳打在男人臉上，男人的墨鏡被打飛了。單腳跪在地上的男人和拿著刀子的瞳美對峙著，剛志立刻想乘勝追擊，但男人轉身跑向了黑色轎車。

「有種就別逃走！」

車子以驚人的速度倒車後離開了，只留下剛志叫囂的聲音。

一切都好像幻影。現場只剩下殺氣騰騰的剛志，握著刀子茫然站在原地的瞳美，以及對**一切都按照計畫進行**而感到鬆了一口氣的良平。

8

時鐘的針指向深夜兩點多。

「——你不遵守門禁，是不是會有人跑去向人事部門告狀？」

健太盤腿坐在木地板上，喝了一口罐裝氣泡酒。

「我們剛才可是經歷了生死關頭，哪管得了那麼多？」

「也對，對不起。」

良平也跟著喝了一口罐裝啤酒。

縱長形的客廳面積大約兩坪多，還有一個簡單的廚房，最大的優點就是浴室和廁所分開，只不過房子十分老舊，所以衛浴稱不上很乾淨。健太從大學畢業後就一直住的公寓，除了客廳後方還有一間兩坪多的西式房間以外，其他的格局都很普通。

——在封閉的空間創作更有效率。

他向來都在裡面的西式房間畫漫畫，那裡只有工作用的書桌和單人床，除此以外，沒有任何多餘的東西。良平並不討厭這個房間的氣氛，只不過現在那間工作室關上了門。

「話說回來，這個週末真的發生太多事了。」

健太露出憂鬱的眼神看向門的方向。

良平在計程車上打電話給健太後，請他把目前的情況告訴剛志。

健太瞭解良平的意圖後，馬上聯絡了剛志，得知他還在事務所，於是良平就決定要求計程車去赤坂。

之後，健太又把良平的手機號碼告訴了剛志，要求他在做好突襲的準備後通知良平。

雖然看起來一切都很順利，唯一的失算，就是追兵比剛志更能打。

「但經過這件事之後，我們也知道了剛志並不是幕後黑手。」
健太一口氣喝完了氣泡酒，捏扁空罐，站了起來。
經過今晚一連串的事之後，瞭解了兩件事。其中之一，就是追兵並不是剛志。另一件事，就是剛志會為了保護瞳美而戰。如果恐嚇信出自剛志之手，今晚無疑是解決良平的絕佳機會，但是他根本沒有看良平一眼，為了保護瞳美，向手拿刀子的傢伙迎戰。
——那個人是誰？
剛志發問時的表情很嚴肅。
——應該是粉絲，謝謝你救了我們。
良平向剛志道謝後，正準備離開時，剛志問了他和瞳美的關係。當一旁的瞳美簡單地回答「是朋友」後，剛志就沒有再多問什麼，最後留下一句「如果有什麼狀況，隨時和我聯絡」，就轉身走回事務所，令良平印象深刻。
於是，良平就帶著瞳美來到健太家。在事情解決之前，妳不能單獨一個人——良平對瞳美這麼說，瞳美毫不猶豫地點頭答應了。因為剛才有手拿刀子的男人追他們，她當然不會想要獨處。
——但是，我們去報警吧。
瞳美這麼提議，而且也相當合情合理，只不過良平忍不住猶豫起來。因為他沒有自信能夠在不提及「店」的情況下，說清楚事情的來龍去脈。
——我想警察應該不會受理。

——怎麼可能？對方手上拿著刀子欸。

——總之，請妳相信我，我一定會設法解決。

良平知道自己很勉強才說服了瞳美，幸好現在瞳美已經沖完澡，在健太平時作為工作室兼臥室的房間內發出了均勻的鼻息。雖然門可以從內側鎖住，但只要有鑰匙也可以從外側打開，健太說「為了證明誠意」，把鑰匙也交給了瞳美，所以沒有人能夠進入房間。

健太從冰箱裡拿出第二罐氣泡酒，坐在鳳梨形狀的巨大抱枕上。

「——情況越來越進退兩難了。和之前不同，『敵人』明顯有了傷害的意圖，正常人遇到這種事，應該馬上去報警。」

「嗯，我知道，但是——」

「在報警時，無法在不提及『店』的情況下說清楚。」

健太搶先說道。

「如此一來，就會被『守門人』刪除記憶，剩下死路一條。只不過和被刀捅死相比，這樣至少不會痛。」

健太也發現不該這樣開玩笑，於是故意咳了一下，重新坐在抱枕上。

「良平，幸虧你靈機一動，現在終於知道『敵人』不是剛志，但如此一來，就越來越讓人搞不懂了。因為到底誰有必要做這種事？不僅如此，那個人為什麼知道我們在調查保科的過去？」

即使健太這麼問，良平也完全想不出答案。

於是，他決定先改變話題。因為比起瞭解敵人的身分，眼前還有更重要的事。

「關於保科，我認為必須趕快安排她去其他地方落腳。因為『敵人』一定會最先想到她可能躲藏在這裡。」

「我知道。我明天就去找週租公寓，而且必須是保全系統很安全的地方。」

健太說完，看向瞳美正在休息的房間。

「但是，她為什麼會聯絡你？」

「我想沒有什麼特別的用意，當時情況緊急，她可能認為只要聯絡到我們其中一人就好了。」

雖然良平這麼說，但他也知道不可能有這種事。健太也冷笑一聲說：

「女生果然都喜歡帥哥。」

沒這回事。良平原本想這麼說，但又覺得沒必要繼續討論這個話題。

「——你在『店』裡有收穫嗎？」

「對，我就是想告訴你這件事。」

健太露出意味深長的笑容，也許是因為這兩天的一切宛如驚濤駭浪，他的表情帶著一絲疲憊。

「我解開了其中一個謎團。」

「謎團？」

「對，我猜想華生昴已經完全忘了這件事。」

「哪一件事？」

「就是搭電梯也到不了的『二樓』之謎。」

「『二樓』——」

「以前曾經在『二樓』進行『記憶移植』。」

那是第一次去「店」裡的時候，健太問純哥的問題。

——為什麼沒有二樓的按鈕？

良平完全忘了這件事，但那天之後，也沒有人告訴他們二樓的事。

「不過有趣的在後頭，你還記得純哥那天說的話嗎？」

「他是不是說，『這件事目前和你們沒有關係』？」

「沒錯，其實『目前和你們沒有關係』這句話隱藏了重要的意義。」

「你的意思是？」

「老闆說的『下個階段』就是『記憶移植』，如果我們能夠達到目標的業績，『店』裡就打算重新恢復『記憶移植』。」

天真的健太雙眼發亮，但良平不得不產生懷疑。

「——我們有辦法做到嗎？」

「老闆提出的業績目標，就是用來評定我們是否有這種能耐。『記憶移植』的難度超高，如果我們無法在三年內完成業績目標，就失去了加入的機會。」

「這樣啊……」

良平不置可否地應了一聲，健太繼續說了下去。

「除此以外，我還聽到很多有趣的事。不是有所謂的『既視感』嗎？」

「嗯，我知道這個名詞。」

「雖然目前仍然無法用科學說明這個現象，但『記憶移植』就是產生『既視感』的理由之一。除了放棄記憶的人以外，接受記憶移植的人也會產生既視感，重點就在於移植的記憶躲藏在『無意識』中的某些東西，在某種機緣之下突然探頭露臉。」

「說到這個，我想起一件事，雖然並不是『既視感』——」

良平在說話時，把筆記本遞給了健太。瞳美進去房間之前，把筆記本交給了他。

「請你告訴我，你看了這個之後，有沒有什麼想法。」

那是漫畫《星塵夜騎士》的原稿。不知道自稱作者的健太會如何看這份原稿。健太皺著眉頭翻閱起來，立刻重重地嘆著氣，闔起了筆記本。

「——雖然沒有『既視感』，但有一件事很確定，這絕對不是我畫的。」

良平發現之前的直覺果然沒錯。

「據說是『騎士』交給保科的。」

「分鏡和畫風完全不一樣。」

「我也有同感，所以我認為你在計程車上說的話沒錯。」

良平當然是指「騎士」的記憶植入了健太大腦中這件事，這也是健太的個體識別號碼會出現在「交易紀錄」上的理由。雖然良平並不認為健太看了筆記本後會有「既視感」，但當事人最清楚，眼前的漫畫是否是自己畫的。

健太把筆記本放在地上後問：

「——我說華生昴，你有沒有什麼事隱瞞我？」

健太的話太出人意料，良平不禁一時語塞。

「我聽柚姊說了，你上次帶了大量的『交易紀錄』回家。」

「這——」

「我馬上就猜到你想用那些資料做什麼。」

健太抱著手臂，揚起嘴角，露出挑戰的表情。

「我並沒有生氣，但是既然你都沒有向我提這件事，八成是你發現了驚人的事實。沒錯，我想你一定在交易紀錄上看到了我的號碼。」

健太完全猜中了，於是良平決定全盤托出。交易紀錄上有一筆和健太的號碼相同的資料，交易時間是在三年半前的春天，時間點就是他們認識前的春假。

健太聽完良平的說明後，心滿意足地點了點頭。

「——三年半前的春天，光是知道這件事，就是很大的收穫。」

「什麼意思？」

「因為我發現了在我的周圍，時間上有奇妙的一致。」

9

健太拿了一張背面是空白的廣告單，用手邊的短鉛筆畫了一條直線。

「我們缺乏從『時間軸』的角度看問題。」

他在直線的正中央畫了一個點，寫了「三年半前的春天」幾個字。

「這裡是我的交易日，我們把目前掌握的線索逐一加到這張圖上。」

健太繼續塗著黑點，黑點變得更大了。

「『店』裡最後一次進行『記憶移植』——時間也在三年半前，剛好我也在那個時期進行了交易，只是從交易紀錄上無法瞭解交易的內容。」

健太說的沒錯，交易紀錄上只有日期和九位數的數字，完全沒有交易內容、交易金額等具體情況。也就是說，目前只知道「健太曾經在『店』內進行交易」這件事。

「用邏輯分析，有兩種可能——不是我失去了身為『騎士』時的記憶，就是『騎士』的記憶移植到我的大腦中。但是，我個人認為後者的可能性更高，因為無論身世還是畫風，我都和『騎士』完全不一樣，所以這個結論應該沒錯。如此一來就可以建立一個假設，也許柚姊說的那個『天才』處理的最後一個案件就是我？」

以時間來說，完全有這種可能。之後因為天才自殺，所以無法進行「移植」。

「現在請你回想一件事，神祕的年邁紳士是什麼時候去找保科的？」

雖然這個問題出乎意料，但良平勉強擠出了答案。

「——我記得她說是初春的時候。」

「沒錯，重要的是『在剛志告知她比賽被人動了手腳幾個月後的初春』。現在我要請教華生昴一個問題。那是幾年前的初春？」

電視歌唱比賽節目播出後，瞳美和剛志在咖啡店重逢。剛志試圖說服瞳美未果，於是就聯絡了瞳美的父親，之後就發生了那起縱火事件。良平想起了週刊雜誌上「醫生全家燒死事件至今已經四年——事件黑幕和慘劇真相」的標題。今年年底，那起事件就滿四年了，所以——。

「是**三年半前**。」

「答對了，如此一來就可以畫出有趣的圖，這就是我所發現的『在時間上有奇妙的一致』。」

「——你的意思是？」

「那個自殺的天才會不會就是『騎士』？」

「太荒唐了——」

「大致的情節如下。他在『店』內進行『記憶移植』，把自己的一部分記憶移植給我之後自殺了——雖然目前仍然不知道那名老人的真實身分，但騎士把之前賺的錢都留給了保科瞳美。怎麼樣？是不是所有的事都可以串在一起？」

健太的假設乍聽之下覺得荒誕無稽，但仔細思考之後，就發現很合理。除了那個天才和「騎士」都「已經不在這個世界上」的共同點，他們還有另一個共同特徵——那就是都具有「編故事的才華」。「騎士」還是小學生的時候就想到了《星塵夜騎士》這個故事，他的創意和架構故事的能力無人能出其右，完全有可能在「移植」時最大的瓶頸——將原本有矛盾之處的記憶進行整合之際，運用這種創造力和架構能力。

「但是，」健太繼續說道，「我有了『騎士』的記憶後，偶然聽到星名在街頭表演時唱的《星塵夜騎士》這首歌，原本埋葬在黑暗中的真相就再度浮現。我認為這是『騎士』唯一的失算。」

失算——既然這樣，「騎士」為什麼要把記憶託付給健太？如果當初不這麼做，就可以不為人知地從這個世界消失，為什麼沒有徹底消除自己的痕跡？

「——在邏輯上的確沒有問題。」

「但是良平，事情還沒有結束。」

健太從口袋裡拿出了記憶的小瓶子。

「在告訴你這是什麼之前，我再繼續進行推理。我認為『騎士』是基於某種理由，在**三年半前**留給保科一大筆錢。」

「你的意思是？」

「因為這時出現了繼承一大筆遺產的兒時玩伴，如果大家開始質疑星名活動資金的來源，不是首先會往這個方向去想嗎？」

健太一口氣喝完罐裝氣泡酒，繼續說了下去。

「『騎士』只是利用了縱火事件作為隱身衣——我從這個角度重新思考。你還記得計程車司機說的話嗎？比起某位政二代的議員，『隊長』才應該從政。我很好奇這句話的意思，於是就去查了一下。」

良平想起搭計程車去「星雨咖啡店」時，司機的確說過這句話。

「你先看這個。」

健太遞過來的手機螢幕上，出現了唐澤敏郎的簡歷。

唐澤家是政治世家，他的父親唐澤大志郎曾經擔任過大臣，親戚中也有多位在政壇有影響力的議員。

「唐澤敏郎雖然長相不錯，但經常被貼上『世襲議員』、『沒有內涵，只會作秀』的標籤，在第一次選戰中，起初呈壓倒性的劣勢。」

手機螢幕上詳細介紹了唐澤敏郎在選舉陷入苦戰時的情況，雖然他家世很好，外形也很出色，但剛踏入政壇時並不順利。

「——但是在日本的選舉中，會作秀的人不是就會有選票嗎？」

「你說對了。他作秀的方式之一，就是會在演說前『噴香水』。雖然也有人批判他的這種行為，但他的演說的確很生動，在談論逐漸沒落的高知縣各地的現狀，以及當地的美麗風景時都有壓倒性的真實感，於是漸漸打動了選民。在選戰後期，當競爭對手被週刊爆出醜聞之後，他的支持率立刻逆轉，所以第一次參選就順利當選。」

當時週刊雜誌爆出了被認為篤定會當選的現任女性議員外遇緋聞，雖然消息來源不明，但可靠消息指出是唐澤陣營爆的料。

「唐澤敏郎和商工會議所、醫師會等團體有密切的關係，他繼承了父親大志郎的後援會，所以就被認為是這些團體的『門神』。」

漲紅了臉的健太笑了笑說：

「最重要的是，唐澤背負著『選戰絕對不能輸』的壓倒性壓力。為了贏取選戰，他需要這些團體的力量，即使被說是『門神』也在所不惜。雖然我們這種平民百姓難以理解，但有一個曾經擔任大臣、身為政治人物的父親，恐怕無可避免地會承受這種壓力。」

「我完全不瞭解重點在哪裡。」

健太搖了搖頭，似乎在說他「太天真了」。

「唐澤當上國會議員之後一帆風順，但他周圍那些原本前途無量的議員都紛紛鬧出醜聞——主要是因為外遇黯然下台。而且他持續發揮能言善辯的口才，平時就提出要振興日益衰退的地方都市，大家都很佩服他『竟然願意花時間走訪這些地方』，最後他受到拔擢，成為史上年紀最輕的大臣政務官，被吹捧為『香水王子』。雖然他不是走正統派路線，但的確踏上了政壇明星之路，無愧於唐澤家族的名聲。」

「我再重複一次，我還是完全不瞭解你的重點。」

「喂喂，你的直覺也未免太遲鈍了。」

健太誇張地攤開雙手。

「不是有方法可以揭發誰都不可能知道的過去，或是看到從來不曾去過的地方的風景嗎？」

良平忍不住倒吸一口氣，健太察覺後，繼續壓低了聲音。

「總而言之，有一個疑問——雖然別人稱他為『香水王子』，但他噴在自己身上的，**真的是香水嗎**？」

在旁人眼中，記憶小瓶子看起來和普通的香水沒什麼不同，如果唐澤敏郎在演說之前噴在自己身上的是記憶噴霧，就不難解釋他在說話時為什麼能夠如此聲情並茂。

「——你的推理很有趣，但即使大家以為是香水，但其實是在『店』裡買的記憶，那又怎麼樣呢？」

「我有預感。」

「預感？」

「對，沒有任何根據，只是像直覺的東西。」

這時，健太才終於拿起剛才拿出來的記憶小瓶子說：「要開始囉。」

在噴霧噴到身上的瞬間，良平就發現自己坐在汽車的駕駛座上，行駛在夜晚的首都高速公路上。

「——醫師會說什麼？」

車後座傳來一個低沉的聲音。

「他們只問我，『不能設法搞定嗎？』——」

「開什麼玩笑！你以為我會接受這種不清不楚的報告嗎？」

外面下著雨，豆大的雨滴打在擋風玻璃上，雨刷拚命把雨滴掃出去。

「不好意思，我會再確認他們的真正意圖。」

「你每次都說『再確認』，為什麼不能一步到位？在這個世界，只要稍不留神就會被人扯後腿！」

一如往常的破口大罵——原本以為自己早就習慣了，但在車上聽到這種罵聲還是很刺耳。雖然聽說有好幾位祕書都因為無法承受這種職權霸凌而辭職離開，但是沒有外人知道這裡發生的慘劇。因為每個人在受到嚴重摧殘之後，都導致身心崩潰。

既然這樣，自己必須在崩潰之前，在某個地方留下這件事——。

「你下次再敢說同樣的話，小心我宰了你！」

一陣閃電雷鳴，後視鏡中閃現一張好像魔鬼般的臉。

不擇手段向上爬——這就是這個男人的本性。他是個危險人物，這次也不知道會幹出什麼勾當，只是世人完全不知道他的真面目。惡魔利用這一點，所作所為越來越惡劣，如果等到發生什麼事之後，就為時太晚了。

「不能開快一點嗎！」

聽到男人的聲音後，自己立刻踩下了油門。

希望有人找到這個記憶。我名叫蜷川雅治，是議員的祕書。拜託了，希望有人發現這個記憶，無論是誰都沒關係——。

影像變得模糊，良平又回到了健太的房間。額頭滿是冷汗，心跳加速。這代表記憶的主人蜷川雅治當時感到走投無路。

健太等良平漸漸平靜之後，露出沉痛的表情說：

「唐澤敏郎是『店』裡的常客，如果他從儲存在『店』裡的資料中尋找政敵的醜聞，也一定會調查是否有人將對他不利的記憶出售給『店』裡。」

「——嗯，如果是我也會這麼做。」

「所以即使用『唐澤敏郎』的名字、長相和出生地等進行調查，也完全沒有找到任何記憶。」

良平很清楚，健太往往在有戰果時，才會用這種態度說話。

果然不出所料，健太把手機出示在他面前。

「但是，這是盲點，因為並不是只有影像才會留在記憶中。」

螢幕上出現了播放影片的符號。良平戰戰兢兢地點了一下，手機立刻開始播放街頭演說的影像。唐澤站在選舉車上揮著拳頭，慷慨激昂地發表演說。

『——那我請問各位，難道你們認為無法維護家庭和平的不檢點議員，有能力改變日本嗎？我要說一句——開什麼玩笑！』

——開什麼玩笑！你以為我會接受這種不清不楚的報告嗎？

前一刻看的議員祕書的記憶閃現在眼前。

這時，健太終於露出了他慣有的無敵笑容。

「——他應該沒有調查『聲音』的記憶。」

有時候，別人責罵自己的「聲音」往往會最深刻地留在自己的腦海中。讓蜷川的精神深受折磨的痛罵聲，和唐澤敏郎揭發政敵醜聞的聲音顯然是相同的聲音。唐澤恐怕也沒有想到，有人會出售記錄了「自己聲音」的記憶。健太和蜷川的想法顯然更勝一籌。

健太又滑著手機，然後指著數行的報導內容說：

「蜷川雅治之後精神崩潰，在大約三年九個月前的除夕自殺身亡。他當時已經辭去了唐澤敏郎的祕書一職，所以媒體在報導『議員前祕書跳樓自殺』這則新聞時，也只有寥寥數行。」

「——三年九個月前的除夕！」

「對，沒錯，你應該已經想到那天是什麼日子了。」

不用問就知道，那是「御菩薩池泌尿科診所」被人縱火的**隔天**。

「蜷川雅治來不及向世人揭發唐澤敏郎的真面目，就了斷了自己的生命。但是，他唯一留下的東西——託付給『店』裡的這個記憶，或許就是解開謎團的關鍵。」

這不像是偶然的巧合。在御菩薩池一家五口葬身火窟的隔天，他們選區選出的議員的前任祕書自殺身亡了。

「的確很可疑——」

這時，裡面的房間傳出嘎答的聲音。良平立刻住嘴，看向門的方向。因為瞳美就睡在裡面。

他們屏住呼吸聽了一會兒，健太小聲嘀咕說：

「──她可能翻了身。」

良平看向掛鐘，發現已經快深夜三點了。

「良平，我看你也很累了，我們也睡覺吧。」

健太站了起來，從壁櫥中拿出一床被褥。

「我把抱枕當枕頭睡，你睡這床被子。」

為了避免上班遲到，必須搭首班車回宿舍，所以最多只能睡兩個小時左右，但能夠小睡一下實在太好了。

「──我最後再問一個問題。」

健太鋪好被子，躺在鳳梨抱枕上，難得露出嚴肅的眼神。

「追兵也有可能是剛志，你為什麼要做那麼危險的事？」

「什麼意思？」

「你根本不需要走下計程車暴露自己的身分。你不需要冒那麼大的危險，也能夠知道對方是不是剛志。」

太厲害了。健太的嗅覺太靈敏了，只要事情稍微有一點不對勁就無法瞞過他。雖然健太一旦知道良平剛才在計程車上想出的劇本──如果知道那個劇本背後的真意，他一定會暴怒，但既然他已經直球對決問了這個問題，就只能實話實說。

「你之前曾經說過，『如果保科有心靈創傷，我們就穩操勝券了』——」

健太的表情立刻因為憤怒而扭曲，但是既然已經說了，當然就不可能退縮。

「被持刀的男人追殺，絕對可以成為『心靈創傷』。」

「你這傢伙，你知道自己在說什麼嗎？」

健太坐了起來，一把抓住良平的胸口，好像準備動手打人。

「難道你打算特地讓保科產生心靈創傷嗎？」

「『如果保科有心靈創傷，我們就穩操勝券了』，當初可是你說了這句話。」

「『如果有，就穩操勝券』和『因為沒有，所以要讓她有』完全是兩碼子事！」

良平冷笑著推開了他的手。

「當初是你千方百計想要窺視保科的腦袋！」

「做這種事，簡直喪盡天良！沒有人性，太沒有人性了！」

兩個人的對話已經變成相互攻擊。

「既然你說我沒有人性，那我就再告訴你我的另一個計畫。保科手上有兩千萬現金，她能夠付一大筆錢消除『心靈創傷』。」

「真是受夠你了——」

健太露出輕蔑的眼神，「我看錯你了，你根本是垃圾。」

「是啊，也許我是垃圾，但我並不想失去自己的記憶，絕對不想失去。我拚死都要賺一千萬。為了達到這個目的，我可以不擇手段，而且——」

良平很清楚，接下來說的這句話絕對可以吸引健太的興趣。無論健太多麼火冒三丈，都一定會上鉤。

「而且什麼？」

「幸運的是，保科看到了**追兵的臉**。『敵人』的墨鏡被打飛時，她正好和『敵人』面對面。只要她消除這個記憶，我們就可以知道那個人到底是誰。」

第五章　騎士的失算

1

和健太「冷戰」至今一個星期。時序即將進入十月——距離期限越來越近。但是，在石塚巖的那次交易之後，他們就沒再賺過一毛錢，良平為此焦躁不已。開著公務車停在紅燈前的時候，在離宿舍最近的車站下車、站在月台上時，或是在關了燈的房間準備入睡時……「惡夢」總是在日常生活中不經意的瞬間無情地向他襲來。明天早上醒來之後，自己是否就不再是自己了？會不會前一天還為失去記憶感到害怕，但在醒來之後，甚至連這件事也忘得一乾二淨，然後若無其事地出門上班？

——雖然「沼澤人」和原本的男人是不是同一個人有討論的餘地，但是相反的情況很明確。

沒有錯，「相反的情況很明確」，那就是不再是自己。雖然健太之前罵自己「沒有人性」，但現在已經管不了那麼多了。正因為如此，他一次又一次試圖聯絡瞳美，想把她帶去「店」裡，但是不知道為什麼，完全聯絡不上她。她應該已經搬去週租公寓，但如今良平和健太斷絕來往，當然也就無法得知瞳美的下落。

星名突然失蹤，她的歌迷網站也陷入一片混亂。各種臆測不斷，每天都有人在論壇上大肆討論。有人認為她只是身體不舒服，有人堅稱她和男人私奔了，但完全沒有人說「這和兩個自稱是文字工作者的神祕男人有關」。

良平也沒有忘記利用外勤的空檔去探視石塚巖。遇到詐騙之後，巖一天比一天憔悴，讓人看了於心不忍，但正因為良平認為自己也必須負一部分責任，所以只要有空就會去探視他。說「補償」有點奇怪，但是除此以外，他想不到自己還能為巖做什麼。

「──可以再帶我去『店』裡嗎？」

十月初的某一天，巖提出了這個要求。

「因為我實在籌不到錢了。」

當巖提出這個要求時，良平決定打電話給健太。因為他無法獨自決定該怎麼辦。

「──有什麼事嗎？」

電話另一頭的聲音很冷淡。距離那天深夜大吵一架至今已經過了好幾天，但健太仍然沒有原諒良平。

良平急忙把巖提出的要求告訴了健太。雖然健太接起電話時一副想吵架的樣子，但是當他得知巖陷入了困境，說話的語氣也稍微緩和下來。

「──基本上，我並不反對你帶他去『店』裡，但是到時候再謹慎討論是否要讓他出售記憶。」

幾天後，就是和巖約定的星期六。健太開著租來的車子接到了巖，然後帶他去「店」

裡。雖然兩個人在路上完全沒有交談，但巖似乎並沒有起疑心。

抵達之後，他們立刻帶著巖走進電梯。良平的視線很自然地看向「1」和「3」之間的鑰匙孔。這棟大樓的二樓以前曾經進行「記憶移植」——「騎士」曾經在那裡進行「記憶移植」嗎？健太就是他的「作品」之一嗎？他為什麼最後走上了絕路？

「喂，情況不妙。」

健太拉著良平的襯衫下襬，他才終於回過神。

「怎麼了？」

「你看。」

健太指著鏡子。

沒想到顯示巖的九位數數字是不吉利的紅色。

「——你們說不妙是什麼意思？」

走進房間，巖剛坐下就開口問道。

良平和健太相互使了眼色，這個眼神代表「由你來說明」的意思。

「不瞞你說……你無法再繼續出售記憶了。」

於是，健太便向巖說明鏡子中的數字變成「紅色」所代表的意義，以及繼續失去記憶會導致危險的狀態。如果在目前這種狀態下繼續失去記憶，就會變成廢人，最糟糕的情況，甚至可能會失去生命。雖然之前完全沒有想到，巖只出售了一次記憶就被認為已經到了「危險水準」，但是對人生中只有工作的巖來說，他之所以是他的記憶基礎，也許比想像中更加脆弱。

巖聽完說明之後，難以接受地搖了搖頭。

「但是，我想出售記憶！你們沒有權利阻止我。」

「不行。」

良平只能這麼說。

「為什麼！我已經走投無路了！我需要用錢！」

昏暗的燈光下，巖露出可怕的表情。他的雙眼凹陷，乾瘦的脖頸上血管都浮了起來。

「讓我出售我的記憶！」

「不行。」

「開什麼玩笑！你們把理由說清楚！」

「我們不希望看著你死去！」

「我死了也沒關係！」

巖用拳頭捶著桌子，然後低頭啜泣起來。

——不瞞你說，曾經有好幾次，我覺得死了反而更輕鬆。

——但是，不可以逃避。

——即使老婆忘了我，我也必須記住她。

——因為這是我目前能夠做到的事，也是我唯一能夠做到的事。

巖之前說過的話接連浮現在腦海——雖然他看起來很柔弱，仍然面帶笑容說這些話，那並不是太遙遠的過去。正因為如此，所以覺得和眼前這個潸然淚下的老人並不是同一個人。照顧妻子的生活原本就已經看不到未來，原以為可以依靠兒子，沒想到又遭到了背叛，也許他身心沒有崩潰反而讓人感到不可思議。

良平和健太只能靜靜地等待巖恢復平靜。

「——不好意思，讓你們看到我失態了。」

不一會兒，巖恢復了平靜。比之前更加稀疏的白髮凌亂不堪，雙眼充血，但至少並沒有陷入混亂。

「我們已經沒錢繼續住在那家安養院了，這個月底就必須搬離那裡。」

巖結結巴巴說了起來——語氣中透露出的灰心很不像是平時的他。

「雖然我努力在找其他安養院，但附近價格便宜的地方都沒有空床位了，這下子真的走投無路了。」

巖無力地笑了笑，良平不知道該說什麼。

如果他太太由香里搬離「山毛櫸之家」，之後會怎麼樣？一旦失去了安養院全心全意的照顧，巖就必須一肩扛起照顧她生活起居的重擔。良平不認為巖有能力做到，這對老夫婦一旦走投無路，恐怕——。

「這件事真的太殘酷了，我對老婆有滿滿的記憶，老婆卻完全不記得我了。如果能夠把我的一部分記憶分享給老婆，一定可以有所改變——」

巖自言自語地嘟噥著。

「對了！」

健太露出帶著確信的表情，從椅子上跳了起來。良平完全搞不清楚狀況，但健太不理會他，用力把手放在巖的肩膀上。

「我們再做一次交易。」

「再做一次交易？你不是說，我不能再出售記憶了嗎？」

健太呵呵笑著，把水晶球拿了過來，閉上眼睛，把手放在水晶球上。

「巖先生，這是不是你之前出售的記憶？」

巖目瞪口呆，但良平還是請巖把手放在水晶球上。雖然完全不知道健太在想什麼，但目前只能照他說的做。

巖戰戰兢兢地把手放在水晶球上，繚繞的白煙集中在他的手掌心。

「——對，沒錯。」

「巖先生，那請你**購買**這個記憶。」

「你在說什麼啊？不是要四百萬嗎？」

良平完全無法瞭解健太的意圖，因為他心裡很清楚，在目前的狀況下，巖根本不可能做到。

「不，不是『購回』，而是『購買』萃取在小瓶子中的記憶。」

巖詫異地歪著頭。

「——什麼意思？」

「並不需要把記憶植入大腦中，這次的重點是萃取在小瓶子中。」

雖然良平還是無法瞭解狀況，但健太似乎並不是在胡說八道。

「——良平，真是太好笑了。」

健太回頭看著良平時，臉上充滿了自信。

「『店』的規則中隱藏了盲點，我們完全被『店』玩弄在股掌之中。但是，只要不把賺錢放在首位，答案就極其簡單。」

健太用力深呼吸後，向巖提出了交易條件。

「巖先生，你是否願意用一**百圓**購買這個記憶？」

「你說什麼？」

巖發出驚叫聲。

「我問你，你願不願意花一百圓購買你剛才看到的記憶？」

這時，良平的眼前閃現了幾個場景。

——純哥，價格可以由你決定嗎？

——你很敏銳，的確是這樣，但你為什麼問這個問題？

——可以儘管向他們獅子大開口，根本不需要同情那些人，要大撈一票。

——實際賺多少錢並不是問題。

——這家「店」的確是為了營利目的而存在，但絕對不是只有這樣而已。

——如果你能夠發現這個矛盾，一定可以開拓新的世界。

良平感覺到自己全身發抖。

老闆向他們提出了目標，他們被逼不停賺錢，所以完全沒有發現，「店」的規則中有這麼大的漏洞。「店」裡的業務員可以自由設定「購買」案件的價格，所謂自由設定，並不是只有抬高價格而已，當然也可以降低價格。至於價格設定得很低有沒有問題，答案是並沒有問題。因為「實際賺多少錢並不是問題」，最重要的是「有沒有轉移記憶的意圖」。也就是說，「店」裡花了兩百萬圓買下的記憶，再用一百圓賣給客人，只是業務員賺不到錢，但「店」裡的規定並沒有禁止業務員這麼做。

「怎麼樣？你要買嗎？」

健太露出調皮的笑容，巖慌忙從長褲口袋裡拿出皺巴巴的零錢包問：

「這個可以嗎？」

健太恭敬地接過巖遞給他的一百圓硬幣。

「太好了，其中三成是我們的報酬，回家的路上要去逛柑仔店。」

良平因為太震驚，整個人都愣住了。但是，健太的想法並非僅此而已。

「喂，你在發什麼呆啊！」

良平猛然回過神。

「等我萃取到小瓶子內，就要馬上出發。目的地當然就是『山毛櫸之家』！」

租來的車子一路直奔「山毛櫸之家」，坐在副駕駛座上的健太沿途向他們說明了計畫的全貌。巖剛才說的話成為他的靈感來源。

「你剛才不是說，『如果能夠把我的一部分記憶分享給老婆』這句話嗎？如果說，雙方的記憶不平衡是失智症造成的不幸之一，那就可以試著讓兩個人的記憶平衡。」

到了安養院後，三個人直奔由香里的病房。

「要開始囉。」

健太拿起小瓶子，把「第一次相遇的記憶」噴向由香里——。

「——老公？」

由香里的雙眼迅速聚焦。

巖呆若木雞，但隨即擠出沙啞的聲音說：

「——老婆？」

「你怎麼了？為什麼露出這樣的表情？我的臉上有什麼東西嗎？」

由香里從床上坐了起來，抓住巖放在床邊護欄上的雙手。巖的淚水頓時奪眶而出，由香里充滿愛憐地看著巖。

「——我好想見妳，我好想見妳……」

「你在說什麼啊，我不是每天都在這裡嗎？」

經過短暫的「重逢」，當效力消失之後，她再次面無表情。眼神渙散，臉上的笑容也消失了。她只能在短暫的片刻做回自己。

「你再試一次。」

健太把小瓶子交給巖，這次由巖噴在由香里身上。

由香里的臉上再次出現了表情——。

良平和健太一起離開了病房，讓巖和由香里兩個人獨處。

他們一起坐在電梯廳的皮革長椅上。

「——我真是太佩服你了。」

那是良平發自內心的稱讚，但健太露出了誇張的驚訝表情。

「喂喂喂，你該不會這樣就感到滿足了吧？」

良平很清楚，每次健太露出這種笑容時，事情就會往超刺激的方向發展。

「你還有什麼陰謀詭計？」

「你難道忘了嗎？缺德的銀行員良平當初為什麼會盯上石塚夫婦？」

良平立刻回想起那天的事。

巖在銀行櫃檯前大聲咆哮，要求「讓我領錢」，但課長拚命安撫他。

——我太太連我是誰都不認識了。

——她怎麼可能知道是否要解約定存！

良平頓時恍然大悟。

「難不成——」

「就是你想的那樣。」

健太繼續壓低了聲音。

「石塚由香里只有在被噴了記憶噴霧的數十秒期間，才能找回自己，這是唯一能夠向她確認解約意願的瞬間。」

2

「營業時間開始！」

週末結束，又迎接了週一。由進銀行第一年的行員負責主持晨禮，隨著這名行員一聲令下，銀行的鐵捲門升了起來。銀行規定上午九點銀行開始營業的時間，所有行員都要起立迎接客人。

「歡迎光臨！」

所有人都對著客戶鞠躬。

良平鞠完躬，立刻看到了第一個走到櫃檯前的老人。石塚巖和往常一樣穿著灰色工作服，站在櫃檯前。良平坐了下來，看著眼前的電腦。雖然他雙眼看著客戶名單，但豎起耳朵聽著櫃檯前的交談。雖然良平並沒有告訴巖，自己在銀行工作這件事，但他已經做好了心理準備，一旦有任何狀況，自己就會挺身幫忙。

「您要為您太太的定期存款解約嗎？——請稍候。」

在銀行工作第五年的女性行員在櫃檯前接待巖後，一臉為難的表情走向課長。他們討論之後，由課長走去櫃檯。

「——不好意思，請問您太太在哪裡？」

「她目前在名叫『山毛櫸之家』的安養院。」

課長和巖交談幾句之後，拿起了櫃檯前的電話。

到目前為止，完全都在意料之中。事前已經向「山毛櫸之家」的辦公室人員說明了詳細情況，在接到銀行的電話之後，便會將電話轉接到由香里的病房。健太則在由香里的病房內待命，在內線電話響起的同時，就將記憶噴霧噴向由香里，讓她在找回自己的瞬間，表達想要解約定存。即使記憶噴霧在完成確認之前失去效力，只要再噴一次就可以解決問題。

「喂？請問是石塚由香里女士嗎？」

課長似乎正在和由香里通話，良平的手心立刻冒著汗。「向當事人確認解約的意願」的重頭戲即將開始。

「向當事人確認解約的意願」大致分為兩個階段，首先會確認接電話的人就是存戶本人，通常都是確認姓名、出生年月日、住家地址，偶爾會問生肖。因為即使是別人，也可以輕易查到姓名和出生年月日，不過如果是假冒當事人，就無法馬上答出生肖。姑且不論是否有意義，但在形式上，只要能夠順利回答這些問題，就完成了「確認是本人」的手續。

接著就要「確認存戶取款的意願」，只要能夠「確認是存戶本人」，幾乎都不會有太大問題，所以前者才是關鍵。

「——不好意思，由香里女士，請問您的生肖是？」

課長對著電話一字一句地問。目前的發展令人堪慮，正因為課長產生了疑慮，才會問這個問題。八成是正要回答的當下剛好和記憶噴霧效力消失的瞬間重疊，雖然只要再次噴記憶噴霧就沒有問題，但是效力消失之後，是否能夠順利銜接之前的談話，完全只能靠運氣。

課長一臉為難地起身走向良平身後的經理座位。

「經理，不好意思，有一件事想要請教。」

良平忍不住輕輕咂嘴。課長之所以去找經理，就代表事態的發展超出了課長權限能夠決定的範圍。

「——以上就是這位存戶的情況，不過有點可疑的地方就是，她無法馬上說出自己的出生年月日……但是當我又問一次時，她馬上就回答出來了。回答的語氣改變得有點不太自然……」

「原來是這樣。」

「不僅如此，如果我沒記錯，那位客人之前也曾經臨櫃想要提領他太太的定期存款，我記得他當時說，他太太已經不記得他是誰了。」

「結果現在有辦法溝通了嗎？」

「是啊——」

事態的發展越來越不利。最後將由經理裁定是否能夠提領，只是恐怕會更嚴格核對。尤其經理最討厭別人在自己的經歷上留下汙點，一旦懷疑有盜領情事，不可能會輕易點頭，更何況良平任職的分行有不同於其他分行的狀況。

「不久之前，我們分行的提款機才被捲入了匯款詐騙。」

「是啊——」

雖然經理和課長做夢都沒有想到，目前臨櫃的老人正是上次遭到詐騙的當事人，但這正是這家分行與其他分行不同的地方。之前曾經被捲入匯款詐騙，所以必須比以往更加提高警覺，如果沒隔多久又發生盜領，就會追究經理的責任。

「那四千萬也不會用來買我們的理財產品，對嗎？」

「對，只是轉入活存。」

「所以沒辦法成為分行的業績嗎？那就只是增加我們的風險。」

良平忍不住在辦公桌上握緊拳頭。雖然防止盜領是把信用放在首位的銀行的責任，但沒想到經理在意的竟然是能不能對分行的業績有所貢獻——換句話說，也就是他自己的「升官」問題。

經理走向櫃檯。

「這位先生，不好意思，我可以再次和您太太確認嗎？」

「好，沒問題……」

經理拿起電話說了幾句，誇張地嘆了一口氣。

「很抱歉，本行無法讓您提款。」

「什麼！」

良平忍不住站了起來。其他行員似乎也察覺到櫃檯前發生了不同尋常的事，都紛紛豎起耳朵。

「因為我們無法確認，電話另一頭的人是不是您太太。」

「開什麼玩笑！我老婆不是正確回答了所有問題嗎？」

「但有些回答讓人感到不太對勁，銀行的使命就是保護存戶的重要存款——」

「開什麼玩笑！既然這樣，那就不要問這種制式問題，可以隨便問其他的事！有太多只有我老婆才知道的事！」

「即使您這麼說，我們也缺乏判斷的依據……」

「那可以問我們的結婚紀念日。」

「即使我們問了您說的問題，也無法確認是她本人。雖然我知道這麼說很失禮，但因為這些問題都可以事先套好招……」

經理敷衍地鞠了一躬。

「如果我們的行員中，有人知道只有你們夫妻才知道的事，情況就不一樣了——」

經理一定認定分行內「不可能有這種行員」。

良平直接走向櫃檯。不可思議的是，他完全沒有絲毫猶豫。雖然不知道經理事後會如何數落他，但他認為現在只有自己出面，才能拯救石塚夫妻。

「——經理，請你問客人關於石頭的問題。」

巖看向良平，驚愕地瞪大了眼睛。

「這件事和你沒有關係！」

經理怒目圓睜，激動地噴著口水。

「不，石塚先生是我負責的客人。」

雖然這句話有各種不同的意思，但至少巖的住家，的確位在良平負責的地區，所以並不算是謊言。

「我再說一次，可以問石塚太太，『第一塊石頭』上畫了什麼？」

「什麼意思？」

「你是不是不瞭解這個問題的意思？但是，石塚夫婦知道。」

經理氣得臉都歪了，頭上幾乎冒出了熱氣。

「因為客人自己提出的問題無法確認真偽，所以由負責這位客人的我來提出問題。」

經理立刻氣勢洶洶地說：

「你工作上沒有任何成果，難道還想給我添麻煩嗎？」

「正因為我之前沒有任何成果，所以希望能夠幫到客人。我知道只有他們夫妻兩人才知道的事，因為剛才經理親口說，如果行員中有人知道，情況就不一樣了。」

他把放在巖面前的定存解約單翻了過來，指著背面說：

「石塚先生，請您把答案寫在這裡。」

巖張大嘴巴，茫然地看著良平和經理說話，聽了良平的指示後，立刻拿起原子筆寫了起來。

「經理，請你問石塚太太，『第一塊石頭』上畫了什麼？」

良平盡可能大聲說話，是為了向在電話另一頭的健太通風報信。

——還要問最後一個問題。

由香里能不能答出這個問題是最後的賭注。即使她恢復了記憶，如果不記得石頭上畫了什麼，也就功敗垂成。

經理不悅地再度拿起電話。

「——不好意思，可以再請教您一個問題嗎？請問『第一塊石頭』上畫了什麼？」

整家分行內所有人的視線都集中在巖站著的櫃檯前。進銀行第二年的菜鳥行員竟然敢反抗已經做出結論的經理，無疑為分行沉悶的業務帶來了變化和興奮。

經理把電話從耳邊移開，靜靜地說出了由香里的回答。

「石塚太太說，『八月十日　茶腹鳾　蛇紋岩』。」

良平立刻看向巖，巖把解約單的背面出示在經理面前。上面寫的內容，一字一句都和由香里的回答相同。

——這個茶腹鳾是我最初完成的「作品」。

——當初拿給老婆看時，她顯得很高興。

——她笑得臉都皺成一團說：「會畫畫的老闆太棒了。」所以我現在讓她抓在手上。

良平頓時流下了眼淚。在上班時間——而且身旁還有其他行員和客人，但他再也無法忍住淚水。他不知道以前是否曾經有過如此感動的經驗。不知道是因為由香里清楚記住了這件事，還是為能夠幫助他們感到鬆了一口氣，或是兩者皆是，總之，他清楚知道一件事。

自己和健太運用了「店」的功能，拯救了石塚夫婦。

3

「——話說令人生厭的事件還真多啊。」

熊哥抽著菸，把週刊雜誌遞了過來。

星期六下午，良平正在休息室等健太出現，看到了在對開的頁面上寫得大大的標題。「政界純種馬跌落神壇的黑暗關係」——詳細報導了時下熱門的現任議員在政治獻金問題上的醜聞。

幾天之前，唐澤敏郎遭到逮捕，他涉嫌不實記載政治獻金。雖然是勢不可擋的「香水王子」鬧出的醜聞，但有關政治獻金的事件並不罕見，只不過談話性節目和週刊雜誌都爭相報導這起事件其實事出有因，因為「警方也在追查嫌犯唐澤是否涉及其他不法情事」——根據報導，警方之前就鎖定唐澤為「另一起事件的重要關係人」。所謂另一起事件，當然就是「醫生全家燒死事件」。三年九個月前，當時紛紛傳聞眾議院在隔年春天解散時，御菩薩池公德有意出馬參選。大部分人都認為公德勝選的機率更高，於是他就成為唐澤必須排除的眼中釘，但唐澤至今仍然持續否認參與縱火事件。

「——是啊。」

良平把週刊雜誌交還給熊哥。

「但是，真的是這傢伙幹的嗎？」

沒有人知道真相，警方接下來將會查清所有真相。但是，良平確信唐澤就是凶手。石塚巖不經意地嘀咕的一句話，讓他更加確信這件事。

——你們到底是誰？

順利把石塚由香里的定期存款轉入活期存款的那天晚上，良平和健太一起去了巖的家中，巖問了他們這個問題。於是，他們把所有實情都告訴了巖。表面上，良平是銀行員，健太是立志成為漫畫家的自由工作者，還有在那家「店」工作的來龍去脈，以及盯上石塚夫婦的真正理由。

——無論當初的契機為何，你們最終救了我們。

由於不必再為錢發愁，由香里得以繼續住在「山毛櫸之家」。

——關於你們在「店」裡的業績，是否有我可以幫得上忙的地方？我願意為你們做任何事。

於是，健太提出了一個「提案」。

——不瞞你說，我們目前正利用「店」裡蒐集的記憶做偵探工作。

於是，健太簡略說明了「星名之謎」的大致情況。良平起初搞不懂健太的意圖，但在健太的說明結束時，終於瞭解了所有狀況。

——我們很擅長找人，我們會幫你找到徹也。

從巖的記憶中萃取的「和由香里第一次相遇的記憶」遲早會見底，所以可以藉由找出徹也，萃取他記憶中有關父母的回憶。雖然巖無法繼續出售記憶，但可以藉由徹也的記憶，彌補由香里「失去的記憶」。

——如果徹也順利「出售」他的記憶，請你用徹也出售價格的「八成」金額購買。

如此一來，巖他們等於能夠不花一毛錢就得到記憶，良平和健太也可以獲得相應的報酬，對雙方來說，都是很迷人的交易。巖對他們說：「沒問題，我願意付更多錢。」但是健太堅持己見。

他們根據銀行的客戶資料和「店」裡蒐集的記憶，輕鬆地找到了徹也的下落。他的本名叫石塚徹也，目前三十六歲，結婚後，有一個孩子。得知徹也在一家大型和菓子製造商工作時，巖忍不住露出了微笑。健太立刻去找了徹也，上週六，巖和徹也相隔十幾年終於又見了面。

巖和徹也在「店」內見面時，起初有點客套，但很快就相談甚歡。尤其當徹也透過水晶球讓巖看到孫子時，巖終於眉開眼笑，那是良平和健太從未見過的表情。

徹也欣然答應出售和重新購買記憶，他選擇了一家三口去箱根旅行時的記憶——在他還是小學生時，在他的央求之下，終於實現了全家一起出門旅行的心願。

「出售」的記憶核定金額是二百五十萬圓，良平和健太首先獲得了兩成的報酬，也就是五十萬。重新購買的金額是二百五十萬的八成兩百萬，於是兩個人又再度獲得了六十萬的報酬。所以一次交易就賺進了一百一十萬。這一連串的交易也讓他們達成了一千萬的業績目標，簡直完美無缺。

——我不知道該怎麼感謝你們兩位。

臨別時，巖向他們握手道謝。

——以後也可以靠徹也了。

這一次，這句話千真萬確。站在巖身旁的徹也向他們深深鞠躬。

——真希望在我媽變成這樣之前，能夠為他們做點什麼。

當徹也這麼說時，巖好像突然想起了什麼事，用力拍了一下手。

——對了對了，我對你上次告訴我的事很感興趣。

良平和健太都很納悶，巖露出無力的微笑。

——你說在火災中喪生的御菩薩池公德先生提出了「未病先防」這件事，我忍不住幻想，如果更早推動的話，也許有辦法救我老婆。雖然我知道這種幻想完全沒有意義。

健太之前向巖說明「星名之謎」，在提到御菩薩池全家燒死事件時，曾經稍微介紹了公德著手推動的「未病先防」。雖然對他們來說，這只是附在謎團「根幹」上的「枝葉」，但沒有及時發現妻子病情惡化的巖似乎另有想法。

——只不過如果御菩薩池先生真的大規模推動，醫師會不可能袖手旁觀。

健太聽了巖最後不經意說出的這句話，終於恍然大悟。

——醫師會的壓力就是動機，絕對就是這樣。

在回程的車上，健太向良平說明了自己的想法。御菩薩池公德的這項措施有助於在病人的症狀加重之前及時發現，有效預防「未來的病患」成為「真正的病患」。反過來說，這就意味著醫療機構的診療報酬將減少。御菩薩池公德當初只在高知縣的小城鎮推動他所提出的「未病先防」，醫師會中的一部分人，是否擔心會繼續推動到全縣？

——醫師會說什麼？

所以唐澤在某天夜晚的首都高速公路上，才會質問祕書蜷川這個問題。

「——那我就先去送一下純哥的客人。」

熊哥「嘿喲」一聲站了起來。

幾分鐘後，健太走進了休息室。他在良平的正對面坐了下來，拿起放在桌子角落的週刊雜誌。

「所有的雜誌都在報導唐澤的案子。」

「都只提到涉嫌違反《政治獻金法》的問題。」

「是啊。」健太聳了聳肩，露出凝重的表情。

「我們終於達成『店』裡的業績目標，而且也查出唐澤在『縱火事件』中嫌疑重大，雖然該為此感到高興，只不過有一件事更讓人感到匪夷所思。」

那件事當然就是「星名之謎」。現階段只知道「騎士」的一部分記憶植入了健太的記憶中。

在目前的狀況下，只能仰賴瞳美，正因為這樣，良平戰戰兢兢地向健太打聽了瞳美的下落。

健太深深靠在椅背上說：

「其實，我也不知道她的下落。」

「啊？你不是要幫她找下一個藏身之處嗎？」

「原本是這麼打算。不過我和你發生爭吵的那一天，當我醒來之後，發現桌上放了一張字條。」

那張紙上只寫了短短一句話——「我似乎知道答案了」，瞳美前一晚睡覺的房間空無一人。

「什麼意思？」

「我也不知道。」

健太嘆了一口氣，用力皺起眉頭說：

「我並沒有原諒你試圖想讓保科留下心靈創傷的行為。你不光是為了把她騙去『店』裡，而且還想從她身上撈錢。」

良平從健太說話的語氣中確信一件事，健太目前也坐困愁城。而且健太接下來說的話也證實了這件事。

「——但是，我們現在已經達成了業績目標，至少不需要再從她身上撈錢了。既然這樣，情況就不一樣了，我們應該把保科帶來『店』裡，消除你對她造成的『心靈創傷』，同時，也要確認追兵到底是誰。」

那天晚上，良平對著情緒激動的健太說的那句話——「保科看到了追兵的臉」這個事實，當然激起了健太的好奇心。至少瞭解「敵人」的真正身分，有助於突破目前陷入膠著的現狀。

「好，既然這麼決定了，就把保科——」

良平的話還沒說完，純哥就走進了休息室，他立刻閉上嘴巴，若無其事地回頭看向門的方向。

「啊喲啊喲，首先要恭喜兩位啊！」

純哥分別和他們握了手，然後一屁股在椅子上坐了下來。

「雖然我早就認為你們有辦法成功，但最後的案件太精彩了……只有真正充分瞭解這家『店』的人，才能完成如此神乎其技的案件，因為你們讓『店』本身虧了錢！」

雖然全天下應該沒有任何一個業務員願意用比「進貨價」更便宜的價格出售商品，但因為沒有違反規定，所以老闆也沒有理由挑剔。在他們完成業績目標的今天，純哥來向他們簡單說明「下個階段」的情況。

「——按照老闆之前和你們的約定，你們可以進入下個階段。」

純哥向他們兩人說明了之前在「店」的二樓進行「記憶移植」的情況。雖然已經從柚姊口中得知了相關情況，但他們就像第一次聽到般頻頻點頭。唯一感到不解的是，純哥在說明時，隻字未提自殺的那名「天才」。

「——你們沒有什麼問題吧？」

接著是一陣代表肯定的沉默。「那我先帶你們去『二樓』參觀一下。」

走出休息室後，三個人一起走進電梯。純哥從上衣口袋裡拿出一把小鑰匙，插進「1」和「3」之間的鑰匙孔後轉了一下。電梯發出了嘰嘰嘰的擠壓聲音，最後緩緩開始上升。

叮。熟悉的聲音響起後，電梯門靜靜地打開了。

「走吧。」

他們跟在純哥身後，來到二樓。鋪了油氈板的地板和其他樓層無異，但二樓只有走廊盡頭有一個房間。

「這裡就是『施術室』。」

室內的布置也和其他房間無異。木桌周圍有好幾張椅子，桌子上放著水晶球，正上方掛著燈籠。

但是，也有和其他交易室明顯不同的地方。最先映入眼簾的就是中央的那張床。床上有一個像是枕頭的東西，但有許多像是海葵觸手的透明管子，旁邊有一台外形奇特的儀器，上面也有好幾根和枕頭相同的透明管子。其中的幾根管子與桌上的水晶球相連。仔細一看，那個裝置上有一個像是顯微鏡鏡頭般的東西。

「這個裝置看起來是不是有點可怕？」

純哥緩緩躺在床上，當純哥的頭放在枕頭上的同時，所有管子就像有意志般包圍了他的頭部，簡直就像是捕食獵物的食人魚。良平和健太忍不住後退，純哥則無其事地繼續躺在上面。

「記憶就是透過這些管子植入大腦。雖然看到的景象可能不是很賞心悅目，但睡在上面的感覺很不錯。」

純哥坐了起來，又指著神祕的裝置說：

「這就是『記憶加工機』。那裡不是有一個鏡頭嗎？可以透過那個鏡頭，在觀看記憶的同時進行適度的調整。當然並不是只能調整水晶球內的記憶，也可以調整躺在床上的人的記憶。」

難道當初就是用這台裝置，把「騎士」的記憶植入了健太的大腦中嗎？良平偷偷瞄向健太，但是光線太暗，看不到他臉上的表情。

「先從簡單的狀況開始，如果剛好有理想的客人，我就會通知你們。不用著急，一步一步慢慢來。」

4

聽完純哥的說明，兩個人走出「店」後，健太的手機響起了來電鈴聲。他一看螢幕，立刻瞪大了眼睛。

「是誰打來的？」

健太沒有回答良平的問題，立刻接起了電話。

「保科小姐，好久不見。」

雖然完全聽不到瞳美說了什麼，但事情的進展似乎很順利。

「——那我馬上就去接妳，請妳在新橋車站等我。」

但是健太掛上電話後，露出了凝重的表情。

「你為什麼露出這種表情，保科不是要來『店』裡嗎？」

健太用手指撐著額頭，抬頭看向天空。

「對，但是我無法理解。」

「無法理解什麼？」

「我還沒向她提『店』的事，她就主動提出『我想忘記那天晚上發生的事』，你認為這是巧合嗎？」

難怪他們談得這麼順利。良平在瞭解狀況的同時，也認為如果健太說的情況屬實，的確很奇怪，瞳美簡直就像是事先知道了他們的想法。

「——無論如何，這都是大好機會。」

良平輕鬆地說道，但身旁的健太仍然沉默不語，仰頭看著十月的天空。

「要不要先坐一下？」

瞳美聽了之後，緊抿雙唇，靜靜地在椅子上坐了下來。她的雙眼一直看著桌上的水晶球。從車站接到她，到來「店」裡為止，她自始至終都沒有說過一句話。

「剛才已經在電話中向妳說明了這家『店』的機制。」

健太說，瞳美用力點了點頭。

「妳今天來這裡，是希望能『收取』那天晚上被神祕男人追趕的記憶，對嗎？」

瞳美又點了一下頭。她的視線一直緊盯著水晶球。她若有所思地緊抿雙唇的樣子，和她之前給人的感覺完全不同，甚至有點可怕。

「那就請妳回想那天晚上的事，然後把手放在水晶球上。」

面對「敵人」的時刻終於來了。「幕後黑手」總是及時察覺良平和健太的動向，執拗地阻止他們和瞳美接觸——如今終於將看到他的廬山真面目。

但是，瞳美遲遲沒有把手伸向水晶球。良平忍不住和健太互看了一眼，健太也納悶地歪著頭。

「原來……記憶真的可以交易——」

瞳美小聲嘟噥。

「在打電話之前，我還半信半疑，現在終於確信了。」

良平對這句話產生了強烈的奇怪感覺。

——在打電話之前，我還半信半疑，現在終於確信了。

這意味著在健太把「店」的事告訴她**之前**，她就已經察覺到「記憶交易的可能性」。

「——妳剛才說『在打電話之前』？」

瞳美沒有理會健太的問題，把手伸向水晶球。

「對不起，是我在自言自語，那就開始吧。」

她突然失蹤了大約兩個星期——她留下的那張字條上寫的「我似乎知道答案了」，難道是知道了「記憶可以買賣的可能性」嗎？良平內心不由得產生了這樣的疑問，但瞳美的記憶交易繼續進行。

「——請妳回想一下當時的記憶。」

瞳美和健太的手都放在水晶球上，白煙在水晶球內打轉，然後向健太的手掌聚集。

「原來如此，真的很可怕……」

健太目前正從她的角度體會「那天晚上發生的事」。在赤坂的路上走下計程車，面對手持刀子的「敵人」。剛志奇襲對方，在對戰中打落了「敵人」的墨鏡。瞳美幸運地看到了跪在地上的「敵人」長相。因為隔著水晶球，所以無法瞭解她當時的感情，但足以知道追兵的真實身分。

這時，健太好像彈開似地把手從水晶球上收了回來，身體向後仰。

「怎麼可能——」

他面無血色地小聲嘀咕。

「怎麼了？發現追兵的身分了嗎？」

但是不管良平怎麼問，健太仍然抱著頭，不停地重複「怎麼可能？」這句話。

良平終於忍不住把手放在水晶球上。

「保科小姐，請妳再次把手放在水晶球上。」

瞳美點了點頭，把手放在水晶球上。下一剎那，良平就站在赤坂的小路上。

「不要再打了！」

瞳美站在兩個打架的男人旁邊大叫著。

她突然看到刀子掉落在地上，於是立刻撿了起來，把刀子對準了兩個男人。剛志趁男人分心時，朝向他的臉用力揮了一拳，男人的墨鏡被打飛了。男人單腳跪在地上，這時清楚看到了男人的臉。

那個人是良平很熟悉的人。

「怎麼可能——」

他把手從水晶球上收了回來，說著和健太相同的話。

「怎麼可能？這是怎麼回事——」

他露出求助的眼神看向健太，健太一臉沉痛的表情說：

「——就是純哥，絕對錯不了。」

——但是，為什麼？

良平陷入茫然，只有這個疑問盤踞在內心。

「你們認識那個人嗎？」

瞳美打破了凝重的沉默。

「才不只是認識而已——」

健太無力地嘀咕著。

「他是這家『店』的人——是最照顧我們的大哥。」

為什麼他要拿著刀子展開攻擊？看了瞳美的記憶，發現那個人就是純哥。既然這樣，顯然也是他寄了恐嚇信。

「難怪剛志打不過他，因為純哥以前是職業摔角選手。」

健太稍微恢復了平靜，自嘲地笑了笑。

「但是，純哥為什麼要做這種事？」

即使明知道問了這個問題，也無法知道答案，但他還是無法不問。因為他無法相信，也不願意相信，完全不知道該如何解釋這個太異常的現實。

「——華生昴，我終於確信了一件事。」

健太瞥了瞳美一眼，靜靜地說出了自己的想法。

「純哥試圖阻止我們調查『騎士』的真實身分，不，說得更清楚一點，純哥應該是為了『店』做這件事，因為要是我們查出『騎士』的真實身分，會對這家『店』造成不利的影響。」

瞳美一臉難以理解的表情，始終沉默不語，聽到「騎士」的名字，終於出現了反應。

「──請問這是怎麼回事？」

健太轉頭看向她的方向，微微鞠了一躬說：

「保科小姐，不好意思，之前一直都沒有告訴妳。實不相瞞，我隱瞞了一件很重要的事。」

健太把《星塵夜騎士》相關的異常現實全都告訴了瞳美。從作品名字到故事梗概，以及得獎的少年漫畫雜誌的名字──有太多無法用偶然的巧合解釋的諸多現象。只有「記憶移植」和自殺「天才」的存在，才能說明這種狀況。瞳美在聽健太說話時，一動也不動地繃緊了身體。

「──這就是所有的情況。如今得知追兵就是純哥，我不認為『騎士』和這家『店』沒有關係。」

雖然健太說的很有道理，但仍然有一大堆疑問。

「不過，純哥怎麼知道我們在追查『騎士』的身分？」

健太輕輕笑了笑，小聲嘟噥說：「這是盲點。」

「盲點？」

「沒錯，徹底的盲點。這也是我認為『純哥不是單獨犯案』，真正的幕後黑手是這家『店』的原因。」

「怎麼回事?」

「這家『店』完全知道我們打算追查『流浪歌姬星名』的過去,以及自稱是『文字工作者』的事。」

「為什麼會知道?」

「因為我們把記憶小瓶子帶出去的時候,不是**需要由老闆核准**嗎?」

「啊!」良平忍不住叫了起來。這的確是「徹底的盲點」。

健太說的沒錯,「店」裡規定,把記憶小瓶子攜出店外時,必須「由老闆審查記憶的內容後決定是否核准」——也就是說,到目前為止,老闆確認了健太攜帶出去的所有記憶內容,只要看記憶的內容,當然就知道他們兩個人正在追查「星名」的過去。

「——我太大意了。因為都是由柚姊經手,所以沒有想到老闆會確認所有的記憶這件事。你還記得我攜出的記憶嗎?藺居年輕男子、京都的國中生,以及和剛志在西麻布的酒吧見面時的記憶——雖然還有其他記憶,但只要看了我和剛志見面的記憶,就馬上可以發現我們的目的。」

健太和剛志接觸之後,他們接到了第一封警告信——正確地說,是「健太攜出和剛志接觸的記憶之後」。

「既然這樣,為什麼這家『店』不希望我們查明『騎士』的真實身分?——很遺憾,我想不出這個問題的答案,但隱約看到了整體的全貌。的確和『記憶移植』,以及自殺的『天才』有關。」

「請問——」

瞳美打斷了健太的發言——她的表情明顯陷入了混亂，但也透露出一絲確信。

「請問『記憶移植』可以達到什麼目的？」

健太向她簡單說明後，她又繼續追問。

「——所以真的可以完全變成另一個人嗎？」

「雖然這取決於對『另一個人』的定義，但應該可以做到。」

良平完全不知道她為什麼會問這個問題，但是，她接下來提出的問題完全消除了這個疑問。

「不好意思，我想拜託你一件事。請讓我和純哥見面。」

「什麼？」

健太大吃一驚，露出求助的眼神看向良平，但良平也呆若木雞。

「謝謝你向我仔細說明了這些情況，但我今天要取消『交易』。不過，我想見一見純哥。」

「但是——」

健太正想說什麼，但瞳美制止了他。

「拜託，請你什麼都別問，我已經知道『答案』了。」

「『答案』嗎？」

「對，所以我想『核對答案』。」

5

「——你們認為遇到這種案例該怎麼辦？」

二樓的「施術室」內，良平坐在純哥對面，健太坐在良平身旁，但看起來很緊張。上週末，得知「敵人」就是純哥。這件事已經夠令人難以置信了，沒想到瞳美竟然提出「想見一見純哥」的要求。

最後，如瞳美所願，當天就安排她和純哥見了面。他們當然沒有說瞳美「想要見那天追殺她的純哥」，而是用「她想要見一見比我們更瞭解『店』裡情況的人」這種冠冕堂皇的理由，希望純哥和她見一面。他們不知道瞳美和純哥見面之後聊了什麼，也搞不懂她想和純哥見面的理由——之後健太試著聯絡瞳美，想問她和純哥見面的情況，但是瞳美完全沒有回覆。她再次突然從他們面前消失了。

純哥完全不瞭解這些情況，露出一如往常的笑容繼續說道。

「——這是我的客人實際遇到的煩惱。這位客人的『兒時玩伴突然消失無蹤』了，雖然對方生死不明，但這位客人認為，與其一直為對方擔心，還不如當作對方死了，這樣心情也會比較舒暢。在這種情況下，會有什麼風險？該植入什麼記憶呢？」

目前正在進行「記憶移植」的第一次入門講座。

眼前這個面帶笑容的男人曾經追殺自己——即使很清楚這件事，但還是難以接受，只不過良平當然也無意問他：「你為什麼要追殺我們？」因為總覺得一旦問出口，可能會遭遇什麼可怕的事，也許就是所謂「潘朵拉的盒子」。總之，良平和健太決定，先暫時靜觀後續發展。

「嗯……雖然有很多必須考慮的問題，但是尤其需要注意對方失蹤當時的狀況，以及這位客戶是如何知道那個兒時玩伴已經死去的事實。」

良平淡淡地回答，完全沒有透露在內心翻騰的疑問。

「真不愧是『風險管理的阿良』，你認為用哪種方式得知那個兒時玩伴死去的事實比較理想？」

「客人的朋友或是雙方家人，知道客人和那個兒時玩伴的關係嗎？」

「如果是沒有第三者知道的祕密關係呢？」

沒有其他人知道那兩個人的關係——這是極其重要的因素，良平立刻在腦海中設想了各種不同的情況。

「以結論來說，我認為選擇『從地方報紙的一小篇報導中得知對方車禍身亡』的方式處理最理想。」

「喔？為什麼？」

「因為既然沒有第三者知道他們的關係，就必須排除『從別人口中得知』的選項。雖然也可以透過『委託偵探調查得知』，但必須視狀況而定。如果客人很想找到兒時玩伴的下落，或許可以用這種方法，否則植入這種記憶，當事人可能會覺得很奇怪。」

純哥微微歪著頭問：

「怎麼個奇怪法？」

「當事人可能會對自己為什麼這麼執著，甚至不惜僱用偵探感到奇怪。雖然可能只是不值得一提的小事，但我認為最好盡可能減少『對自己的行為感到奇怪的風險』。」

坐在良平身旁的健太佩服地點著頭，但純哥仍然沒有點頭表示「合格」。

「——但是實際上，報紙並沒有出現這種報導，如果之後發現這件事，不是反而更奇怪嗎？」

「不，沒問題，因為普通人並不會想到『記憶可以竄改』。以這次的情況來說，通常不可能懷疑自己看到相關報導的記憶本身『也許並不是真的？』只是或許可以視實際情況，調整客人原本的記憶。」

「你說調整客人原本的記憶是指？」

「比方說，可以竄改那個兒時玩伴在客人記憶中的名字，改成和報紙上報導的車禍身亡者相同的名字，如此一來，報導這件事就是真的。除此以外，還可以改變記憶中的長相，但進一步的情況，就必須根據客人的性格決定……」

純哥眉開眼笑地說：

「比我想像中更加出色，你已經達到了可以馬上把客人交給你進行『記憶移植』的水準。」

雖然純哥大肆稱讚，但是對目前的良平來說，「消除一個人」輕而易舉。因為至今為止，曾經多次處理「收取」的案件，每次都充分排除了所有的風險。

「那就實際來試一下——」

良平在純哥的協助下，利用「店」內儲存的各種記憶，將這些記憶拼湊起來，順利建立了「從報紙上得知兒時玩伴車禍身亡的記憶」的原型架構。純哥也感到大吃一驚，不停地發出驚嘆聲。

「太驚訝了，『記憶的架構』的完成度這麼高，等於完成了『移植』的九成。」

雖然良平不知道客人兒時玩伴的姓名和長相，但是純哥在實際移植的瞬間會調整細部的合理性，所以不會有問題。成為架構的記憶最重要，一旦出現「疏失」，客人有很高的機率會出現異常。

之後又聽純哥說明了「記憶移植」時必須考慮的事項，在這一天的課程即將結束時，健太緩緩開了口。

「今天作為範例討論的這位客人，希望進行『記憶移植』嗎？」

純哥聽了健太的問題後，露出詫異的表情，但立刻像調皮的孩子般笑了起來。

「——你太敏銳了，你是不是認為是你們建構了『從報紙上得知兒時玩伴車禍身亡的記憶』，所以實際『移植』時就要支付給你們相應的報酬？」

「這也是理由之一——」

「原來你真的這麼想，我原本只是開玩笑。」

純哥開著玩笑，健太仍然一臉嚴肅的表情。

「我們不能見到那位客人嗎？」
健太的問題十分出人意料，純哥歪著頭問：
「為什麼？」
「如果沒有見到當事人，就『移植』我們——其實我只是看著良平作業而已——建構的記憶，真的沒問題嗎？」
健太的擔心合情合理。這個案件的難度的確並不高，但如果在沒有和當事人見面的情況下移植「虛假的記憶」，的確有點令人擔心。
「原來是這樣。」純哥說完，緩緩點了一支菸。「這件事倒是不必擔心，這是根據你們的能力挑選的案件，即使不和當事人見面也完全沒問題。」
「但是——」
健太仍然沒有放棄，純哥態度堅定地拒絕說：
「你們不需要為不必要的事操心。」
良平和健太第一次走進這家「店」時，健太曾經問純哥，為什麼電梯中沒有「二樓」的按鈕，純哥冷冷地說了一句話。
——這件事目前和你們沒有關係。
純哥說話的語氣和當時一樣，帶有一種不容別人爭辯的威嚴，但是健太今天沒有輕言放棄。
「那至少告訴我們，什麼時候要為那位客人進行『移植』。」

「那倒是沒問題，就是今天傍晚五點之後。」

純哥說完，吐出一大口煙。

兩個人離開「店」裡之後，走進澀谷車站附近一棟商業大樓三樓的咖啡店，因為是週六傍晚，所以店內有不少客人，但他們很幸運，窗邊剛好有一張兩人座的空位。從那裡可以看到全向交叉路口。

「——你為什麼那麼堅持？」

良平當然是問健太剛才為什麼那麼「執著」，因為良平認為那件事不需要這麼堅持，但想必健太有自己的想法。

他們點的冰咖啡送上來時，健太終於開了口。

「——保科不是說，她知道『答案』了嗎？」

原本正在看菜單的良平抬起頭，看著他的臉。健太仍然皺著眉頭，低頭看著路口。

「對啊，她這麼說過。」

「她知道了什麼呢？」

「這就不知道了——」

健太閉上眼睛，用力嘆了一口氣。

「保科說，『在打電話之前還半信半疑』，也就是說，在她打電話給我的時候，已經想到了『記憶可以買賣』的可能性。」

這和良平剛才對純哥說的話，有明顯的矛盾。

——因為普通人並不會想到「記憶可以竄改」。

健太在桌上抱著頭。

「保科在遭到純哥追殺的那天晚上，想到了『也許可以買賣記憶』，她在留下的字條上寫的那句『我似乎知道答案了』，應該就是指這件事。」

「我也這麼認為。」

「為什麼？因為照理說，**普通人根本不可能會想到**記憶可以買賣這種事，除非『店』裡的人告訴她這件事——」

健太突然瞪大了眼睛，仰頭看著天花板，似乎發現了什麼事。

「原來是這樣。」

「啊？」

「那一天，她聽到了我們的談話！」

「等一下，什麼意思？」

「那天晚上，保科並沒有睡著，八成隔著房間的門，豎起耳朵聽到了我們的談話。」

良平想起那天晚上房間內傳出動靜，兩個人頓時閉上了嘴巴。

「難怪，」健太獨自點著頭，「保科聽到了我們的談話，所以才會主動提出『我想忘記那天晚上發生的事』。因為這正是你這個沒有人性的傢伙所描繪的劇本。她為了確認這家『店』真實存在，所以扮演了『撲火的那隻飛蛾』。」

「但如果是這樣，『守門人』不是會判定違規嗎？」

那天晚上，雖然自己有「讓瞳美的記憶轉移的意圖」，但健太並沒有這種想法，只是純粹在討論「店」的情況，難道「守門人」會放過嗎？

健太緩緩搖了搖頭。

「不會。」

「為什麼？」

「因為在我們的**記憶**中，當時只是在聊天而已。」

「只是在聊天而已？」

「『守門人』並不是針對『客觀的事實』進行判定，而是根據當事人的『記憶』——也就是意識進行判定。我反過來問你，你當天有意識到保科在偷聽我們說話嗎？」

被健太這麼一問，才發現那天晚上，根本沒有想到瞳美在偷聽。也就是說，在良平的記憶中，認為「只是和健太在聊『店』的事」，既然這樣，的確不可能遭到「制裁」。

健太終於露出了笑容。

「保科偷聽我們的談話後來到『店』裡，確信記憶可以買賣。除此以外，還知道『騎士』的記憶植入了我的大腦，之前是『店』裡的人在追殺你們，以及『店』的目的是阻止我們揭露『騎士』的真實身分。她在這種狀況下斷言，自己『知道了答案』，她到底在想什麼呢？」

良平絞盡腦汁，但還是想不出答案。

「──我完全不知道。」

「但是，她一定知道了某些讓她斷言『知道了答案』的事。」

「她只知道『記憶可以買賣』這件事而已。」

健太立刻打了一個響指。

「太敏銳了，我也搞不懂這一點。正確地說，她是知道能夠進行『記憶移植』時，才斷言『知道了答案』，總之，這是重點。」

「所以對保科來說，當時的狀況是只要確認真的能夠進行『記憶移植』，就解開了所有的謎團嗎？」

「就是這樣。但那到底是什麼樣的狀況呢？」

這次換良平抬頭看著天花板。

──只要確認真的能夠進行「記憶移植」，就解開了所有的謎團。

良平的腦海中不斷重複這句話。某種模糊的想法雖然無法在腦海中成形，但如果不說出來就會消失。

「──是不是和『沼澤人』相反的情況？」

良平只是把想到的事隨口說了出來，健太把一隻手肘撐在桌子上，好奇地探出身體。

「我有一種很有趣的預感。」

「不，我還沒有明確的想法……」

假設有一個人，外表還是原來的樣子，只是記憶完全不一樣了。雖然當事人自己並沒有發現，但周遭的人一定會發現異常的變化，心裡納悶「他怎麼了？」良平知道自己說的話沒有重點，但健太聽完之後，佩服地拍了一下手。

「——我覺得你思考的方向很正確。比方說，會不會是這樣？保科可能已經猜到誰是『騎士』了。」

良平感到不寒而慄。

「怎麼可能——」

「只不過『騎士』已經換了記憶，**好像變成了另一個人？**」

——所以真的可以完全變成另一個人嗎？

他清楚回想起瞳美之前問的問題。

良平搖了搖頭，想要甩開奇怪的預感。

「那只是我隨便想到的事，不要當真。」

「良平，千萬不要小看隨便想到的事。」

「你有什麼想法嗎？」

良平在發問的同時，忍不住吞了口水。因為他覺得店內的空氣有點緊張，好像整個世界都在屏氣斂息，偷聽他們的談話。

「不，不好意思，完全不是這樣。」

「——搞什麼啊，虧我還這麼期待。」

良平不知道說自己很期待是否正確，也許說感到害怕更正確。健太當然不可能瞭解良平的內心，聳了聳肩說：

「說起來很諷刺，當初我們開始當偵探是為了揭開『星名之謎』，沒想到竟然更瞭解『縱火事件』的真相。話說回來，這件事更有當偵探的感覺。」

兩個人都低頭默默看著全向交叉路口。

人群來來往往，每個人都帶著自己的記憶，以後也持續累積各自的記憶。不知道為什麼，在這個瞬間，突然覺得這件理所當然的事格外值得珍惜。

「——回想起來，真的很開心。」

良平不自覺地嘟噥了一句。

健太愣了一下，然後靦腆地哼了一聲說：

「雖然你用過去式讓我有點不爽，但我也有同感，的確很開心。」

「在澀谷車站前遇到『星名』，成為一切的起點。」

「不，不是。」健太指著自己的腦袋笑了笑，「正確地說，那個叫『騎士』的傢伙把《星塵夜騎士》植入我的腦袋時，才是起點。」

「有道理。」良平自言自語般嘀咕道，「但我還是覺得，那天你在教室主動和我搭話是一切的起點。從那天開始，我的人生走向了奇怪的方向。」

「好懷念啊……我記得那天你在上課時看最新一集的《終極萊拉》。」

「你沒頭沒腦地說我『顯然是資深漫畫迷』，我對你的第一印象超差，你應該記得自己還說了什麼失禮的話吧？」

「嗯，當然記得——」

健太說到一半，突然停下來，完全沒有任何預兆，好像電腦被強制關機。

「怎麼了？」

良平戰戰兢兢地問，但健太注視著他，一動也不動，然後視線移向他的**額頭**。

「幹嘛？」

不過即使良平這麼問，健太也一動都不動，簡直讓人有點發毛。

「——我額頭上有什麼東西嗎？」

良平問道，正準備摸自己的額頭時，腦海中回想起一個畫面。

——你和我之前畫的漫畫傑作的主角長得一模一樣。

——還有額頭上的傷都一模一樣。

在教室第一次見面時，健太很沒禮貌地這麼說。良平當時心裡很不舒服，同時對他敏銳的觀察力感到驚訝，但是現在情況不一樣了。

良平露出笑容，想要擺脫腦海中閃過的不安預感。

「到底怎麼了，你倒是說話啊！」

「——你不覺得『席娜』和『利奧』的原型，就是保科和『騎士』嗎？」

健太終於開了口，他的雙眼充滿確信。

「『席娜（Shina）』這個名字一定是來自『保科（Hoshina）』，既然這樣，『利奧（Rio）』是否也是根據某個名字所取的？」

「可能吧，那又怎麼樣？」

雖然良平故作鎮定這麼回答，但心跳持續加速。

——騙人，不可能有這種事。

但是，他覺得「利奧」的發音的確和「良」很像。

「良平，你應該也記得吧？保科第一次見到『騎士』那天，他遭到剛志欺負，被木棒打得頭破血流。」

良平試圖假裝沒有發現，但嘴唇開始顫抖。

——不可能有這種事。

明明不可能有這種事，但額頭的舊傷隱隱作痛。

「不僅如此，我們之前不是一起去了棒球練習場嗎？當時自稱曾經是棒球社王牌選手的良平，完全打不到球。」

「因為那天喝醉了。」

「是因為喝醉酒的關係嗎？」

良平帶著戰慄，回想起柚姊的話。

——比方說，「不會游泳的人」被植入了「會游泳的人的記憶」，你認為會發生什麼狀況？

回想起來，自己並不是只有那一次感到「不對勁」。之前遭到經理訓斥，代理課長為自己解圍，然後去提款機前接待遇到困難的外國人。雖然當時滿腦子想著警告信的事，但即使扣除這個因素，仍然很奇怪。自己曾經環遊世界，不可能無法應付那種程度的簡單對話。

「——就是因為喝醉酒。要不要再去一次？」

但是，萬一完全沒有喝酒也打不到球——。

「保科在被純哥追殺的那天晚上，看到了你沒有變裝的樣子。她一定在那時候確信，出現在她眼前的，就是踏破鐵鞋無覓處的『騎士』。」

「太荒唐了——」

「只不過你和她認識的『騎士』完全不像——現在回想起來，我們三個人第一次見面時，保科一直追問你的過去。」

——因為我覺得會去環遊世界的人，應該從小就與眾不同。

那一天，瞳美一直追問良平的過去。良平當時就很納悶，為什麼第一次見面，瞳美就對自己產生了這麼大的興趣，而且當時暗戀她的健太也在場，所以感到很不自在。

——原來你沒有變裝的時候長這樣。

——『騎士』和你是光和影。

瞳美曾對自己說的許多話，和她聊天時產生的些許疑問——如果自己就是「騎士」，所有的一切不就都有了合理的解釋嗎？

「不可能有這種事，不可能——」

良平就像夢囈般一直重複這句話，試圖反駁。他在「記憶」深處翻找，試圖尋找反駁的證據，但無法立刻找到。

「但是，交易紀錄上並沒有我的個體識別號碼！」

那一天，良平熬夜完成了幾乎令人昏倒的龐大作業。在過去十年的交易紀錄中，並沒有和自己完全相同的號碼。『相符資料 0筆』——這不是無法推翻的事實嗎？如果自己是「騎士」，交易紀錄上不可能沒有自己的名字。

「——怎麼樣？這不就是無法動搖的證據嗎？」

「不，交易紀錄上沒有你的號碼很正常。」

健太靜靜地說。

「為什麼？」

全身的毛孔都噴出汗來。

「你應該記得，鏡子是根據什麼『確認是不是本人』。」

「記憶結構。」

「如果調換了所有的記憶，不就是變成另一個人了嗎？」

「這——」

「用不同人的記憶拼湊出一個全新的岸良平，和之前的岸良平的記憶結構完全不同。由於記憶缺乏連續性，鏡子無法判斷是同一個人。」

——所以真的可以完全變成另一個人嗎？

如果只是更換一部分的記憶，的確不能算是大幅改變記憶的結構，但是，如果所有的記憶都徹底更換——。

「不可能——」

難道一切都是「虛假」的嗎？無論是運動能力，還是以優異的成績引人注目的神童，和教練吵架退出棒球社，以及上大學後，完成環遊世界都是虛假的嗎？

他感到暈眩，想要嘔吐。

——但是，我明明都記得一清二楚。

只不過根本無法確認那些記憶「是否真的是自己的體驗」。

「『騎士』是『記憶移植』的天才，完成了徹底更換自己記憶的奇蹟，這的確是如假包換的『自殺』。」

——他的「作品」很完美，即使之後進行追蹤調查，「作品」也持續過著日常生活，完全沒有任何異常。

柚姊說的沒錯。雖然曾經感到些微的不對勁，但並沒有產生過會對日常生活造成影響的「不協調」，這無疑是「騎士」施術成功的最佳證明。

「『風險管理的阿良』這個名號當之無愧。」

——他天生就是「作家」。

——你已經達到了可以馬上把客人交給你進行「記憶移植」的水準。

各種場景好像浪濤般撲來——一旦開始冰釋，所有的事就像產生了連鎖反應，全都一一吻合。

「這個劇本太可怕了，完全就是『星空遭到了竄改』。」

這就像漫畫《星塵夜騎士》中，「銀河聯盟」為了隱藏對自己「不利的過去」，用這種方式進行掩飾。「利奧」和「席娜」從望遠鏡中看到其他星球上的和平都是虛假的，一直以為是自己親身經歷的記憶，竟然也都是拼湊出來的——。

「——果真如此的話，就很不妙！」

健太想到了什麼，低頭看著手錶。

「純哥今天五點開始進行『記憶移植』的對象應該就是保科！她知道了『答案』，知道曾經和她有過約定的『騎士』，選擇了埋葬所有的記憶，變成另一個人。」

「怎麼會——」

「我剛才就覺得奇怪，純哥為什麼不讓我們和那個客人見面，但如果那個客人正是保科，就不令人意外了。她一定是打算藉由你剛才建構的『從報紙上得知兒時玩伴車禍身亡的記憶』，當作『騎士』已經死了——」

良平還沒有聽健太說完，就起身衝了出去。因為他憑直覺知道，健太說的這些話完全正確。

——滿天星斗的夜空一定會記得我們。

原本如此深信的她，終於知道了。

她終於知道「在夜空中看到的星星，是已經隕落的星星殘留的光芒」。

6

純哥正在休息室內抽菸，看到他們兩個人臉色大變地衝進來，驚訝地瞪大了眼睛。

「怎麼了？為什麼——」

「保科在哪裡？」

「你在說什麼啊？」

「不要裝糊塗！我們全都知道了！」

良平走到純哥面前，一把抓住了他的胸口。

「你應該知道我就是『騎士』！所以才會試圖阻止我們的計畫！為什麼？三年半前，我到底發生了什麼事？」

雖然良平不知道這到底算不算是「自己身上」發生的事，但是除此以外，他不知道該如何表達。

純哥把香菸在菸灰缸內捻熄後，靜靜地開了口。

「——那我把重點告訴你，但是你先放開我。」

純哥若無其事地準備向他們說明「真相」，讓良平感到更加絕望。自己之前那麼害怕成為另一個人，沒想到早就已經變成了另一個人——這件事即將在純哥口中變成現實。

良平順從地鬆了手，癱坐在純哥旁邊的椅子上。

「三年半前，你——說是你似乎也有點奇怪，總之，你決定要『自殺』，要用前所未聞的『徹底更換記憶』的手法自殺。」

「這——」

「所有人都說不可能成功，我當然也是其中之一，但是，只有老闆持不同的意見。」

純哥豎起右手的兩根手指。

「老闆基於兩個理由，同意了你的『自殺』。其中之一，純粹是身為研究記憶的人所產生的好奇心，是否真的能夠徹底調換記憶——老闆決定相信你的才華賭一把。」

不知道是否該說並不意外，老闆當然不可能純粹基於興趣做出這樣的決定。

「另外一個理由——也可以說是條件，如果真的順利成功，就希望重新拉攏你來這家『店』，這件事當然沒有告訴你，而是『店』方面的想法。你倒是想一想，如果真的能夠完成抹殺一個人，打造成另外一個人，怎麼可能放過具有如此巨大的才華，完成這項奇蹟的人呢？」

良平立刻回想起之前和健太聊天的內容。

——既然純哥手上有這麼多大客戶，為什麼還要把我們帶去「店」裡？

「所以在你們讀大學期間，我一直暗地裡跟蹤你們。確認你變成另一個人，而且沒有發生『記憶合併症』，平安無事地正常生活，然後打算等到時機成熟時，再勸說你來『店』裡。」

純哥手上有很多政經高層的大客戶，為什麼要跟蹤良平和健太這兩個「根本賺不了什麼錢」的大學生？——這個疑問終於有了答案。

「這家『店』打算把你培養成『記憶移植』高手，沒想到你們竟然開始調查自己的過去——」

「店」裡的人從健太攜出的各種記憶中，察覺到他們的意圖，但同時也確信他們不可能查到真相。

「因為你『即使從這個世界消失，也不會有人發現』。家人和你斷絕了關係，大學也被留級，而且你根本沒朋友，是完全變成另一個人的理想人選。當然，我們事先詳細研究過風險，也想到了變成另一個人的你，可能會再次來到『店』裡，但即使這樣，你也不可能瞭解『騎士』的真實身分。你知道為什麼嗎？」

「——因為我沒有留在任何人的記憶中嗎？」

「沒錯。雖然你的外表和原來一樣，但內在已經完全變成另一個人，這個世界上，沒有人對這件事感到奇怪，而且『店』裡儲存的記憶中，也沒有任何清楚記得你的記憶。即使已經完全變成另一個人的你知道了這家『店』，也不可能找到『騎士＝自己』的『答案』，但是——」

純哥又點了一支菸，然後輕輕笑了笑。

「**只有一件事**失算了。」

「失算？」

「並不是沒有人記得『騎士』。」

這時，良平感覺到胸口好像有一種被勒緊的疼痛。

——因為我們在那天約定。

瞳美從來不曾忘記「騎士」。她努力完成十五年前的約定，同時也相信「騎士」在這個世界的某個地方奮鬥。即使在彼此斷了聯絡之後，仍然沒有改變，但是身為「騎士」的自己，卻選擇了埋葬一切。

「如果她忘記了『騎士』，就完全沒有任何問題，但是，她一直記得，而且你們還相遇了。這個機率太小了，簡直可說是奇蹟。」

——我們在數億顆閃爍的星星當中找到了「星名」。

——你不認為這是驚人的奇蹟嗎？

之前在新宿車站等瞳美時，健太曾經這麼說。這的確是奇蹟。但是，那一天，**瞳美也找到了**。

「——這就是我寄恐嚇信的原因。當然我並不會危害你們，只是希望你們在查到『騎士』的身分之前收手。」

良平說不出話來，純哥露出憐憫的眼神看著他說：

「不久之前，她來找我，我得知了所有的情況。你們三個人第一次在新宿見面時，她一看到你就感到驚訝。因為她覺得你和『騎士』很神似，而且還有另一個原因點醒了她。」

「——另一個原因點醒了她？」

「就是你在工作上用的『二階堂昴』這個名字。」

——二階堂昴這個名字怎麼樣？

——很不錯啊，很酷，又令人印象深刻，只是會覺得害羞到全身發癢……。

當健太說要冒充文字工作者，所以必須取一個假名字時，良平不經意地想到了這個名字。原本以為這個名字根本沒有任何意義——。

「她其實也沒有自信。雖然五官很像，但是你所談論的自己的過去和『騎士』完全不同，所以她無法排除只是長得很像的可能性，即使在半藏門的飯店看到沒有變裝的你，仍然沒有把握。」

純哥說到這裡，露出了笑容。

「但是，她在那天晚上聽到了你們的談話內容，聽到了『記憶可以交易』這件出人意料的事，尤其是關於『既視感』的內容，引起了她的注意。」

——「記憶移植」就是產生「既視感」的理由之一。

如果瞳美聽到了那天晚上所有的談話內容，當然也會知道有關「既視感」的情況，只不過她為什麼會注意到這個現象？

「她留下字條，從你們的面前消失之後，就一直四處找某樣東西。」

「某樣東西？」

「雖然她的老家好好保存了那樣東西，但是，她之前和父親吵架之後，就完全沒有和家裡聯絡，所以不太想為了確認這件事回家，於是她走遍了各家二手書店、理髮店和咖啡店等可能有那樣東西的地方。」

「她要找什麼東西？」
純哥吐了一口煙，似乎示意他不要催促。
「就是以前的《和平少年週刊》。」
「咦——」
聽到意想不到的回答，良平難掩困惑。
「為什麼要找那種東西？」
「因為她要確認《星塵夜騎士》獲得佳作時的筆名。如果她沒記錯，作者就是叫『二階堂昴』這個名字。」
「怎麼會——」
「這個名字並不是菜市場名，所以長得很像『騎士』的男人說自己叫這個名字絕對不是巧合。她聽到你們談論『既視感』，就想到了這種可能性。最後發現她的記憶正確，當時的雜誌上，的確印了『二階堂昴』這個名字。」
——躲藏在「無意識」中的某些東西，在某種機緣之下突然探頭露臉。
雖然不知道更換了所有記憶的自己，「無意識」中是否還留有「騎士」時代烙下的記憶，但也許是烙印在細胞中的某些東西意外浮現。
「她確信你就是『騎士』後，為了確認這家『店』的存在，再次和你們兩個人接觸，於是知道了真的有這家『店』，以及可以實際進行『記憶移植』——所以她終於知道了『答案』。」

純哥緩緩從西裝胸前的口袋拿出一張紙。

「雖然你可能有很多搞不懂的事，但現在沒有時間向你說明一切。改天你有空時，去紙上寫的這個地方，你可以在那裡找到所有的『答案』。」

「但是——」

「你們最好趕快出發，因為我聽說她打算搭七點半從東京車站出發的新幹線。」

良平原本還想繼續追問，但立刻察覺了純哥這句話的意思。

一看手錶，已經超過晚上六點四十分了。

「她選擇了『新客方案』，當她睡一覺醒來時，就會完全忘記這家『店』的事。明天早上，不，也許從新幹線下車時，就已經——」

良平正準備像脫兔般衝出去時，純哥立刻抓住了他的手臂。

「但是，我要提醒你一件事，絕對不要跟她說話。不，甚至不能讓她看到你，只能遠遠看她一眼。」

「為什麼！」

「沒想到『風險管理的阿良』會問這個問題。你聽好了，在她的記憶中，你已經是死去的人，你不要說聽不懂這句話的意思。你不要忘記，『記憶合併症』會讓很多人發瘋，如果已經死去的兒時玩伴又復活了，不知道會對她造成什麼影響。」

「但是，我——」

「如果你想保護她，就要發誓絕對不能出現在她面前。」

「放開我！」

「如果你不發誓，我就不會鬆手！」

「但是我——」

良平無論如何都必須向她道歉。她在那天晚上聽到了良平和健太的談話，這就代表她也聽到良平故意想要造成她的心靈創傷，同時打算從她身上撈一大筆錢。當她看到多年來一直相信的「騎士」完全變了樣，不知道有何感想。想到這裡，就感到坐立難安。他不知道道歉是否能夠解決問題，甚至不知道該為什麼道歉。

「——好，我發誓。」

「真的嗎？」

純哥露出從來不曾見過的嚴肅眼神。

但是，即使不遵守「誓言」和她說話，到底該說什麼？根本不可能把事情的來龍去脈一五一十地告訴她，但如果簡單扼要地說明，她根本不可能理解，所以真的只能遠遠地看她一眼。

「——我保證。」

「好吧，那你趕快去地下停車場，熊哥等在那裡。」

純哥鬆開了抓住良平手臂的手。

「啊？熊哥？」

「對，『店』裡的人都知道所有狀況，都希望為得知『真相』的你和她最後的瞬間盡一點力，而且，我們欺騙了你也是事實，所以至少希望可以為你做點事。還有——」

純哥從上衣內側的口袋拿出了墨鏡。

「這是跟蹤你們時使用的墨鏡，千萬別被她發現。」

熊哥把車子停在東京車站的丸之內出口，良平立刻衝了出去。

——她說要回去老家，可能今天就會去岡山那裡。

熊哥剛才在車上告訴良平，他才剛從「店」裡把瞳美送去東京車站。良平購買了車票，進入東海道新幹線的剪票口，衝上樓梯來到月台後打量周圍，並沒有在人群中發現她的身影。不一會兒，就聽到廣播傳來七點三十分開往岡山的望一二七號即將開始搭車的通知。一旦瞳美上了車，就很難再找到她。良平戴上了純哥的墨鏡，不加思索地跑向前面的車廂。

——她在哪裡？

停在月台上的新幹線車廂數字越來越小，當數字變成「5」時，他終於停下了腳步。因為他在四號車廂旁的隊伍前方，發現了瞳美的身影。她穿著皮夾克和牛仔褲，帽子和黑色長髮都是熟悉的樣子。眼前的她和沒有表演時的她一樣，唯一不同的是——在她的心中，良平「已經死了」。

這時，車門打開了。

「啊——」

瞳美的身影消失在車廂內。

良平小跑著前往四號車廂。瞳美坐在車廂中央靠月台的窗邊。

——絕對不要跟她說話。

良平只能站在原地。瞳美朝向前方，坐在那裡一動也不動。隔著車窗看著她的側臉，似乎帶著一絲哀傷，但也許只是良平這麼認為而已。

月台上響起了發車的鈴聲。

她對著前面的座位露出笑容，點了點頭。是不是坐在前面的客人問她，可不可以把椅子放下來？自己再也看不到她的笑容了。她曾經是唯一記得「騎士」存在的人，如今，她將前往遙不可及的地方。

「——對不起。然後，謝謝妳。」

當良平小聲嘀咕時，她轉頭看了過來。

只有一眨眼的工夫。

新幹線靜靜地出發，轉眼之間就遠去了。即使已經看不到了，良平仍然站在月台上。

她在最後的瞬間，對他露出了笑容。

他不知道瞳美那個笑容的意義。

但是，他知道自己一輩子都不會忘記那個微笑。

7

「歡迎。」

按了門鈴後，一名身穿西裝，舉止優雅的年邁紳士出現在眼前。

「謝謝你大老遠來這裡，辛苦了。」

氣派的大門打開，良平走進豪宅。綠意盎然的廣大庭院修剪得井然有序，墊腳石一直延伸到玄關，眼前是一棟漂亮的兩層樓洋房。這裡是輕井澤別墅區內富豪聚集的區域，純哥交給他的那張紙上，寫的就是這裡的地址。

走進一樓的客廳，年邁的紳士請他坐在沙發上。柔和的陽光從面向庭院的大片窗戶照了進來，看起來像是幫傭的女人送來了西點和紅茶。他道了謝，但仍然感到不安。天花板的水晶燈、牆上的抽象畫，以及架子上的餐具應該都很貴，只是他完全猜不出價格。

「——有些東西，無論有再多錢也買不到。」

坐在對面的年邁紳士語氣溫和地說。

「純先生向我提起這件事時，我無法馬上相信。因為他說可以出售**整個人生**。」

「帝都控股株式會社」創辦人的家族成員購買了「騎士」的過去。

「我家少爺從小就體弱多病，上學也經常請假，所以一直無法結交到朋友，後來甚至無法去學校上課。即使他的健康狀態沒有問題，心理狀態也拒絕去學校。」

年邁的紳士露出憐憫的眼神抬頭看向天花板，他口中的「少爺」可能在二樓。

「於是就想到，在大自然中靜心休養，或許有助於身心健康——當初抱著一線希望搬來這棟別墅療養，至今已經十五年了。」

「啊？十五年？」

「少爺今年二十一歲，所以我們原本已經不抱希望——」

年邁的紳士把桌上的西點和紅茶推到一旁，探出身體說：

「原本以為他無法再融入社會，沒想到三年半前，原本就相識的純先生告訴我們一個消息。」

「我出售了我整個人生？」

「然後他問我，『是否願意為了整天足不出戶的少爺買下來？』。」

年邁的紳士露出了笑容繼續說道：

「他建議不妨讓一直和社會斷絕關係的少爺體會一個普通人完整的人生，協助少爺重返社會。」

聽了年邁紳士的這句話，良平忍不住苦笑起來。

「普通人……嗎？不起眼到完全沒有在任何人的記憶中留下任何印象的人，算是普通嗎？」

年邁的紳士身體用力向後仰。

「你實在太謙虛了，我們在購買時，曾經事先確認了記憶內容，真的是很精彩的『記憶』。希望你不要介意，畢竟要花費三千萬圓這麼龐大的金額……」
聽到這個金額，他立刻恍然大悟。
「我相信你已經知道了，這項交易有一個特殊的條件，那就是從三千萬圓中扣除純先生的仲介手續費九百萬，剩下的兩千萬出頭——這筆錢都要交給保科瞳美小姐。」
「——看來是這樣。」
「不好意思，談論錢的事太俗氣了。言歸正傳，總之，你的『記憶』真的很精彩，竟然要出售這麼閃亮的『記憶』，實在太可惜了，但是——」
年邁的紳士停頓了一下，似乎需要一點時間，才能說出隱藏在內心的話。
「我們也必須為你做出這樣的決定負一部分責任。」
良平腦海中立刻閃過一個名字。
「你是說柊木琉花的事嗎？」
「對，我們想用金錢擺平一切的醜惡想法，玷汙了你們美麗的故事。」
「——請問這是怎麼回事？」
「事情是這樣的。」
年邁的紳士從內側口袋拿出幾個記憶小瓶子放在桌子上。
「因為分量太多，所以就分成幾個瓶子。」
他戰戰兢兢地把手伸向其中一個瓶子。
「你可以自己決定要不要看。」

年邁的紳士溫柔地微笑著。

「但是，她看了。」

「——什麼意思？」

「就是保科瞳美小姐。她在接受『記憶移植』之前，為了處理自己生活周遭的事，曾經來過這裡。聽說是純先生告訴她的，於是，我告訴了她所有的真相，她最後說了一件有趣的事。」

年邁的紳士說完之後又問他：

「你知道是什麼事嗎？」

他完全不知道，只能聳了聳肩。

「她似乎回想起來了。」

「回想起來了？」

「如果你有興趣，可以親自去確認。」

年邁的紳士拿出一張信紙。

「這是保科小姐交給我的。她對我說，如果『騎士』來這裡，要我轉交給你，她回想起的記憶就沉睡在那裡。」

這時，響起了敲門聲。

「啊，少爺——」

門打開了，一名削瘦的「少年」站在門外。雖然年邁的紳士剛才說他二十一歲，但他看起來年紀很小。

「——你就是『騎士』嗎？」

「少爺」身材瘦小，臉色蒼白。穿著睡衣的他走到良平身旁，好奇地凝視著良平。

「對，好像是這樣……」

「我可以問你一個問題嗎？」

「少爺」缺乏活力的臉上勉強露出了可以稱之為笑容的表情，良平忍不住緊張起來，沒想到「少爺」接下來問的問題出乎他的意料。

「請問《星塵夜騎士》的結局是什麼？」

「啊？」

「在你的記憶中，並沒有顯示結局，但我很喜歡這個故事，想要趕快知道結局……所以一直想直接問作者。」

「我是不是該謝謝你？」

「我一直無法去學校，完全沒有朋友。我很害怕，也沒有勇氣去外面的世界。《星塵夜騎士》第一次為我的人生帶來了興奮。」

這時，良平突然想起健太無敵的笑容。

——全世界都在等待只有我知道的故事後續發展。

——如果我死了，故事的後續就永遠沒有人知道。

——你不覺得光是這麼想就讓人很興奮嗎？

此時此刻，似乎稍微理解了健太所說的這些話。雖然「騎士」很不起眼，無法在任何人的記憶中留下身影，但是這個世界上，除了瞳美以外，至少還有另一個人在等待「騎士」的作品。

「對不起，其實身為『作者』的我也不知道結局。正確地說，是我不記得了——」

他拿起排放在桌子上的其中一個記憶小瓶子，打開了蓋子。

「所以，我想來這裡尋找答案。」

他把噴霧噴向自己。視野立刻開始扭曲，年邁的紳士和「少爺」的身影都變得模糊。

下一剎那，良平變成了「騎士」。

記憶七　被遺忘的少年

「──你在看什麼？」

良平抬頭看著書架，聽到背後傳來少女的聲音，轉頭看著她。

──敵人來了，趕快打敗他！

剛才他被人從身後架住，一根很粗的木棒打向他的頭。已經包紮好的額頭仍然隱隱作痛，但是看到她的身影就覺得似乎不痛了。她戴著一頂草帽，一頭黑色長髮，純白色洋裝很耀眼。

少女走到良平身旁，從書架上抽出一本書。那是一本漫畫。雖然良平知道這個世界上有漫畫這種東西，但這是第一次親眼看到。

他從小身邊就有很多書，雖然父親說「看文字書以外的書會讓人變笨」，但他覺得沉浸在書的世界很開心。他每天都在教室後方看書、翻閱圖鑑，從來不會覺得「無聊」，從來不曾羨慕每到下課就跑去操場玩的同學。因為和遼闊的書籍世界相比，小學的操場實在太渺小了。

他翻著少女遞給他的單行本。漫畫中的角色在狹小的格子內英勇奮戰，對話框的大小和形狀會根據不同的場景發生變化，對話框中有各種文字，所有的一切既生動又新鮮，讓他驚嘆不已。他抬起頭，再次看向書架。

「——這些全都是漫畫嗎？」

「嗯，對啊。」

「太厲害了，這麼多——」

少女得意地挺起胸膛說：

「很厲害吧！」

少女踮起腳，又從書架上抽出幾本書。

「這本也很有趣，還有這本，以及這本——」

良平的手上堆滿了雙手幾乎快抱不動的漫畫，但他並不在意，因為他被少女的純真和率直所吸引。

這時，少女停下了手，好像想起什麼似地歪著頭問：

「對了，你叫什麼名字？」

他原本覺得自己好像在做夢，聽到這個問題，一下子冷靜下來。雖然只是很普通的問題，但是他無法馬上回答。因為至今為止，他從來沒有和同年紀，而且長得超可愛的女生說過話。

「你沒有名字嗎？」

少女訝異地注視著他，但他仍然說不出話。

「那我就叫你無名氏。無名氏，你從哪裡來的？」

必須趕快回答。越是這麼想，聲音越是卡在喉嚨。

一句話就好，只要回答一句話就好——。

「——東京。」

他總算擠出了答案，少女驚訝地瞪大了眼睛。

「啊？你是從東京來的！你從東京來這裡，也太帥了。」

「——妳覺得我很帥？」

良平忍不住問。

「對，很帥。」

「真的嗎？」

「我不是已經說了嗎？」

少女不解地皺起眉頭，然後笑了起來，「好奇怪。」

這就是他和瞳美的相遇。

那次之後，他就開始期待每年中元節回奶奶家探親。

「——無名氏，你看完了嗎？那接下來看這本喜不喜歡。」

在犀川町期間，白天的時候他幾乎都在瞳美奶奶開的二手書店。

他們在那裡聊了很多事。在學校發生的趣事和她未來的夢，但是更多時間是和她坐在一起看漫畫。看漫畫本身當然很有趣，但是最高興的是，他每看完一本，瞳美就會問他感想。平時在學校表演會上要表演什麼節目，或是合唱比賽的選曲，都是由班上那些個性活潑的同學決定，那是和他完全不會產生交集、另一個世界的人。雖然身處同一個教室，卻「不是同一國」。在班會表決時，「每一票的重量」並不平等，所以至今為止，他從來不覺得自己投下的一票可以改變世界。但是和瞳美在一起時不一樣，自己的一票可以傳到她的手上，那是平時在教室角落看書的「無聊」日常中，絕對無法體會到的興奮。

「——妳不覺得太多漫畫因為主角是主角就幸運得救嗎？應該規定『故事中的主角只有一次機會，會因為是主角的身分而獲得幫助』。」

「但是，『原本以為死了的主角，最後竟然還活著』，你不覺得這種故事設定超有趣的嗎？」

「雖然是這樣沒錯，但得救必須有相應的理由。」

「啊？是嗎？」

如果暑假結束後新學期開學時，自己從班上消失，應該也不會有人發現。他一直這麼認為。

——但是，也許並不是這樣。

和她在一起時，竟然產生了這樣的想法。

「——你看，好看嗎？」

小學四年級的夏天，他第一次參加了夏季廟會。當她穿著有花瓣圖案的水藍色浴衣出現時，他忍不住倒吸了一口氣。平時總是披在肩上的黑髮綁成了丸子頭，化了淡妝的臉看起來很成熟，不像是同年紀的人。

他們一起撈金魚、買面具，玩過所有的攤位之後，一起坐在石階最上方。從夜空中降落的沉默籠罩著他們，完全不會令人感到不自在。

他們怔怔地看著下方晃動的廟會燈光，瞳美突然開了口。

「——對了，你有沒有看過《終極萊拉》？」

「沒有。」

「超好看的。」

瞳美眉飛色舞地向他說明故事情節——她比手畫腳，表情豐富地表演漫畫中的人物，他忍不住看得出了神，最令他印象深刻的是，當瞳美說完故事之後說的一句話。

「此時此刻，地球上只有作者知道這個故事的後續發展。不知道作者在想什麼，真希望他可以偷偷告訴我。」

他立刻知道為什麼這句話打動了他。

「——這句話好美。」

兩個人相視而笑，一起抬頭仰望夜空。

「——對了，有一件重要的事，你還沒告訴我。」

瞳美微微歪著頭，露出靦腆的笑容。

「你還沒有告訴我，你叫什麼名字。」

——那我就叫你無名氏。

他想起了那一天，自己在她面前完全說不出話來。因為她為自己取了「無名氏」這個名字，所以並不影響他們聊天，但現在才發現還沒有告訴她自己的名字。

他直視著瞳美的雙眼。現在可以輕鬆說出自己的名字。

「我叫岸良平。但是——」

「但是？」

「直接叫我的名字太無聊了，妳可以叫我『騎士』。」

瞳美瞪大眼睛，重複了那個名字。

「『騎士』？你是說《太空騎士的冒險》的『騎士』嗎？」

那是他很喜歡的漫畫名字。前一年暑假借回家的漫畫中，不小心把第一集放了進去。這套以前的漫畫已經絕版，但漫畫中充滿無限的夢想和希望。這一天的白天，他也在瞳美奶奶家看得出了神，只剩下最後一集還沒看。

「——既可以說是，也可以說不是。」

「什麼意思嘛！好奇怪。」

瞳美嘟起了嘴，但小聲叫了一聲「騎士」，又忍不住笑起來，「但是這個名字不錯，叫起來很順口。」

那天晚上，良平變成了「騎士」。

「——別擔心，一定很快就會好起來。」

廟會隔天，八月向晚的天空被染成一片宛如燃燒般的橘色。經過了夢幻的一夜，等待他們的是無情的現實。他們並肩一起坐在鞦韆上，等待瞳美的父母從醫院回來。漫畫突然不見後，瞳美和奶奶發生了口角。即使從她口中瞭解了情況，良平也只能說一些乏善可陳的安慰話。

這時，他們聽到好幾輛腳踏車同時在附近停下的聲音。良平認識那幾張在公園入口探頭張望的臉。

「剛志，你看，保科和男生在一起。」

「那傢伙是誰啊？」

那個叫剛志的高大少年向前跨一步，手上高舉著什麼東西。原來那是《太空騎士的冒險》最後一集。瞳美發出分不清是尖叫還是慘叫的聲音，從鞦韆上跳了下來。

「妳不是一直和這個傢伙在看這套漫畫嗎？」

剛志指著良平，露出不懷好意的笑容說。

「還給我！」

瞳美想要跑過去，剛志把漫畫用力摔在地上，踩在腳下。周圍的跟班都發出歡呼聲，瞳美蹲在地上大哭起來。良平在原地無法動彈。

「——你不覺得不甘心嗎？那就來打我啊。」

剛志冷笑著挑釁他，但他仍然無法舉起氣得發抖的拳頭。

自己總是待在教室角落、操場的角落，沒有人注意自己，永遠是一個可有可無的人。瞳美帶自己進入了不同的世界，瞳美改變了自己。她哭得這麼傷心，但自己——。

「——你是誰啊？」

橋下的河流發出嘩嘩的水流聲。

「你到底想幹嘛？」

剛志把字條出示在他面前吼道。

『如果想拿回簽名球，放煙火之前橋上見。』

良平拿走了剛志的簽名球，留下了字條——剛志按照指示，在放煙火之前，來到了沉下橋。

良平戴上了英雄戰隊的面具，不讓剛志看到自己的臉。那是去年夏季廟會時，和瞳美一起買的面具。雖然戴上面具後視野變狹窄了，但他並沒有感到害怕。

——你不覺得不甘心嗎？那就來打我啊。

時間過得很快，一年過去了。那天之後，良平一直在思考自己能夠做什麼。他無法像在漫畫世界英勇善戰的英雄一樣神勇地打倒敵人，所以拚命思考個子矮小又無力的自能夠戰勝剛志的方法。他在漫畫中找到了靈感。漫畫中多如牛毛的敵人和叛徒——他們逼迫主角就範的方法都一樣。那就是綁架「人質」。

良平高舉剛才從剛志房間偷來的簽名球。

「你的行為根本是小偷。」

「我們半斤八兩。」

「我會要你好看。」

「我也會要你好看。」

「什麼意思？」

「就是這個意思。」

良平把簽名球丟進了湍急的河中。

「啊——」

剛志立刻想去撿球，但可能被平時很少穿的木屐絆到了，身體搖晃後，從橋上掉了下去，被濁流沖走了。

那年冬天，奶奶去世了。守靈夜和葬禮結束，在回東京的前一天晚上，良平和瞳美一起坐在「飯糰山」半山腰開闊的廣場上。兩個人默默抬頭看著夜空，都沒有說話。因為他們都有預感，無論說什麼，都是離別的話。

「——夏季廟會那一天，剛志從橋上落水，差一點溺死。」

瞳美先開了口。

「『騎士』，是不是你？」

「我怎麼了？」

他假惺惺地裝糊塗。
——我等一下把簽名球丟掉。
當時，他只是這麼告訴瞳美，並沒有告訴她之後的計畫。
「我看到了，我看到剛志從橋上掉進河裡的那一幕。他和另一個人面對面站在橋上，那天我約你一起去參加廟會，但你說身體不舒服，就先回家了。」
「嗯，因為我不舒服，所以就在奶奶家睡覺。」
他繼續說謊。
「——好吧，那就算了。」
瞳美輕輕笑了笑，把旁邊的小石頭丟向樹叢。
「那天晚上也和今天一樣，星星很美。」
她指著夜空說道，良平也跟著抬頭看向天空。冬天的空氣很清澈，所以看得到滿天星空，實在太適合作為「作品」的題目了。
他從放在旁邊的背包中，拿出一本筆記本。
「給妳。」
「這是什麼？」
那是他投入所有心血，獻給她的「故事」——瞳美接過筆記本之後，一頁接著一頁翻閱著。
「——妳覺得怎麼樣？」

他確認瞳美看完了最後一頁，戰戰兢兢地問。

瞳美闔上筆記本，整個身體都轉向他。

「接下來的劇情呢？我覺得比我之前看過的任何一部漫畫都更有趣，這絕對不是在奉承。」

瞳美把筆記本小心翼翼地抱在胸前，笑了笑說：

「你趕快畫後面的故事！」

良平移開了視線。因為他覺得眼淚快要流下來了。

「——我以後可能不會再來犀川町了。」

這是遲早要說的話。即使不願面對，但現實遲早會出現在眼前。既然這樣，就必須由自己說出口。

「但是，如果有朝一日，《星塵夜騎士》要改編成動畫，就要由妳來唱主題曲。」

「啊——」

「妳的夢想不是成為歌手嗎？我也會開始畫妳想要知道後續發展的漫畫，我們一言為定。」

瞳美驚訝地瞪大了眼睛，但立刻點了點頭。

「——好，那就一言為定。」

他們勾了手指約定後，一起躺在草皮上。結束了孤獨旅程的星星把光灑在他們身上。

良平忍不住對著夜空張開雙手。因為他覺得天空中會突然出現沙漏的星座，讓時間停在這一刻。

「——你在幹嘛？為什麼伸出手？」

「我在想事情。」

「想什麼事？」

「如果從那顆星星看地球，搞不好人類還沒有誕生。」

「什麼意思？」

「相距一億光年的星星，要在一億年後，光才會照到現在的地球上。反過來說，現在看到的星空是一億年前——從那裡看到的是恐龍時代的地球，搞不好暴龍和無齒翼龍都還活著。」

瞳美連續點了好幾次頭，好像在咀嚼他這些話的意思。

「——如果是這樣，現在就是永遠。」

瞳美的回答完全出乎他的意料，他大吃一驚。

「難道不是嗎？如果我們的光照到相距百億光年的星星上，不就意味著我們在百億年之後還活著嗎？」

他閉上眼睛，想像著百億光年後的某顆星星。因為數字太驚人，所以無法具體想像。但是如果百億年後的那顆星星上有人發現自己和瞳美，那無疑是天大的奇蹟。

他睜開眼睛，指著夜空的一角說：

「雖然宇宙中有好幾億、好幾兆顆星星，但只有一小部分的星星才能把光照到地球，而且在這些星星中，能夠成為星座，或是被取名字的星星更是微乎其微。那裡的獵戶星座則是萬中選一，因為在無限的星星中，只有特別的星星才能夠被取名字。」

「是啊。」

「為了讓百億光年後的那顆星星能夠找到我們，我們要盡情綻放光芒，我相信滿天星斗的夜空一定會記得我們。」

「是啊。」瞳美好像自言自語般小聲嘀咕，對著他嫣然一笑。

奶奶的葬禮之後，良平一直沒有機會去犀川町，但是他們因為有「約定」，所以繼續保持聯絡。最好的證明就是良平每年生日時，都會收到瞳美寄來的新歌，和看了他漫畫之後的「讀後感」，那是他每年最翹首以待的日子。

國中二年級的時候，良平拆開瞳美寄來的信時，忍不住情緒激動。因為他收到的錄音帶背面用圓滾滾的可愛文字寫了《星塵夜騎士》這幾個字。他從二樓自己的房間衝下樓梯，跑進了客廳，不理會一臉訝異的母親，把錄音帶放進了手提音響。

手提音響中立刻傳來瞳美的聲音。

「我省下零用錢，拚命存錢，終於買了自己的吉他。雖然因為練習過度，手指都長了繭，但是終於完成了這首歌。雖然有點害羞，不過我希望可以唱給你聽。以下是保科瞳美的《星塵夜騎士》。」

她煞有介事地介紹歌曲的聲音比前一年聽起來更成熟。隨即響起了前奏——不知道是否因為錄音設備不佳的關係，不時會出現雜音，但良平並沒有放在心上。因為她唱的《星塵夜騎士》太震撼了。

良平在那一年回信的時候，比平時更充滿熱忱。之前都是用鉛筆畫漫畫，這是第一次開始描線，同時正式使用了漫畫稿紙，當然也沒有忘記附上對她那首《星塵夜騎士》的聽後感想。

『太厲害了，我聽了之後淚流不止。』

他內心充滿期待，在瞳美生日時，把「夢想的續篇」寄了出去。

但是隔年之後，就再也沒有收到她的回信。

「——我去了之後超失望，大家都只是隨便畫一畫，在同好會內交流而已，我原本還以為至少會遇到一個以新人獎為目標、有雄心壯志的傢伙。」

歲月流逝，良平也終於上了大學。身穿夏威夷襯衫和短褲，拿著杯子喝水的男生站在他面前。這是他這輩子第一次交到男性朋友。在新生訓練營結束，社團招募的旋風中，良平忍不住在其中一個攤位前停下腳步，然後就看到了那個男生。

——你也有興趣嗎？那我們下次再一起去看看。

——我叫田中健太，筆名是「如月楓」，有朝一日會讓整個漫畫界為我瘋狂。

——我們竟然住在同一間公寓，真是太有緣了。良平，以後也請多指教。

一起去參觀漫畫同好會的那一天，他們很快就失望地離開，走進了學校附近的一家咖啡店。正如健太所說，參加漫畫同好會的都是一些玩票性質的漫畫迷，只是把漫畫視為興趣的延伸，並沒有任何人的目標是成為漫畫家，於是他們都沒有加入。

「——話說回來，你這個人很有趣。」

良平說出了他對漫畫的熱忱後，健太笑著說道。良平當然也毫不隱瞞地分享了他和瞳美之間的約定。自己向來無法引起任何人的注意，也不曾留在任何人的記憶中，但自己有必須繼續留在這個世界的理由。她期待自己寫下的「故事」的後續——最令健太感嘆的，就是良平創作的漫畫。

「超有趣，我認為你完全有可能獲得新人獎。」

「但是最近的創作每況愈下。」

「你不要輕言放棄，我已經向你掛保證，故事很有趣，絕對可以得獎。」

「是嗎？」

「只不過我自己也一直落選。」

健太玩著插在杯子裡的吸管，看向窗外。

「老實說，我很羡慕你，竟然能夠想到這麼有趣的故事。」

良平也跟著看向窗外。

良平很高興健太對《星塵夜騎士》讚不絕口，正因為兩人同是以漫畫家為目標的競爭對手，所以更感到高興，但是——。

他忍不住在來往的人群中，尋找她的身影。

——我覺得比我之前看過的任何一部漫畫都更有趣，這絕對不是在奉承。

那天晚上，她說的這句話是謊言嗎？是不是隨著年歲增長，她長大成人之後，就「從夢中清醒」，所以不再回信給自己？

「——你要繼續畫下去，瞳美也一定會看到。」

即使健太這麼說，自己也只能發出嘆息。

「——今天就來好好慶祝一下！」

大學一年級的冬天，《星塵夜騎士》獲得了《和平少年週刊》的新人獎。

「慶祝二階堂老師邁出重要的一大步！」

二階堂昴這個筆名並沒有特別的意義。

——二階堂昴？我覺得這個名字很不錯啊。

——大型新人搭檔「楓和昴」不是超讚嗎？簡直堪比「該隱和亞伯」。

在投稿之前，和健太討論筆名時，剛好想到這個名字，但看到雜誌上出現「星塵夜騎士　二階堂昴」這行字時，還是格外感動。雖然手上的繭始終好不了，只畫了一條線就揉成一團丟棄的稿紙不計其數，還曾經連續一個星期足不出戶，也不去學校上課。經過這樣的生活，終於得到了一點自信。

「——老實說，我很嫉妒你。」

健太因為喝了太多啤酒而紅著臉說道，然後打了一個嗝。

「因為我畫得絕對比你好。如果我和你合作，絕對天下無敵。」

良平一時無法判斷健太這句話是開玩笑還是認真的。

「總而言之，你得獎也激發了我的動力。」

兩個人一直喝酒到深夜。

又過了一段時間的十二月某個晚上。

明天就是新人獎截止收件的日子，良平煩惱不已。之前獲得佳作讓他信心大增，但現實並沒有這麼簡單。一次又一次落選讓他深陷苦惱，尤其是期末考試和新人獎的投稿期限重疊這件事，更是令他頭痛的問題。為了作品傷透腦筋之際，根本無暇讀書，為考試做準備，所以留級了兩次也是無可奈何的事。健太也因為相同的原因留級兩次，被父母斷絕了關係，成為他唯一的安慰。

時鐘已經指向深夜一點，正確地說，截止日不是「明天」，而是「今天」。雖然是以郵戳為憑，只不過剩下的時間不多了，但桌上還有六頁沒有描線的稿子。

手機突然響起來電鈴聲——螢幕上顯示了「媽媽」兩個字。母親有時候會傳電子郵件詢問他的近況，但很少打電話來，而且他現在必須分秒必爭。

他有一種不安的感覺，按下了通話鍵。

「喂？」

母親的聲音聽起來很慌亂。

「怎麼了？」

母親在電話中告訴他父親病危的消息，剛剛被送到醫院，母親正在候診室。

「你也趕快來醫院。」

「啊？現在嗎？」

他看向畫到一半的稿紙。母親敏銳地捕捉到他的猶豫。

「你怎麼了？難道還有其他重要的事嗎？」

「那倒不是——」

「你該不會說你不想錯過新人獎的投稿期限這種蠢話吧？」

母親的話太出乎意料，他忍不住懷疑自己聽錯了。

「啊？妳怎麼——」

「媽媽並不反對你成為漫畫家，但實在無法原諒你在這種時候，仍然把漫畫放在第一位。」

母親說的話很有道理，但這不是重點。

「妳怎麼知道我想成為漫畫家？」

他聽到母親在電話另一頭倒吸了一口氣的聲音。

父親和母親應該不知道這件事。雖然他們知道良平讀小學時，經常和瞳美一起沉浸在漫畫的世界中，但良平從來不曾告訴他們，自己的夢想是「成為漫畫家」。他又問了母親一次：「妳怎麼知道？」

短暫的沉默後，母親終於向他坦承了一切。

「——你不是一直在和瞳美通信嗎？」

良平感到背脊發冷。

「爸爸和媽媽都知道，但是在你讀國中三年級之前，都完全不知道你們在聊什麼。」

那正是他突然再也沒有收到瞳美回信的時間。

「爸爸很擔心你，擔心你愛上女生，然後都不好好為考高中做準備。」

良平握著手機的手顫抖起來。雖然他已經猜到了大致情況，但親耳聽到時，還是沒有自信能夠保持平靜。

「所以爸爸每年都提醒我，避免讓你收到『瞳美寄來的信』。良平，這一切都是為你好——」

良平再也聽不下去了。他全身的血液沸騰，全都衝到頭上。

「開什麼玩笑！」

他忍不住怒吼道。

「良平，你聽我說！」

「閉嘴！我絕對無法原諒！」

——如果有朝一日，《星塵夜騎士》要改編成動畫，就要由妳來唱主題曲。

——好，那就一言為定。

那天晚上的「約定」就像閃光一樣浮現，良平在懊惱的淚水中，看到了她在勾完手指後露出笑容的身影。

良平在上大學之前，就沒有再提筆寫信給她。之前抱著一線希望，覺得她也許會想起來寫信給自己，但這份淡淡的期待每年都落空，他的神經不夠大條，無法再厚著臉皮繼續寫信給她。

沒想到，**其實她一直有寫信給自己**。

不知道她每年都帶著怎樣的心情看自己寄給她的信？她應該都寄了新歌給自己，但自己的信中完全沒有提及聽了之後的感想，而且有時候還會寫「我相信妳有看我的漫畫」這種莫名其妙的話，最後終於再也沒有收到信。

「但是，良平，爸爸是為你——」

「關我屁事！這是報應，既然這樣，就讓他去死！」

「喂，你在說什麼！你竟然說這種話——」

「我說了這種話就不再是妳的兒子嗎？好啊，那就斷絕關係啊。」

「好啊，不管你死在哪裡，都不關我的事，因為你不再是我的兒子。」

良平掛上電話，把手機丟向牆壁。只聽到啪的一聲碎裂的聲音——那也許是自己內心崩潰的聲音。

「——喂，良平，你在家吧？」

十二月中旬，整個世界都在為聖誕節和之後的新年開始歡騰。緊閉的門外傳來健太的聲音。

和母親斷絕關係的那天晚上開始，良平就不曾坐在書桌前。他失魂落魄地整天躺在床上，也鎖上了以前從來不鎖的玄關門。健太每天都在門外問他：「你怎麼了？」但他都假裝不在家，這天他也打算躲在關了燈的房間內，等待健太離去。

「我知道你在家，所以不管你聽不聽，我都告訴你。你趕快打開電視，電視上有一個叫保科瞳美的女大學生。你之前告訴我的，就是這個女生吧？」

良平跳了起來，拿起遙控器打開電視。他克制著激動的心情，不停地轉台尋找——。

出現在電視螢幕上的不是別人，就是瞳美。小學五年級的冬天最後一次見到她，所以已經超過十年了。他的視線盯著螢幕，心跳像打鼓般加速。

『——迎戰的是目前還在讀大學的保科瞳美小姐！』

晶瑩剔透的白皙肌膚、一頭優雅的黑髮都和當年一樣。

電視中的瞳美站在麥克風前，舞台的燈光轉暗，只剩下正上方的聚光燈。她終於要開始唱歌了。

但是，她在決賽時唱的歌，並不是自己期待的那首歌。

「危險！」

突然有人抓住他的手臂，把他拉回月台中央。快速電車從他們身旁經過。

「你怎麼了？為什麼愁眉苦臉？」
一個看起來像是幹練業務員的男人，抓住了良平的手臂。
正確地說，良平甚至沒有「自殺的決心」。他和以前一樣，沒有「魄力」做出這種決斷，但是在旁人眼中，一定覺得他想跳軌。他的眼神渙散，頭髮凌亂。看到這樣的人走在月台邊緣，誰都會認為他想自殺。
「──我不知道自己該去哪裡。」
「你說什麼？」
「我失去了所有的『理由』。」
「原來是這樣。我知道一家『店』，很適合這樣的人。如果你不介意，願意把詳細情況告訴我嗎？」

「──你聽了我剛才的說明，有什麼想問的嗎？」
聽了關於這家可以買賣記憶的奇妙「店」家的說明後，男人又把水晶球拿了過來。
「你看一下這個。」
那個自稱純哥的男人要求良平把手放在水晶球上，然後他自己也把手放在水晶球上，閉上了眼睛。良平看到一家咖啡店內的景象。在火藥味十足的氣氛中，一個男人和瞳美發生了爭執，瞳美一臉厭惡地站了起來，然後記憶就結束了。
「──你剛才要我『把手放在水晶球上，回想一些往事』，我找到了這個。」

純哥佩服地點了點頭。

「太厲害了，那麼一下子就找到了？」

「這是很最近的記憶，記憶的主人應該遭到霸凌，所以想擺脫原本打工地方的記憶。但是，這也讓我下定了決心。」

「決心？」

純哥詫異地皺起眉頭，良平語氣堅定地對他說：

「請你再多告訴我一些有關『記憶移植』的詳細情況。比方說，是否可以調換所有的記憶——」

純哥聽完他所有的計畫後，用力嘆了一口氣。

「——我勸你打消這個念頭，因為不可能做到。」

「為什麼？理論上沒有問題。」

「但這只是理論上，實際的『記憶移植』並沒有這麼簡單。比方說，如果發生這種狀況，你要怎麼解決？」

純哥接著提到了調換所有的記憶可能會發生的風險，但良平都做出了明確的回答。

「——我可以設定去環遊世界，如此一來就可以說明留級了兩年、和母親斷絕關係，以及放棄追求『夢想』的事。只要護照遺失，就無法調查之前的出入境紀錄。」

「並不至於要設定成環遊世界……」

「我想成為『另一個人』，不要和目前的自己有任何交集，而是徹徹底底的『另一個人』。那個人從小就是意見領袖，和別人一樣擁有夢想，但是久而久之，有一種看開了的感覺——我想成為這種普通的人。」

純哥抱著雙臂，聽著良平的反駁，最後終於讓步了。

「——好，既然你這麼堅持，那就去見老闆。」

他們一起搭電梯來到四樓，良平跟著純哥走進了老闆的辦公室。坐在辦公室後方的是一個看起來很瘋狂的老人，純哥簡單說明情況後，老闆仔細打量著良平。

「——你真心想要成為『徹徹底底的另一個人』嗎？」

「對，我已經失去了當年的約定，沒必要再以自己的身分存在。」

「我認為人就是要背負這種苦惱生存。」

「也許是這樣沒錯，但我並不是因為任性才提出這樣的要求，而是希望可以借助這家『店』的力量，向**兩個**對我而言很重要的人報恩。」

「什麼意思？」

老闆很詫異，眼鏡後方的雙眼發亮。

「我可以給健太『自信』，也可以給瞳美『金錢』，這都是他們缺乏的東西。」

老闆聽完他的想法，最後問了一個問題。

「——我瞭解了。但是假設那個女人靠那麼大一筆錢順利踏入歌壇，大家不是會心生懷疑嗎？」

「應該會。但是，無論怎麼懷疑，都不會有人找到『正確答案』，因為剛好發生『御菩薩池全家』燒死事件，只會導向錯誤的推論。」

老闆聽了他的劇本後，笑彎了腰。

「——我說阿純啊，你剛才說『也許他很有才華』，你為什麼這麼認為？」

純哥吞了吞口水後回答：

「因為他聽了『記憶合併症』所產生的風險後，不加思索地針對每一個可能存在的風險說出了完美的回答，我太驚訝了，明明他前一刻才剛知道這家『店』的情況。」

老闆滿意地點了點頭。

「好，那我們就來確認他的才華。」

他們搭電梯前往二樓。老闆率先走進了「施術室」。

「這裡是『記憶移植』的地方，現在就來實際進行。」

良平聽完說明後，立刻著手「加工記憶」，他精湛的手藝讓老闆也難掩驚訝。

「——太了不起了，也許真的可以完成前所未聞的『自殺』——」

「——我想自殺。」

健太聽到良平這麼說，拿著咖啡杯的手停了下來。

「我並不是在開玩笑。」

良平已經忘了多久沒有和健太見面了。

這一天，良平約健太在附近的咖啡店見面。健太很驚訝，但聽到良平說「我想和你討論漫畫的事」，他二話不說就答應了。

良平又接著詳細說明了自己的計畫。如今失去了約定，沒必要再以自己的身分存在。他打算出售自己所有的記憶，同時拼湊別人的記憶植入大腦。老闆已經答應將原本「店」裡會賺取的兩千多萬現金交給瞳美。

健太聽他說完之後，問了兩個問題。

「——雖然我完全聽不懂你在說什麼，但是第一個問題，你說要和我討論漫畫的事是什麼意思？」

因為良平用這個理由約他出來，他當然會產生這樣的疑問。

良平用力深呼吸後，把「委託內容」告訴了他。

「我想把《星塵夜騎士》託付給你。」

「啊？什麼意思？」

「你之前不是曾經說，『如果我和你合作，絕對天下無敵』嗎？雖然我會從這個世界消失，但我不希望《星塵夜騎士》也被埋葬。」

「等一下，所以——」

「可不可以把得到佳作時的記憶，以及我腦袋裡的構想都植入你的腦袋？」

「你——」

「拜託了。即使我死了，也不要讓《星塵夜騎士》的燈滅了。」

「不好意思，我完全無法理解。」

「你不需要理解。總之，我會把《星塵夜騎士》託付給你，然後從我的記憶中完全刪除。」

「為什麼要做到這種程度？」

「因為你記得我，你是我唯一的朋友。這個計畫成功的前提，就是這個世界上不可以有任何一個人記得我。」

健太難以理解，驚訝不已。

「我無法馬上答應，這和我接下來要問的問題也有關係——」

健太指著良平問：

「如果她還記得你，也記得《星塵夜騎士》怎麼辦？有關作品的記憶原本屬於你，移植到我身上之後，不是會出問題嗎？」

良平當然不可能沒有考慮到這種可能性，但是——。

「瞳美已經忘了我。」

「你怎麼知道？你問過她嗎？」

「如果她沒有忘記我，為什麼沒有在決賽的舞台上唱《星塵夜騎士》這首歌？」

良平加強了說話的語氣。

「雖然是這樣——」

「那我問你，我和瞳美持續懷抱『夢想』，結果等到了什麼樣的未來？那些齷齪的大人破壞了我們的『夢想』！我已經受夠了！」

健太被良平的氣勢嚇到了，但最後又問了一個問題。良平無法立刻回答這個問題。幾天之後，自己即將從這個世界上消失，原本以為已經整理好自己的心情，但是當健太直球對決，問了這個問題之後，他發現內心還有尚未得出結論的問題——。

「——其實我也搞不懂自己。」

「什麼意思？」

「我希望瞳美忘記我嗎？」

尾聲

車內廣播重複播放著「本列車即將抵達星野車站，本列車即將抵達星野車站」。

良平把漫畫原稿收進信封後塞進了包包。

——你出門去長途旅行，記得帶上這個。

出發前，健太把這些原稿交給他。

——這是關於「買賣記憶的店」的懸疑漫畫。

這個建立在事實基礎上的故事畫得很出色，雖然添枝加葉，用了誇張的手法，但兩名主角在可以買賣記憶的奇妙「店」內工作，他們一路的奮鬥時而輕鬆，時而刺激，故事引人入勝。

——別擔心，讀者不會想到真的有這種「店」。

良平在接過這些原稿的時候問了健太一個問題，你該不會知道《星塵夜騎士》的結局吧？因為在「騎士」的記憶中，曾經對健太說：「可不可以把我腦袋裡的構想都植入你的腦袋？」——但是健太吹著口哨裝糊塗。

——你說呢？

漫長的旅行即將迎接終點。瞳美得知「騎士自殺了」——她在接受「移植」之前，想起了一個關於「騎士」的「記憶」。那位年邁的紳士交給良平的信紙上寫著，她在「移植」

的幾天前，把那個記憶埋在約定的地點。

在一片被染成橘紅色的盛夏向晚天空下，他站在離犀川町最近的「星野」車站。他在車站前的圓環攔了計程車，請司機前往「星雨咖啡店」。

果然不出所料，咖啡店內人聲鼎沸，整個城鎮的男女老少都聚集在這裡喝酒唱歌，簡直就像在舉行宴會，所以他好不容易才在吧檯角落找到一個座位。

「——瞳美絕對會贏！」

「對啊，錯不了！」

聚集在中央桌子旁的一群人說道。

「——對不起，今天很吵。」

店長把小毛巾放在良平面前。

「咦？我好像在哪裡見過你——？」

良平向店長微微鞠了一躬。

「對，去年夏天時，我曾經來這裡採訪。」

「喔喔，我就說嘛！」

店長低頭瞥了一眼手錶。

「時間差不多了。」

雖然良平知道什麼「時間差不多了」，但還是裝糊塗問：

「等一下有什麼節目嗎？」

店長指著設置在咖啡店中央較高位置的電視。電視螢幕上出現了「歌姬顛峰決戰　下一位是在網路世界引領話題的神祕歌手」的文字。

「我上次不是曾經和你提過嗎？我女兒今天會上電視。」

那是暑假特別節目，由對唱歌有自信的人報名參加，以淘汰賽的方式進行比賽，冠軍將以職業歌手的身分進軍歌壇。

「好厲害，竟然可以順利晉級。」

「去年十一月左右……女兒突然回來，然後把所有的事都告訴了我們。她對我說『為了死去的兒時玩伴，以後也要繼續唱歌』——」

這時，咖啡店內響起一陣歡呼，良平也和店長一起看向電視。

『接下來這位是人氣爆棚的流浪歌姬，她的名字叫——』

「星名——」有人大聲喊出，店內陷入一片沸騰。

一頭飄逸的黑色長髮，白皙的肌膚——出現在電視畫面中的正是良平熟悉的瞳美。

『妳之前一直拒絕在所有媒體上露臉，現在決定來參加這次比賽，請問是不是心境上有什麼變化？』

瞳美聽了主持人的問題後，笑著用力點了點頭。

『——對，我終於下定了決心。』

『決心……嗎？』

主持人還想發問，但瞳美毅然地挺直身體，直視著鏡頭露出了笑容。

『請問妳有自信嗎？』

『老實說……我沒什麼自信。但是——』

『但是？』

『我相信能夠傳達給重要的人。』

——對了，你叫什麼名字？

——我覺得比我之前看過的任何一部漫畫都更有趣，這絕對不是在奉承。

——如果是這樣，現在就是永遠。

那些燦爛的日子，兩個人編織的故事。良平的腦海中浮現許多「回憶」。

「——你怎麼了？」

良平盯著電視潸然淚下，店長擔心地問他。

「對不起，我沒事。」

良平點的咖啡還沒有送上來，但他把一張千圓紙鈔放在吧檯上，離開了咖啡店。

當他來到「飯糰山」半山腰開闊的廣場時，太陽已經下山了。根據瞳美留下的信，「那樣東西就埋在」他們最後一次見面時勾手指的地方。他憑著「記憶」打量四周，雖然不知道確切的地點，但瞭解大致的位置後，放下了包包，用小鏟子挖了起來。

不一會兒，小鏟子碰到了硬物，泥土中出現了一個銀色大鐵罐。良平輕輕拿出鐵罐，撥開表面的泥土，發現鐵罐上完全沒有寫任何字。他戰戰兢兢地打開蓋子，發現裡面有一張折起的信紙和一台小型卡式錄音機，還有一個熟悉的小瓶子。他坐在草地上，首先拿起了信紙。那張信紙和年邁紳士交給他的信紙相同。他輕輕打開信紙，看到了「致騎士」的抬頭。

致騎士：

當你看到這封信時，代表你已經找到了答案。
這一刻，我正在同一個廣場抬頭看著星星。
後天，我將進行記憶移植，騎士即將在我心中死去。

看了你的記憶之後，我瞭解了你選擇「自殺」的原因。
雖然瞭解，但我並不知道你的決斷是否正確。
老實說，我覺得還有其他方法。
為什麼非「死」不可？如果說我對這個問題沒有產生疑問，顯然是說謊。
但是，這是你的決定。
而且多虧了你，我得以再次登上舞台。
我原本已經放棄了夢想，是你讓我再次發光。
但是，我無法向你說「謝謝」，這件事讓我痛苦不已。

所以，我決定當作你「已經死了」。
我決定徹底忘記，忘記從原宿遇見「如月楓」之後，和你們相處的那段時光。
但是，希望你不要誤會，我這麼做是有原因的。

首先是第一個理由。
我要忘記你選擇了自殺。
我要忘記你選擇自殺，成為另一個人的事實。
照理說，我很生氣你做這種自私的決定，生氣你做出這種蠢事，
但是，我決定忘記這件事。
你要記住一件事。
故事中的主角只有一次機會，會因為是主角的身分而獲得幫助。

看到這裡，你一定會覺得，
根本沒有必要當成你已經死了。

所以，接下來是第二個理由。
你還記得嗎？我忘了是什麼時候，好像是小學低年級的時候，我曾經說過。
「原本以為死了的主角，最後竟然還活著」，你不覺得這種故事設定超有趣的嗎？

你應該已經知道了吧？
騎士，希望有朝一日，你回來告訴我所有的真相。
不，不要等到「有朝一日」，我們來決定具體的日子。
就決定漫畫《星塵夜騎士》問世，改編成動畫的時候。
因為我到時候一定會大吃一驚。
「為什麼？騎士不是已經死了嗎？」
到時候，請你出現在我面前，把裝在小瓶子裡的記憶噴在我身上，
然後把我們遭遇的事都告訴我，
到時候，我一定可以理解一切。
到時候，我會一輩子都記得，
記得當我得知「其實主角還活著」的那一天。

所以，請你和我約定。
我會等待，等待《星塵夜騎士》的最後一集。
騎士，我等你。

ＰＳ：我把《星塵夜騎士》也一起放在裡面，感到寂寞的時候，可以聽一聽。

瞳美

良平折起信紙，拿起卡式錄音機，把錄音帶放進裡面。

按下播放鍵後，聽到了瞳美介紹歌曲的聲音。

「我省下零用錢，拚命存錢，終於買了自己的吉他。雖然因為練習過度，手指都長了繭，但是終於完成了這首歌。」

良平把卡式錄音機放在旁邊，拿起記憶小瓶子。

「雖然有點害羞，不過我希望可以唱給你聽。以下是保科瞳美的《星塵夜騎士》。」

卡式錄音機中立刻傳來前奏音樂，吉他的每一個聲音都充滿疾馳感，飄向夜空，想要把思念傳遞給在天空中閃爍的每一顆星星，宛如在向它們誇耀「我們就在這裡」。她的歌聲和主旋律結合在一起，在夢幻的背後，有一股穩定的力量。孤獨的遠方是耀眼的希望。樂曲頓時有了生命。

閉上眼睛，看到了一起坐在這片草地上的「騎士」身影。不知道是因為噴了記憶噴霧的關係，還是因為聽到了她的歌聲。無論是哪一種情況都無妨。總之，「騎士」和瞳美在那一天，都在這裡抬頭仰望夜空。他們當時產生了預感，此時此刻的自己將變成一顆星星，永遠留在夜空中。那個預感必定會成真。雖然沒有任何根據，也沒有任何道理。但是，那一天在這裡萌生的愛，將可以穿越百億光年。無論任何人說什麼，都一定可以穿越。但是，還有更重要的事。

百億年後，在那顆星星編織愛的人們，
　將會聽到這首歌，看到這道光——。

即使百億年後，沒有人發現也沒有關係。
因為無論多久，都將永遠記得「此時此刻」。

記憶八　夢想少女

「──我相信滿天星斗的夜空一定會記得我們。」

騎士指著獵戶星座說道。

「是啊。」瞳美好像自言自語般小聲嘀咕。

他們默默抬頭看著夜空，都沒有說話。

「──對了，我想問一個問題。」

瞳美最後問了放在內心已久的疑問。

「『騎士』是什麼意思？」

騎士驚訝地瞪大了眼睛，立刻抓了抓頭說：

「嗯，因為很無聊，所以我不是很想說……」

「沒關係啦，告訴我嘛！」

騎士把玩著地上的草，最後終於不再抵抗地開了口。

「──只是諧音哏。」

「諧音哏？」

「『騎士』的發音是『Ki-Shi』，我不是叫『岸良平（Ki-Shi Ryohei）』嗎？」

瞳美忍不住笑了起來。

「——真的超無聊。」

「我就說了嘛。」

「男生真的都很蠢……」

「對不起喔，我這麼蠢。」

他們互看著對方，然後又躺在草地上。

無數星星在天空眨眼，那是一個永遠都不想忘記的夜晚。

國家圖書館出版品預行編目資料

無名之星的悲歌 / 結城真一郎著 ; 王蘊潔譯 .
-- 初版 . -- 臺北市 : 臺灣東販股份有限公司 ,
2023.12
442 面 ; 14.7×21 公分
ISBN 978-626-379-124-4 (平裝)

861.57 112018107

無名之星的悲歌

2023年12月1日初版第一刷發行

作　　者　結城真一郎
譯　　者　王蘊潔
主　　編　陳正芳
美術編輯　許麗文
發 行 人　若森稔雄
發 行 所　台灣東販股份有限公司
＜地址＞台北市南京東路4段130號2F-1
＜電話＞(02) 2577-8878
＜傳真＞(02) 2577-8896
＜網址＞http://www.tohan.com.tw
郵撥帳號　1405049-4
法律顧問　蕭雄淋律師
總 經 銷　聯合發行股份有限公司
＜電話＞(02) 2917-8022

TOHAN